Kirsten Weinhold
Drei Tote am See

KIRSTEN WEINHOLD

DREI TOTE AM SEE

Fenja Grothes 2. Fall

Impressum

Bibliografische Information der Deutschen Nationalbibliothek: Die Deutsche Nationalbibliothek verzeichnet diese Publikation in der Deutschen Nationalbibliografie; detaillierte bibliografische Daten sind im Internet über http://dnb.dnb.de abrufbar.

Die automatisierte Analyse des Werkes, um daraus Informationen insbesondere über Muster, Trends und Korrelationen gemäß §44b UrhG („Text und Data Mining") zu gewinnen, ist untersagt.

© 2025 Kirsten Weinhold

Lektorat: Corinna Aust

Verlag: BoD · Books on Demand GmbH, Überseering 33, 22297 Hamburg, bod@bod.de

Druck: Libri Plureos GmbH, Friedensallee 273, 22763 Hamburg

ISBN: 978-3-8192-7765-8

Originalausgabe
Dieser Titel ist ebenfalls als E-Book erschienen

Dieses Buch widme ich

den Beamtinnen und Beamten

der Kreispolizeibehörde in Soest

In Irland wird die Polizei mit dem gälischen Namen *Garda Síochána* bezeichnet. Es ist eine sehr besondere, wertschätzende Bezeichnung, denn sie bedeutet *Wächter des Friedens*. Ich würde mir wünschen, dass die Polizistinnen und Polizisten in unserem Land, die Tag für Tag ihren Dienst für uns leisten, ebenfalls als Wächter des Friedens gesehen würden. Doch leider zeigt die jüngste Vergangenheit immer häufiger, dass das Gegenteil der Fall zu sein scheint. Beamtinnen und Beamte werden von einem Teil unserer Gesellschaft während der Ausübung ihres Dienstes beleidigt, angefeindet und angegriffen. Wenn sie gezwungen sind, in Notwehr zu handeln oder Nothilfe zu leisten und der Angreifer kommt zu Schaden, werden sie von den Selbstgerechten in unserer Gesellschaft als Täter abgestempelt.

Doch es gibt, Gott-sei-Dank, auch andere Beispiele. Wie erfrischend war eine Situation, die ich vor einigen Monaten beobachten durfte. Eine ältere Dame rief einem Polizisten auf der anderen Straßenseite zu: „Ein herzliches Dankeschön, dass Sie Tag für Tag auf uns aufpassen!" Diesen freundlichen Worten möchte ich mich mit meiner Widmung anschließen.

Prolog

Leise drückte Markus die Haustür ins Schloss. Dann schlüpfte er aus dem Mantel und legte vorsichtig sein Handy und die Schlüssel auf die Kommode. Er wollte nicht, dass Verena wach würde. Auf Zehenspitzen ging er durch den dunklen Flur zur Treppe, hob den linken Fuß auf die unterste Stufe. Aus dem Augenwinkel bemerkte er, dass ein schmaler Lichtstreifen unter der Wohnzimmertür über den Marmorboden floss. Sie war noch wach.

Er zögerte, griff nach dem Handlauf. Es konnte doch nicht sein, dass er sich wie ein Pennäler in sein Schlafzimmer schleichen würde. Das war sein Haus!

Wovor hatte er eigentlich Angst? Davor, dass sie ihn gleich wieder mit Vorwürfen überschütten würde? Was wollte sie überhaupt von ihm, wenn sie ihm ihre Triaden an den Kopf warf? Es ging ihr doch gut. Sie lebte in einem präsentablen Haus, hatte ausreichend Geld, das sie nach ihrem Gusto ausgeben konnte und die Freiheit, ihre Zeit so zu gestalten, wie sie es für richtig hielt.

Er zog den Fuß von der Treppenstufe. Letzte Woche hatte er überlegt, ob eine Scheidung nicht das Beste wäre. Schließlich bestand ihre Ehe schon seit Jahren nur noch aus einem Stück Papier und zwei goldenen Ringen. Er wandte sich der Wohnzimmertür zu. Heute würde er ihr erklären, dass er sich scheiden lassen möchte, entschied er.

Fast hätte er angeklopft. So fremd war ihm Verena bereits, dass er stets auf untadelige Höflichkeit im Umgang mit ihr achtete. Unwillig schüttelte er den Kopf und drückte die Klinke hinunter.

Wie von ihm erwartet saß sie in eine Decke gehüllt auf der breiten Couch, mit einem ihrer grässlichen Liebesromane in den Händen. Sie sah auf, legte das Buch beiseite und griff nach dem Glas auf dem Tisch. Der Wein glühte in der gedimmten Beleuchtung in einem tiefen Rot.

„Komm, trink einen Schluck mit mir", forderte sie ihn lächelnd auf.

Wenn sie lächelte, war sie wunderschön, fast einer Madonna der alten Meister gleich. Sein Herz zog sich zusammen. Schon seit Monaten hatte sie ihn nicht so angesehen. Trotzdem spürte er die Wachsamkeit, die sich plötzlich bei ihm breitzumachen versuchte. Langsam holte er ein Glas aus dem Schrank, ihres beobachtenden Blickes bewusst. Er setzte sich ihr gegenüber, griff nach der fast leeren Weinflasche und goss sich ein.

„Na, war es schön heute Abend?" Ihr Plauderton wurde von ihrem zauberhaften Lächeln begleitet.

„Wie meinst du das?"

„Na, ist deine neue Flamme gut im Bett?"

Warum war er nicht in sein Schlafzimmer verschwunden, als er noch Gelegenheit dazu hatte? Nun würde er wieder die Litanei der vernachlässigten Ehefrau über sich ergehen lassen müssen.

„Ich muss mit dir reden", erwiderte er darum eilig, ihre Frage unbeachtet lassend.

„Oh, das trifft sich gut. Ich muss ebenfalls mit dir sprechen, aber beginne du." Ihr Lächeln schien wie an ihren Lippen festgefroren zu sein.

„Ich möchte mich scheiden lassen."

Ihre Augenbrauen schossen in die Höhe.

„So, möchtest du." Ihr Mund verschob sich zu einem breiten Grinsen. „Wenn du dich scheiden lassen willst", erklärte sie gleichmütig, „musst du auf dein schönes Schwarzgeld leider verzichten."

Ihm wurde heiß. Sein Herz setzte einen Schlag aus und es schien ihm, als gehorche ihm seine Atmung nicht. Er stieß die Luft aus.

„Das ist mein Geld!" Er wurde laut. „Das ist mein Geld", wiederholte er mit Nachdruck. „Du wirst mir jeden Cent wiedergeben!"

„Ach Markus. Was glaubst du, was dein Chef über deinen kreativen Nebenverdienst sagen wird? Und die Beamten der Wirtschaftskriminalität werden sich sicherlich ebenfalls freuen, dich kennenzulernen."

„Du hängst doch genauso drin wie ich. Schließlich liegt das Geld auf deinem Konto. Also sei vorsichtig mit dem, was du sagst!", warnte er sie zornig.

Keela

Montag

Möhnesee/Körbecker Becken

Die Wolken fuhren dunkel und regenvoll über die Sperrmauer. Sie schoben kräftige Böen vor sich her. Matthias fröstelte. Dabei hatte der frühe Morgen so sonnig und vielversprechend begonnen, dass er sich entschlossen hatte, zum Angeln hinauszufahren. Zwei Maränen und eine Brasse hatten sich von seinen Blinkern täuschen lassen und lagen nun in dem Angeleimer - ein hübsches Mittagessen. Eine neue Böe kündigte sich an. Die Wasseroberfläche erhob sich zu kleinen Wellen, und das Boot begann bedenklich zu schaukeln. Nein, für heute hatte Matthias definitiv genug. Er verstaute seine Angeln, schaltete den E-Motor ein und nahm Kurs auf die Bucht, in der der Angelverein seinen Steg liegen hatte. Plötzlich schoss ein Surfer mit seinem Brett keine zwei Meter vom Bug des Ruderbootes entfernt vorbei. Matthias zuckte zusammen und verriss das Ruder. Eine neue Welle, dieses Mal größer, heftiger, schlug seitlich gegen den Rumpf. Für einen Moment befürchtete Matthias, über Bord zu gehen. Er krallte sich mit der freien Hand an der Ruderbank fest. Der Angeleimer schlug gegen die Bootswand. Der Deckel öffnete sich und flog mit der Böe hinaus aufs Wasser. Eine der Maränen schwappte aus dem Eimer und flog hinterher.

„Du Hornochse!", schrie Matthias dem Surfer hinterher. Doch dieser hatte bereits die Hälfte des Sees überquert.

Mit wild klopfendem Herzen brachte Matthias das Boot wieder auf Kurs. Ein Blick in den westlichen, fast nachtschwarzen Himmel genügte ihm, um zu beschleunigen. Und dann sah er es. Ein weißes Aufblitzen zwischen den tiefhängenden Zweigen einer uralten Weide. Er blickte erneut nach Westen zu dem unaufhaltsam näherkommenden Wolkenungetüm. Er musste sofort runter vom See. Unter der Weide zeigte sich eine Bugspitze, die nach oben fuhr und unsanft zurück auf das Wasser klatschte.

Was, wenn dort jemand Hilfe benötigt? schoss es ihm durch den Kopf. Er zögerte nur eine Sekunde, dann gab er Gas und nahm Kurs auf die Uferbefestigung zu, auf der der Baum stand.

Die nächste Böe fegte das weiche Geäst der Weide zur Seite und gab den Blick auf einen Optimisten frei. Ohne Mast, Segel und Schwert schlug er hart gegen die groben Steine der steilen Böschung. Eine Person konnte Matthias in dem kleinen Boot nicht ausmachen. Trotzdem näherte er sich, tauchte unter dem frischen Grün der Zweige hindurch und holte seinen Bootshaken hervor. Er konnte nicht riskieren, den Motor ganz abzustellen, doch er drosselte ihn so weit, dass er bequem längsseits des anscheinend verlassenen, kleinen Segelbootes gehen konnte. Ein knurrender Laut kam über seine Lippen. Der Bootshaken entglitt ihm und wurde ein Stück von den Wellen getragen, bis er im graugrünen Wasser versank.

„Fenja, hast du einen Moment Zeit?"

Ich sah von der Tastatur auf. Vor meinem Schreibtisch stand Kriminalhauptkommissar Hans Beckmann, mein Chef und Leiter der Kripo bei der Soester Kreispolizeibehörde. Abwartend betrachtete er mich, die Augenbrauen zusammengezogen und die Stirn in Falten gelegt. Diese Miene kannte ich von ihm nur, wenn es schwerwiegende Probleme gab. Automatisch formte sich in meinem Kopf die Frage, ob ich etwas falsch gemacht hätte. Ich schenkte meinem Computerbildschirm einen raschen Blick. Der Cursor blinkte geduldig, wartete darauf, dass ich an dem Vermerk zu einer Zeugenbefragung weiterarbeitete. Ich hasste diese nervtötenden Schreibarbeiten und obwohl mich Hans Ernsthaftigkeit und die schlicht gestellte Frage unruhig machten, empfand ich so etwas wie Erleichterung, diesem unliebsamen Geschreibsel für einen Moment entfliehen zu können.

„Klar", antwortete ich munter und speicherte das halb fertige Dokument ab.

„Gut. Dann komm bitte mit mir in Dieters Büro." Ohne ein weiteres Wort drehte er sich um und ging.

Eilig sprang ich auf und folgte ihm durch das Großraumbüro. Seine hagere Gestalt schwankte ein wenig, als er sich langsam zwischen den Schreibtischen hindurchbewegte. Seit seiner Hüftoperation vor knapp einem Jahr hatte er sich diesen Watschelgang angeeignet. Ein sicheres Zeichen dafür, dass entweder bei der OP oder der Reha etwas schiefgelaufen war.

Er öffnete die Milchglastür, hinter der sich das Büro des Leiters der uniformierten Polizei, Hauptkommissar Dieter Winter, befand, und ließ mir den Vortritt. Mit einem dankenden Nicken ging ich an ihm vorbei und betrat den Raum. Dieter saß hinter seinem Schreibtisch und sah mir entgegen. Auf seinem Gesicht entdeckte ich die gleiche Ernsthaftigkeit, fast Betroffenheit, die ich auch in Hans Miene gelesen hatte.

Ohne Gruß wies Dieter auf einen der Besucherstühle. „KKA Grothe, setz dich bitte. Wir haben dir etwas mitzuteilen."

Verwirrt und mit klopfendem Herzen sank ich auf die Kante des gepolsterten Stuhls. Hans blieb an der Tür stehen und verschränkte die Arme vor der Brust, während Dieter sich gerade aufrichtete und die Hände, wie zum Gebet gefaltet, auf der Schreibtischplatte ablegte.

Mein Blick wechselte zwischen den Gesichtern der beiden Männer hin und her. Ich spürte Trockenheit in meinem Mund und räusperte mich kurz.

„Tja!", begann Dieter unheilschwanger. „Tut mir leid, dass WIR dir das eröffnen müssen, aber es bleibt uns wohl nichts anderes übrig."

Wovon sprach er nur? Hatte man mich vom Dienst suspendiert? Aber warum, Herrgott, noch mal? Oder sollte ich zurück zum Streifendienst? Hatte man meine Anwartschaft zur Kriminalkommissarin aufgekündigt? Ich versuchte zu schlucken, erfolglos, da meine Zunge am Gaumen festzukleben schien.

„Ich möchte betonen, dass Hans und ich nur sehr ungern eine unserer besten KKAs verlieren. Aber", es folgte eine kurze Pause, „wir können da gar nichts machen."

„Was ist denn passiert?" Meine Stimme war nur ein Flüstern.

„Düsseldorf hat entschieden, dass du ab nächster Woche deine Anwartschaft verlierst ...", ein breites Grinsen flog über sein Gesicht, „... und hier in Soest als neue Kriminaloberkommissarin deinen Dienst antreten sollst. Herzlichen Glückwunsch!"

„Und willkommen bei der Kripo in Soest!“, fügte Hans lachend hinzu.

„Was?“ Ich benötigte einen Moment, um die Information zu verarbeiten, die Bedeutung von Dieters Worten zu erfassen. „Was fällt euch beiden eigentlich ein, mir einen solchen Schreck einzujagen?“, polterte ich los und sah die Männer, die sich wie zwei Lausebengel über einen gelungenen Streich zu freuen schienen, wütend an. „Ich hatte schon wer weiß was befürchtet!“

„Das war der Plan“, erwiderte Dieter entspannt und lehnte sich in seinem Bürostuhl zufrieden zurück, während Hans sich neben mich setzte und mir aufmunternd den Arm tätschelte.

„Und warum hat man meine Anwartschaft verkürzt?“

Hans zuckte mit den Schultern. „Wir gehen davon aus, dass dein Ermittlungserfolg im letzten Jahr den Ausschlag gegeben hat.“

„Und die Sache mit Fromme[1] hat bestimmt auch weitergeholfen“, ergänzte Dieter grinsend. „Dank deiner Hilfe sind sie ihn in Dortmund ein für alle Mal los. Aber das ist alles noch inoffiziell. Also erzähle es niemandem. Und jetzt könntest du dich ruhig mal ein wenig freuen.“ Er beugte sich hinunter, zog eine Schreibtischschublade auf und holte eine Flasche Korn und drei Pinnchen hervor. „Ich finde …“

Ein heftiges Klopfen an der Tür ließ uns erschrocken zusammenfahren. Der Schnaps und die Gläser verschwanden gerade noch rechtzeitig im Schreibtisch, bevor sich die Tür öffnete und ein sichtlich aufgeregter PKA Dennis Stabler erschien.

---

[1] Einer der Hauptakteure in MÖHNEKRIMI - MORD AM YACHT CLUB, Kirsten Weinhold (2023)

Der junge Kollege blieb verwundert unter dem Sturz stehen und sah uns an.

„Oh, ich wollte euch nicht stören!"

„Tust du nicht. Was ist denn?"

„Ähm, Hans, da is' 'ne Leiche aufgetaucht."

Dennis war ein wirklich netter Typ, hilfsbereit, freundlich, immer gut gelaunt. Seit einem Jahr war er Anwärter bei der Schutzpolizei. Leider gehörte er zu der Sorte Mensch, der man jede Einzelheit aus der Nase ziehen musste, um dann völlig unstrukturierte Antworten zu bekommen.

„Wann ist wo was für eine Leiche aufgetaucht?", fragte Hans sanft.

„Ähm, Moment." Dennis kramte in seiner Brusttasche nach seinem Notizblock. „Heute Morgen ist eine junge Frau in einem Boot tot aufgefunden worden."

„Und das Boot befindet sich wo?"

„Im Seepark an der Möhne. Direkt bei der Seetreppe"

„Unfall? Suizid? Mord?"

„Der Frieling aus Körbecke hat gesagt, dass die ermordet wurde."

Ich hörte ein leises Seufzen aus Dieters Richtung.

„Und woher weiß er das so genau?"

„Weil der Oderpohl wohl joggen war und da vorbeikam, als ein Angler gerade das Boot an Land zog."

„Okay. Unser Rechtsmediziner ist also schon da. Und den Tatort haben die Kollegen ebenfalls schon gesichert?"

„Ja, klar."

„Danke, Dennis." Hans wandte sich an mich. „Du rufst die Spusi an und ich gebe eine Meldung nach Dortmund raus. In einer Viertelstunde ist Abmarsch."

Ich lenkte den Dienstwagen auf den Großparkplatz des See-parks in Körbecke. Normalerweise hätte ich meinem knallro-ten UP genommen, aber ich wollte Hans und seiner Hüfte nicht die Enge meines Wagens zumuten. Als wir ausstiegen, kam ein schwarzer Van mit quietschenden Reifen neben uns zum Stehen. Vera Johannpeter, Leiterin der Forensik, winkte uns munter durch die Windschutzscheibe zu. Veras Ankündi-gung, in vier Monaten in Pension zu gehen, hatte in der Di-rektion Dortmund große Betroffenheit ausgelöst. Die kleine, mollige Frau, mit dem drahtigen, grauen Haar und der spitzen Zunge, war eine der Besten ihres Fachs, wenn nicht sogar die Beste. Sie sprang aus dem Van und scheuchte gleichzeitig ihre drei in weißen Overalls gekleideten Mitarbeiter aus dem Wagen. Sie selbst trug einen Schutzanzug in Dunkelblau. An-geblich, so behauptete sie, würde diese Farbe sie schlanker wirken lassen.

„Na, wie sieht es aus, Liebes?"

„Vera, wir sind auch gerade erst gekommen. Aber Oderpohl war zufällig in der Nähe, als die Leiche gefunden wurde." „Ah, das ist ja hervorragend. Dann müsste unser guter Baldur mit seiner Begutachtung bereits fertig sein. Los, Leute, berei-tet schon mal alles vor. Ich komme in fünf Minuten nach. Was wisst ihr sonst noch?"

„Weibliche Leiche, liegt in einem Boot, Tötungsdelikt, wurde von einem Angler gefunden", zählte Hans an seinen Fingern ab.

„Na dann! Und, Liebes, freust du dich?"

Ich blickte Vera erstaunt an. „Worüber? Über die Leiche?"

„Papperlapapp! Über deine Beförderung."

„Woher weißt du das denn?"

„Es gibt nichts im Direktionsbezirk, was das Veralein nicht wüsste", antwortete Hans mit einem merkwürdigen Unterton in der Stimme.

„Ganz genau, mein Lieber!", erwiderte sie fröhlich und zwinkerte uns zu.

„Nur bei Fromme hattest du danebengelegen", setzte Hans ironisch nach.

Vera verdrehte die Augen und wandte sich mir zu. „Kannst du deinem Chef mal sagen, dass er mir den Buckel herunterrutschen kann. Außerdem sollte er sich mal um seine Hüfte kümmern. Er watschelt ja wie eine Ente durch die Gegend." Sie griff nach ihrem Alukoffer und ging, ohne ein weiteres Wort, in Richtung der breiten, terrassenartig angelegten Seetreppe.

„Kann sie nicht einmal ihre Klappe halten?", brummte Hans verärgert.

Ich schlenderte zu der niedrigen Hecke, die den Parkplatz vom Seepark abgrenzte. Meine Augen wanderten über das abfallende Gelände bis hinunter zum Ufer, wo das forensische Team bereits mit dem Aufbau eines Sichtschutzes begann. Trotz der frühen Stunde hatte sich eine Gruppe Schaulustiger eingefunden. Doch die großzügige Absperrung, die die Kollegen Frieling und Möller gezogen hatten, ließ mich vermuten, dass die Gaffer nicht wirklich etwas Interessantes erkennen konnten. Zudem standen die beiden Kollegen breitbeinig, die Arme im Rücken verschränkt, hinter dem Absperrband und verwarnten jeden, der es wagte, sein Handy zu zücken.

„Du weißt doch, wie sie ist. Immer ehrlich und geradeheraus", antwortete ich. „Aber mit deiner Hüfte hat sie ja nicht ganz unrecht", fügte ich vorsichtig hinzu.

Hans seufzte. „Morgen habe ich einen Termin zum Röntgen und CT."

„Was sagt denn der Arzt?"

„Du weißt doch, wie sich ärztliches Fachchinesisch anhört. Habe kaum was verstanden", brummte mein Chef unwillig. „Außer, dass es sein könnte, dass ich noch einmal unters Messer muss."

„Das tut mir leid."

„Und mir erst!" Abrupt wandte er sich ab. „Mach mal Fotos von den Gaffern!", rief er mir noch über die Schulter zu, bevor er sich, bedächtig einen Fuß vor den anderen setzend, auf den Weg hinunter zum Ufer machte.

Na Klasse! Wenn Hans ausfiel, würde ich mich wieder einmal allein mit einem Ermittlungsleiter aus Dortmund herumschlagen müssen.

Ich griff nach meinem Handy und filmte unauffällig die Gruppe der Schaulustigen. Ich wunderte mich jedes Mal, wie schnell sich Menschen selbst an abgelegenen Tatorten einfanden. Hans verglich diese Leute gern mit Schmeißfliegen, die zu Hunderten selbst kilometerweit entfernt dem Geruch der Verwesung nicht widerstehen konnten.

Hans stand wie an einem Grab, mit gesenktem Kopf und die Hände vor dem Schoß gefaltet am Heck der kleinen, weißen Jolle. Es fehlten Mast, Baum und Segel sowie das Schwert. Irgendwer hatte das Boot wohl auf den See hinausgezogen, vielleicht in der Hoffnung, dass es bei dem morgendlichen Unwetter kentern würde und seine makabre Fracht für immer im See versank. Diese Fracht war eine junge Frau, im vorderen Teil des Optimisten abgelegt und den zierlichen Körper seitlich um den Schwertkasten gewunden.

Schwere, schwarze Locken bedeckten ihr Gesicht. Lediglich lugte die fahle Nasenspitze hervor. Sie trug einen weißen Rock mit üppiger Lochstickerei, eine hellrote, kurze Aran-Strickjacke und Cowboystiefel im gleichen Farbton. Ihre schmale, rechte Hand ruhte wie zufällig auf ihrem Oberschenkel und gestattete den Blick auf einen goldenen Claddagh-Ring[2]. Das gekrönte Herz, das von zwei Händen gehalten wurde, wies nach außen zur Fingerspitze.

„Sie ist Irin", entfuhr es mir ungewollt.

„Ah, KKA Grothe kann jetzt schon hellsehen!" Die ironische Bemerkung kam von Doktor Baldur Oderpohl, seines Zeichens Rechtsmediziner und im zweiten Beruf Miesepeter. Er stand seitlich mit verschränkten Armen neben dem Boot und beobachtete kritisch das Tun von Vera. „Dann wissen Sie sicherlich auch, wie die Frau ums Leben gekommen ist?"

„Guten Morgen, Dr. Oderpohl", erwiderte ich mit einem Lächeln. „Nein, ich weiß nicht, woran sie starb. Das ist Ihr Job, Doktor", fuhr ich liebenswürdig fort. „Und ich kann auch nicht hellsehen. Aber ich weiß, dass sie Irin und Single ist." Zufrieden beobachtete ich, wie sich Verwirrung auf das Gesicht des stets mürrischen, arroganten Rechtsmediziners schlich. Vera, die sich über das Bootsinnere gebeugt hatte, richtete sich überrascht auf.

„Na, dann lass uns mal an deinem Wissen teilhaben. Bis jetzt haben wir nämlich noch nichts gefunden, mit dem wir sie identifizieren könnten."

„Ihr Ring ist ein traditionelles, irisches Schmuckstück. So wie sie ihn trägt, ist sie in einer festen Beziehung. Außerdem

---

[2] Traditioneller, irischer Ring, der, je nach Art des Tragens, den Status Ehe, Verlobung, Freundschaft oder Single anzeigt.

ihr dunkles Haar, die blasse Haut und die Aranjacke. Sie muss eine Irin sein."

„Es gibt 2,5 Millionen Irinnen. Das schränkt die Suche nach ihrer Identität wahrlich ein", bemerkte Oderpohl spöttisch.

„Nun lass mal, Baldur", wies Vera ihn zurecht. „Wir sind schließlich in Deutschland und nicht in Irland, falls dir das bisher nicht aufgefallen ist. Und hier ist eine Irin mit Sicherheit eine Exotin. Erzähl lieber, wie und wann das Mädel ums Leben gekommen ist. Hattest ja reichlich Zeit, dir darüber deine Meinung zu bilden."

Oderpohls Miene verfinsterte sich. Es schien, als wolle er etwas erwidern, besann sich jedoch. Aus einer offenen Konfrontation mit Vera konnte man nämlich nur als Verlierer hervorgehen. Er reckte seinen langen, hageren Körper

„Rigor Mortis noch nicht voll ausgeprägt. Todeseintritt vor vier bis sechs Stunden." Er bückte sich und hob vorsichtig die Locken an, bis der Hals der Frau sichtbar wurde. Ein feiner, blutroter Striemen hob sich von der Haut ab.

„Erdrosselt. Mit einer Garrotte?"

„Ganz genau, Kommissarin Allwissend", fuhr mich Oderpohl an. „Ich dachte, das wäre mein Job."

Vera gab ein leises Kichern von sich, während Hans neben mir ein Stöhnen hören ließ.

„Ich glaube, das reicht jetzt", wies er uns ärgerlich zurecht. „Wann ist die Autopsie?"

„Heute Nachmittag um drei."

„Gut, dann sehen wir uns. Vera, was hast du schon herausgefunden?"

„Aber Hans, ich habe doch noch gar nicht richtig angefangen. Also ein bisschen Zeit brauchen wir schon." Sie drehte sich um und wies mit der Hand auf einen Mann, der allein auf einer Bank am Ufer saß und auf das Wasser starrte. „Vielleicht nehmt ihr euch den Angler erst einmal vor. Der hat nämlich das Boot mit der Toten gefunden und geborgen."

Ich hatte mich in der Zwischenzeit hingehockt und versucht, einen beschädigten Aufkleber am Rumpf des Bootes zu entziffern. „Das ist ja ein Zufall!", rief ich ungeachtet des Gesprächs der anderen aus. „Das Boot gehört zu dem Yacht Club, in dem im letzten Jahr die drei Mitglieder ermordet wurden."

Der Mann saß nach vorn gebeugt, die Ellbogen auf den Oberschenkeln, die Hände in nervöser Bewegung. Er war so in Gedanken vertieft, dass er erschrocken zusammenzuckte, als Hans ihn ansprach.

„Guten Tag. KHK Beckmann und KKA Grothe. Man hat uns gesagt, dass Sie die Tote entdeckt haben."

„Ähm, ja." Er setzte seine Schirmkappe ab und fuhr über sein raspelkurzes, blondes Haar.

„Dürfen wir Ihnen ein paar Fragen stellen?"

„Natürlich."

Er wollte aufstehen, doch Hans winkte ab.

„Ich setze mich mal zu Ihnen, wenn Sie erlauben."

„Natürlich." Rasch rutschte er zur Seite. An seinem schmächtigen Körper schien die Anglerkleidung wie von einem größeren Bruder ausgeliehen. Die kakifarbene Funktionshose war viel zu lang, ebenso die Ärmel seines Parkers aus festem Drillich im Camouflage-Muster. Sein blasses, faltenfreies Gesicht und seine wachen, braunen Augen wollten so gar nicht mit den voluminösen Lippen, der knubbeligen

Nase und den von Couperose überzogenen Wangen harmonieren. Es fiel mir schwer, sein Alter einzuschätzen.

Während die beiden Männer es sich auf der Sitzfläche gemütlich machten, darauf bedacht, sich nicht zu berühren, lehnte ich mich gegen den Stamm einer jungen Buche, die der Bank gegenüberstand, und holte meinen Notizblock aus der Tasche.

„Würden Sie uns bitte Ihren Namen und Ihre Anschrift nennen und uns dann erzählen, was Sie heute Morgen erlebt haben?"

Der Mann stellte sich als Matthias Grundmann vor, der mit seiner Frau in Körbecke lebte. Dann stockte er kurz, bevor er mit der Schilderung der Ereignisse begann.

„Wegen des aufziehenden Unwetters habe ich gemacht, dass ich zurück zum Angelklub kam." Er wies mit dem Arm ein Stückchen das Ufer entlang bis zu einer schmalen Bucht. „Ich war gerade unter der Fußgängerbrücke durch als mich so ein durchgeknallter Windsurfer schnitt. Wäre fast gekentert vor Schreck. Und als ich das Boot wieder im Griff hatte, habe ich etwas Weißes unter der Weide auftauchen sehen." Nun wies er in die andere Richtung.

Ich wandte den Kopf und konnte etwa fünfzig Meter entfernt auf der Uferböschung einen uralten Baum erkennen, dessen lange, weiche Zweige die Wasseroberfläche berührten.

„Erst wollte ich gar nicht nachsehen. Das Wetter, Sie verstehen. Aber dann erkannte ich, dass es ein kleines Boot war und dachte, dass da jemand Schutz unter der Weide gesucht hatte und vielleicht Hilfe brauchte. Ich also hin. War ein Opti ohne Mast und Segel und anscheinend leer. Erst als ich längsseits ging, sah ich dann das Mädel. Ich habe sie angesprochen und sie schließlich an die Schulter gefasst. Und da war mir klar, dass sie nicht mehr lebte. Und dann habe ich den Opti ins Schlepp genommen. Konnte das arme Ding bei dem Unwetter ja nicht da draußen lassen."

„Sie haben also das Boot und die Tote angefasst?"

„Ja. Ging nicht anders. War das falsch?" Sein Blick huschte nervös zwischen Hans und mir hin und her.

„Nein", beruhigte Hans den Mann. „Es war alles richtig. Wir benötigen dann allerdings ihre Fingerabdrücke und ihre DNA, damit wir sie von anderen möglichen Spuren abgrenzen können. Wenn Sie einverstanden sind, wird jemand von der Forensik gleich die Proben nehmen."

Matthias Grundmann nickte erleichtert.

„Dieser Surfer, von dem Sie sprachen. Kannten Sie ihn?"

„Nee."

„Wie sah er aus?"

„Der hatte einen langen Neoprenanzug an und die Kapuze auf. Hab ihn nur von hinten gesehen. Aber es schien ein junger Mann zu sein. Schlank, mittelgroß."

„Und das Surfbrett?", hakte ich ein. „Wissen Sie noch, wie das Segel aussah?"

Grundmann überlegte einen Moment. „Grau, rot und schwarz. Und oben am Achterliek so ein Zeichen. Sah aus wie ein Kreis mit mehreren Zirkeln."

„Könnten Sie es mir vielleicht aufmalen?" Ich reichte ihm mein Notizbuch. Mit schnellen, sicheren Handbewegungen zeichnete er das Segel aufs Papier.

„So ungefähr."

„Danke. War denn sonst noch jemand auf dem Wasser?"

„Nee. Die haben wahrscheinlich alle, außer mir, vorher den Wetterbericht gehört." Er zeigte ein schiefes Grinsen. „Aber um diese Zeit treibt sich außer Anglern eh keiner auf dem Wasser herum."

„Wann sind Sie denn rausgefahren?", übernahm Hans wieder.

„Gegen halb fünf. Da war es noch schön."

„Und da ist Ihnen das Boot unter der Weide nicht aufgefallen?"

„Nee. Hab auch nicht in die Richtung geschaut."

„Haben Sie irgendetwas Ungewöhnliches bemerkt?"

„Nee. Ich angle immer in der Nähe vom Linkturm. Und da war keine Menschenseele. Darum hatte ich mich so erschreckt, als der Surfer plötzlich auftauchte. Und das Körbecker Becken kann man von dort nicht einsehen."

„Eine letzte Frage noch. Wo waren Sie zwischen drei und halb fünf Uhr?"

Grundmann sah mich verwirrt an. Dann wurde ihm klar, worauf meine Frage abzielte.

„Sie glauben doch nicht, dass ich …" Empört richtete er sich auf.

„Wir müssen jeden fragen, mit dem wir bei den Ermittlungen ein Gespräch führen", versuchte ich ihn zu beruhigen.

„Na, wo werde ich wohl gewesen sein? Zu Hause! Könn' Se meine Frau fragen."

„Was hältst du von dem Angler?", fragte Hans, als wir in den Wagen stiegen und uns auf den Weg zum Yacht Club machten.

„Ich glaube nicht, dass er etwas damit zu tun hat. Andererseits war er zur fraglichen Zeit auf dem See. Und er sagt ja selbst, dass er niemanden gesehen hatte, also wird auch ihn niemand gesehen haben. Davor war er angeblich zu Hause.

Doch als Zeugin hat er lediglich seine Ehefrau angegeben. Also, was sein Alibi betrifft – nicht unbedingt vertrauenswürdig." Ich bog auf die Seestraße Richtung Günne ein. „Wir müssen nachprüfen, ob er die Tote vielleicht kannte."

„Dafür müssen wir aber erst wissen, wer sie ist." Hans bemühte sich, mit einem leisen Stöhnen, eine bequemere Sitzposition zu finden. „Ist denn schon jemand an diesem Club?"

Ich berichtete ihm von Henrich Kemper, Hausmeister und Pächter der clubeigenen Gastronomie sowie Sauerländer Urgestein.

„Ach, das ist der, den Fromme damals auf dem Kieker hatte?"

„Ganz genau. Und bei dem man immer frischen Kaffee, Schnittchen und Gebäck bekommt."

Ich freute mich schon darauf, Henrich wiederzusehen. Nicht nur, dass ich den rothaarigen Hünen gern mochte, sondern es gab da auch ein Geheimnis zwischen uns, das wir beiden seit einem Jahr hüteten wie unseren Augapfel. „Weißt du schon, wen die uns aus Dortmund schicken werden?"

Hans zuckte mit den Schultern. „Die in Dortmund kommen gerade vor Arbeit nicht in den Schlaf. Scheint, als hätten Morde im Augenblick Hochkonjunktur."

Ich hielt vor dem zweiflügligen Einfahrtstor, stieg aus und betätigte die Klingel.

„Joo?", rauschte die tiefe Stimme eines Mannes durch die Gegensprechanlage.

„Henrich? Fenja Grothe hier. Lässt du uns rein?"

„Kerr, wenn das gezz nich mein Glückstach iss", kam die begeisterte Antwort und das Tor schwang langsam auf.

Ich lenkte den Wagen über den Parkplatz bis zu einem schmalen Teerweg, der zum Ufer und den Clubgebäuden führte. Vorsichtig steuerte ich das steile Sträßchen hinunter, rechts von uns ein baumbestandener Steilhang und links, gut zehn Meter tiefer, das in der Sonne grünlich leuchtende Wasser der Möhne. Ich stellte den Wagen neben einem Kinderspielplatz ab und wir stiegen aus. Henrich wartete bereits freudestrahlend auf der Terrasse, ein Tablett mit zwei Kaffeebechern und einer gut gefüllten Platte mit Schnittchen und Gebäck balancierend.

„Morgen!", rief uns der hünenhafte Mann mit den feuerroten Haaren zu. „Wen hasse denn da mitgebracht?"

„Guten Morgen, Henrich. Das ist mein Chef, KHK Hans Beckmann."

Henrich nickte Hans lächelnd zu, doch sein Blick wurde wachsamer, distanzierter. Ich wusste genau, was in Henrichs Kopf vorging. Er hatte die Befürchtung, dass ich unser Geheimnis preisgegeben hatte.

„Wir kommen wegen eines der Clubboote. Um genau zu sein, einem Optimisten, den wir in Körbecke gefunden haben."

Vorsichtig stellte Henrich das Tablett auf einem der Terrassentische ab. Als er sich uns wieder zuwandte, lagen in seinen Augen Erleichterung und die gewohnte Herzlichkeit, die er stets bereit war, seinem Gegenüber zu schenken.

„Na, bei dem Problemken kann ich sicher helfen", erwiderte er lachend. „Abba erst ma gönnen wa uns en Käffken und en paar Teilkes, woll."

„Ähm, …", setzte Hans an, doch ich unterbrach ihn.

„Dann machen wir jetzt eine größere Frühstückspause und lassen Mittag ausfallen", schlug ich ihm vor. „Außerdem, wo hast du schon mal beim zweiten Frühstück einen so tollen Ausblick genießen können?" Mit einer ausholenden Geste wies ich auf das dicht bewaldete, gegenüberliegende Ufer, das Wasser, auf dem kleine Wellen tanzten, und die gedrungenen, mächtigen Türme der Sperrmauer.

Hans sah Henrich kritisch nach, als dieser im Clubhaus verschwand.

„Ist der immer so?"

„Ja. Das heißt, nein. Er kann auch ganz anders, wenn er will", erklärte ich lachend.

Hans trat an die Hafenmauer und blickte hinunter. „Ganz schön groß, dieser Club."

„Über hundert Boote", bestätigte ich und stellte mich neben ihn. Auf dem breiten Steg direkt unter uns lagen mehrere Optimisten ordentlich aufgereiht, mit dem Kiel nach oben. Eine Stelle war jedoch frei.

„Schau mal, Hans. Scheint, als ob eines der Boote fehlt."

„Na, dann ist eine unserer ersten Fragen schon beantwortet."

„Isse?" Henrich stellte den Kaffeebecher auf den Tisch und trat neben mich. „Verdammich!", entfuhr es ihm. „Da is ja eins wech. Hab gestern gegen zehn die letzte Runde geschoben und da war es noch da. Muss jemand inner Nacht geklaut ham."

Nach unserem hervorragenden zweiten Frühstück verabschiedeten wir uns von Henrich und gingen zurück zum Wagen.

„Der Angler hätte den Optimisten bequem vom Steg herunterholen und dann irgendwo hinschleppen können." Ich rutschte hinter das Lenkrad.

„Wie jeder andere, der mit einem Boot unterwegs war", gab Hans zu bedenken und schnallte sich an. „Aber ich gebe dir recht. Dass er die Tote gefunden hatte, könnte ein Ablenkungsmanöver sein. Wir sollten uns diesen Matthias Grundmann mal etwas genauer anschauen. Aber erst einmal müssen wir die junge Frau identifizieren."

Ich bog auf die Linkstraße ein und beschleunigte, als sich mein Telefon meldete.

„Grothe!"

„Dieter hier", rauschte es durch die Freisprechanlage. „Hier ist eine Frau aufgetaucht, die ihre Nichte als vermisst melden möchte. Die Frau heißt Susan Connery und ist Irin."

Soest/Kreispolizeibehörde

Eine Viertelstunde später betraten wir das Revier. Auf einem der Besucherstühle im Empfangsbereich saß eine zierliche Frau mit langen, schwarzen Locken. Sie hob den Kopf, als sie uns kommen hörte und zwei leuchtend blaue Augen musterten uns. Dass sie mit unserem Opfer verwandt war, stand für mich sofort außer Frage. Sie war das perfekte Ebenbild des toten Mädchens, lediglich einige Jahre älter.

Nach der Begrüßung meinte Hans, dass ich das Gespräch führen solle und verschwand in seinem Büro. Super. Nun lag es allein bei mir, die Todesnachricht zu überbringen. Ich führte die Frau in unsere *Kemenate,* einen kleinen Raum, den wir für Gespräche mit Angehörigen nutzten. Er war nicht besonders gemütlich, aber dem kalten, spartanisch eingerichteten Verhörzimmer allemal vorzuziehen. Ich bat Susan Connery auf dem lindgrünen Sofa Platz zu nehmen. Ich selbst wählte einen frei schwingenden Polsterstuhl ihr gegenüber.

„Frau Connery, man sagte uns, dass Ihre Nichte verschwunden sei."

„Ja. Keela wollte gestern Abend in Soest einen Club besuchen und ist nicht wieder aufgetaucht. Sie wollte ins *Maniac*.“

Alles drängte sich in mir, der Frau von der Toten im Boot zu berichten, aber da die Gefahr bestand, dass sie danach vielleicht nicht mehr in der Lage wäre, meine Fragen zu beantworten, musste ich zunächst so viele Informationen wie möglich von ihr bekommen.

„War sie dort allein?“

„Nein. Die Tochter unserer Nachbarin ist mitgefahren.“

„Frau Connery, Sie sprechen ein hervorragendes Deutsch. Leben Sie schon lange hier?“

„Nein.“ Eine leichte Röte huschte über ihre Wangen. „Erst seit sechs Monaten. Ich bin Simultandolmetscherin für Deutsch und Englisch.“

„Ach darum. Und wie lange lebt Keela in Deutschland.

„Seit zwei Monaten. Offiziell ist sie als Au-pair bei uns.“

„Bei uns?“

„Ja, meinem Freund, Markus Althaus und mir.“ Sie errötete noch tiefer. „In fünf Monaten bekommen wir unser erstes Baby und Keela sollte mich in der Schwangerschaft und den ersten Monaten unterstützen.“

„Gab es mit Keela Probleme? Ist sie zum Beispiel schon einmal weggelaufen? Oder hatten Sie Streit mit ihr?“

Susan Connery zeigte ein leichtes Lächeln. „Nein. Mit Keela kann man gar keinen Streit bekommen. Sie ist ein so fröhliches, herzensgutes Mädchen. Nie und nimmer würde sie einfach weglaufen oder fortbleiben, ohne Bescheid zu geben.“

Ich kannte diese oder ähnliche Behauptungen zur Genüge, wenn es um das Verschwinden von Teenagern ging. Niemand gab gern zu, dass er Stress mit seinen Kindern hatte. Doch in diesem Fall sagte die Frau, die mir gegenübersaß, tatsächlich die Wahrheit.

„Wie alt ist Keela?“

„Neunzehn.“ Susan Connery kramte in ihrer Tasche und zog ein Foto heraus. „Das Bild von ihr habe ich vor zwei Wochen aufgenommen.“

Ich griff nach dem Foto und betrachtete es. Es bestand kein Zweifel mehr, dass in dem Boot, von einer Garrotte getötet, Keela McCauley gelegen hatte. Ich suchte Susans Connerys Blick. Jetzt war es an der Zeit, ihr von dem Tod ihrer Nichte zu erzählen. Ein Hinauszögern war nicht mehr möglich.

„Frau Connery, wir haben heute Morgen eine junge Frau tot aufgefunden“, begann ich sanft und warf einen Blick auf das Mädchen in der roten Aran-Jacke, das mir fröhlich vom Foto aus zulächelte. „Wahrscheinlich handelt es sich um Keela.“

Die Frau mir gegenüber legte den Kopf schief, versuchte, das, was ich gerade gesagt hatte, einzuordnen. Dann begriff sie. Ihre Augen weiteten sich, wurden dunkel vor Trauer und Leid. Ihre Hand hob sich zum Mund, den Schrei, der sich seinen Weg über ihre Lippen bahnte, zu einem merkwürdigen Gurgeln abschwächend.

Ich erhob mich und setzte mich neben sie. Vorsichtig legte ich Keelas Foto auf ihren Schoß. Sie ergriff es, umklammerte es so fest, dass die Handknöchel weiß hervortraten. Ihr Kopf neigte sich und ich sah eine Träne, die sich aus ihrem Augenwinkel löste, den Nasenrücken entlangfuhr und schließlich auf das Bild hinuntertropfte.

So saßen wir beiden eine Weile ruhig beieinander, ich mit einem schrecklich großen Kloß im Hals und sie still vor sich hin weinend.

Schließlich hob sie den Kopf und sah mich an. „Kann ich sie noch einmal sehen?“

„Ja, natürlich. Sie müssen Keela offiziell identifizieren.“

„Hat sie gelitten?“

„Nein, es spricht gegenwärtig nichts dafür“, antwortete ich ausweichend. „Darf ich Ihnen noch einige Fragen stellen, die für die Ermittlungen wichtig sein könnten?“

„Ja. Natürlich. Ich will, dass Sie den, der ihr das angetan hat, finden.“

„Danke. Kann ich Ihnen vielleicht etwas zu trinken anbieten? Einen Kaffee oder ein Glas Wasser?“

Susan Connery schüttelte den Kopf. „Bitte, lassen Sie es uns so schnell wie möglich hinter uns bringen.“

Ich erhob mich und setzte mich zurück auf den Polsterstuhl. „Frau Connery, wir benötigen den Namen von Keelas Freundin und anderen Personen, mit denen sie regelmäßig Kontakt hatte, sowie die Handynummer ihrer Nichte.“

Ohne Zögern nannte sie zwei Namen und eine Telefonnummer, die ich rasch notierte.

„Hatte Keela einen Freund?“

„Nicht hier in Deutschland. In Irland schon. Wenn sie dorthin zurückkehrte, sollte die Verlobung stattfinden.“

„Gab es jemanden, mit dem sie Streit hatte. Wurde sie vielleicht gestalkt?“

„Nein. Ganz bestimmt nicht.“

„Können wir morgen früh bei Ihnen vorbeikommen? So gegen neun. Wir würden gern mit Ihrem Lebenspartner sprechen und uns Keelas Zimmer ansehen.“

Die Frau nickte zustimmend. „Markus wird da sein. Und unser Haus steht Ihnen jederzeit offen."

„Danke, Frau Connery. Sollen wir jemanden für Sie informieren oder möchten Sie, dass ein Kollege Sie nach Hause fährt?"

„Nein. Ich möchte jetzt für mich allein sein, bitte." Sie erhob sich und reichte mir die Hand. „Danke, dass Sie sich um Keela kümmern." Sanft legte sie ihre linke Hand auf meine. Ein goldener, mit Diamanten besetzten Claddagh-Ring funkelte auf ihrem linken Ringfinger. Also war Markus Althaus nicht nur ihr Freund, sondern ihr Verlobter. „Und wenn ich zu Keela darf, melden Sie sich bitte."

Hans Beckmann übernahm die Leitung unserer ersten Fallbesprechung, da der Ermittlungsleiter aus Dortmund immer noch nicht eingetroffen war. Dieter Winter hatte uns Dennis Stabler sowie zwei weitere uniformierte Kollegen, die POKs Tessa Beilke und Nicolas Baur zur Seite gestellt und sich angeboten, solange wie niemand von der Mordkommission aus Dortmund auftauchte, selbst mitzuhelfen. So saßen wir zu sechst im Besprechungsraum und Hans verteilte die Routinearbeiten. Dennis sollte sich im *Maniac* umschauen und die Bänder vorhandener Überwachungskameras besorgen. Dieter würde gemeinsam mit Tessa Beilke Informationen über Keela, Susan Connery, Markus Althaus und unseren Angler sammeln, während Hans bei der Staatsanwaltschaft die Genehmigungen für die Funkzellenabfrage am Yacht Club und der Seetreppe, die Einsicht in Keelas Verbindungsnachweise sowie die Erstellung ihres Bewegungsprofils beantragen würde. Auch musste er sich sputen, rechtzeitig bei der Obduktion zu erscheinen. Nicolas Baur wurde beauftragt, den unbekannten Surfer ausfindig zu machen. Und für mich blieben nur noch die Befragungen von Anne Schulz, dem Mädchen, mit dem Keela im *Maniac* gewesen war, und Stella Wohlmut, die ebenfalls in der Nachbarschaft von Susan Connery und Markus Althaus lebte.

„Aber ruf dort vorher an", ermahnte mich Hans.

Ich hätte fast vor Freude über meine Aufgabe ein lautes *Yepp* ausgestoßen, konnte mich aber gerade noch zügeln.

Körbecke/Eibenweg

Gutgelaunt stieg ich in meinen UP. Ich war so froh, der langweiligen Schreibtischarbeit entrinnen zu können, dass ich auf dem Weg in Richtung Möhne das Radio laut auf WDR4 stellte und die Texte der Songs lauthals mitsang. Ich fuhr die B229 hinauf zur Haar. Oben angekommen, öffnete sich mir der Blick auf das üppige Grün des Arnsberger Waldes und das idyllisch daliegende Möhnetal. Über die kurvenreiche, von Bäumen dicht begrenzte Straße ging es hinunter bis zur Delecker Brücke. Das weiße Ausflugsschiff *Möhnesee,* das den Sommer hindurch Touristen über das *Westfälische Meer* schipperte, legte gerade in der Nähe der Brücke an. Ich folgte der südlichen Uferstraße und erreichte schließlich in Höhe der Körbecker Fußgängerbrücke den Abzweig in den Eibenkamp. Nun ging es steil bergauf bis zu einem Wendehammer, in dem Parkbuchten ausgewiesen waren. Dort stellte ich meinen Wagen ab und ging die wenigen Meter zum Haus Nummer 23 zu Fuß. Zwischen einer dichten Eibenhecke fand ich den Durchgang zu dem Grundstück und blieb auf der gekiesten Einfahrt einen Moment beeindruckt stehen. Vor mir erhob sich ein zweistöckiges Gebäude, das aussah, als hätte ein Riese mit Bausteinen gespielt, zwei gewaltige Quader aufeinandergelegt und danach verschoben. Langsam bewegte ich mich, von üppig blühenden Rabatten begleitet, auf den Eingang zu, einer monströsen Kombination aus zwei Rauchglaselementen, und drückte auf einen schlichten Messingklingelknopf. Eine wohltönende Quint erklang. Einen Augenblick später schwebte eine der Glasflächen zur Seite und eine hochgewachsene, elegant gekleidete Frau mit blondem Haar, das sie zu einem lockeren Dutt im Nacken trug, erschien.

„Sie sind sicher Kommissarin Grothe", empfing sie mich lächelnd. „Guten Tag. Treten Sie doch bitte ein. Ich bin Larissa Hoffmann-Schulz, Annes Mutter."

Mehrere goldene Bettelarmreifen klirrten leise, als sie mir ihre schmale, langfingerige Hand reichte. Ich folgte ihr durch eine mit dunklem Holz ausgelegte Diele zwei Stufen hinauf in ein lichtdurchflutetes Wohnzimmer, das sich über die gesamte Längsseite des Hauses zog. Links von mir breitete sich eine imposante Polsterlandschaft aus, während rechts ein minimalistischer Esstisch mit Schwingstühlen für zwölf Personen Platz bot. Doch der absolute Hingucker war der gläserne Kamin, der in die großflächige Panoramascheibe eingearbeitet worden war. Davor standen zwei gemütlich aussehende Ohrensessel in einem leuchtenden Mittelblau.

„Kann ich Ihnen etwas anbieten? Tee, Kaffee, Wasser?"

„Danke sehr, aber ich denke, dass das Gespräch mit Ihrer Tochter nicht allzu lange dauernd wird."

„Gut. Wie Sie möchten. Nehmen Sie doch bitte Platz. Ich sage Anne Bescheid."

Anne war ihrer Mutter wie aus dem Gesicht geschnitten. Großgewachsen, blondes, langes Haar. Einzig die Kleidung ließ mich einen Moment innerlich schmunzeln. Ein ausgebeulter, zitronengelber Pullover, dessen übergroßer Ausschnitt über die Schultern gerutscht war und eine Boyfriend-Jeans mit breiten Cuts auf den Schenkeln ließ von ihrer sicherlich guten Figur nichts erahnen. Sie war barfuß, die Zehennägel in einem leuchtenden Violett lackiert.

Hätte ich einen vor Trauer hysterischen Teenager erwartet, wäre ich jetzt enttäuscht worden.

„Hey!" Lächelnd kam sie auf mich zu und streckte mir ihre Hand entgegen. „Sie sind also Kommissarin. Wie spannend! Ich bin Anne." Dann musterte sie mich von oben bis unten. „Sorry, wenn ich jetzt übergriffig werde, aber warum ziehen Sie sich so farblos an?"

Ich blickte erstaunt an mir herunter. Blue Jeans, ein weißes T-Shirt und eine rehbraune, kurze Lederjacke – Was war daran nicht in Ordnung?

„Mit Ihren blonden Locken, blauen Augen und der guten Figur sollten Sie Royalblau, Smaragdgrün oder Rubinrot tragen. Dann sind Sie der absolute Hingucker", plapperte sie munter weiter. „So alt sind Sie doch noch nicht, dass Sie sich verstecken müssten."

Ich lachte laut auf. „Anna, woher haben Sie Ihre Weisheiten?", fragte ich immer noch lachend.

„Och, ich studiere seit zwei Jahren Modedesign", erwiderte sie gelassen und ließ sich in eine Ecke der Polsterlandschaft fallen.

Ich setzte mich ihr gegenüber. „Nun, wenn ich mal Hilfe beim Stylen benötige, dann melde ich mich gern. Aber ich bin heute nicht hier, um mir Modetipps abzuholen. Es geht um Keela."

Anne nickte und wurde ernst.

„Gestatten Sie mir ebenfalls eine übergriffige Frage? Ihre Freundin wurde getötet. Woher dann diese Munterkeit?"

Die junge Frau zuckte mit den Schultern. „Erstens war Keela nur eine nette Bekannte, keine richtige Freundin. Sie war fröhlich und unkompliziert, also habe ich sie gelegentlich mal mitgenommen. Und zweitens, was nützt es, Trübsal zu blasen? Keela hilft es nicht mehr."

Eine interessante Einstellung zum Tod, dachte ich verwundert.

„Nun gut. Um den Täter zu finden, benötigen wir für die Ermittlungen alle Informationen, die Keela betreffen – über ihre Persönlichkeit, ihre Kontakte und ihre letzten Stunden. Lassen Sie uns darum mit gestern Abend beginnen."

Anne setzte sich aufrecht hin und überlegte einen Moment. „Wir sind gegen zehn hier losgefahren und waren gegen halb elf im Maniac. Es war ganz schön voll." Sie lächelte bei der Erinnerung. „Keela tanzt gern und darum verschwand sie, nachdem wir unsere Clique getroffen hatten, sofort allein auf der Tanzfläche. Dann hatte ich irgendwann beobachtet, dass *Knochentarzan* ihr wieder mal auf den Sack ging."

„Knochentarzan?"

„Ja, Benjamin Irgendwer. So ein langer, spindeldürrer Typ. Baggerte ständig Keela an. Doch die wollte nichts von ihm. Auch von keinem anderen. Sie hatte nämlich einen festen Freund in Irland. Und schließlich hatte der Typ sie so genervt, dass sie zu mir kam und sagte, sie würde mit dem Taxi nach Hause fahren. Sie hatte halt keinen Bock mehr auf diesen Spinner. Als sie durch die Tür war, sah ich, dass sie ihr

Schminktäschchen vergessen hatte. Ich bin ihr dann nach. Und draußen habe ich dann gesehen, dass sie sich die Straße runter mit einer Frau unterhielt."

„Kannten Sie die Frau?"

„Nee. Aber kann sein, dass Keela sie kannte."

„Wie kommen Sie darauf?"

„Es war so ein unkomplizierter Umgang miteinander."

„Können Sie die Frau beschreiben?"

„Sie standen außerhalb des Laternenlichts. Aber mir ist aufgefallen, dass die Frau einen dunklen Bubikopf hatte und einen Trenchcoat von Dior trug." Anne zog ihr Handy aus der Hosentasche und wischte über das Display. Dann reichte sie mir das Telefon. „Der Trench hat Rüschungen, die man nach Lust und Laune mit diesen dunklen Bändern verändern kann. Bekommt man für knapp vier Riesen."

Ich betrachtete den auffälligen, sandfarbenen Mantel und machte mir eine Notiz.

„Und wie ging es dann weiter?"

„Keela stieg in den Wagen der Fremden und fuhr mit ihr davon."

„Wann war das?"

„Kurz nach Mitternacht."

„Was war das für ein Wagen?"

„Dunkel. Ein SUV. Aber fragen Sie mich nicht nach der Marke. Damit kenne ich mich nicht aus."

„Haben Sie das Kennzeichen gesehen?"

„Sorry." Anne schüttelte den Kopf. „Ich hatte nur Augen für den Trenchcoat. So etwas sieht man nämlich nicht häufig in freier Wildbahn."

„Das heißt, er ist außergewöhnlich?"

„Absolut. Gerade hier in der Provinz."

„Sie sprachen vorhin von diesem Benjamin. Haben Sie ihn später noch im Club gesehen?"

Anne überlegte, dann schüttelte sie den Kopf. „Nee. Stimmt, der war verschwunden."

„Kennen Sie seinen Nachnamen und seine Adresse?"

„Nee. Aber ehrlich, der interessiert mich wie 'ne leere Tüte Chips." Sie griff erneut nach dem Handy. „Will mal nachhören, ob jemand aus der Clique den besser kennt."

Nach wenigen gewechselten Worten mit einer gewissen *Hexe* legte sie auf. „Benjamin Busch. Weidenstraße 56 in Günne."

Stella Wohlmut, die zweite Person, die mir Susan Connery genannt hatte, wohnte nur wenige Meter den Eibenkamp hinunter. Doch auch sie berichtete, dass sie zu Keela lediglich eine lockere Bekanntschaft gepflegt hatte. Private Dinge hätte sie nie mit der jungen Irin besprochen.

Ich ging zurück zu meinem Wagen. Kurz überlegte ich, ob ich diesem *Knochentarzan*, Benjamin Busch, einen Besuch abstatten sollte, verwarf die Idee jedoch, da ich dem Ermittlungsleiter aus Dortmund nicht vorgreifen wollte. Außerdem setzte langsam die Abenddämmerung ein. Eine Zeit, in der ich nicht mehr allein zu einem möglichen Verdächtigen fahren wollte, es gar nicht durfte.

Am Revier angekommen, wäre ich an der Eingangstür fast mit Dennis zusammengestoßen. Bereits in Jeans und Pullover, mit frisch gegelten Haaren, eilte er an mir vorbei.

„Dennis!"

Abrupt blieb er stehen und drehte sich langsam zu mir um. Mir war klar, dass er, zumindest innerlich, die Augen verdrehte. Dass er auf dem Weg zu einem Date war, war offensichtlich.

„Ist der Dortmunder schon da?", fragte ich ihn lächelnd.

„Nee", kam die knappe, eindeutig genervte Antwort.

„Und Hans und Dieter?"

„Sitzen beide im Besprechungsraum. Du, ich muss!" Und schon war er hinter der Hecke zum Parkplatz verschwunden.

„Viel Spaß, bei allem, was du vorhast", rief ich ihm lachend hinterher.

Meine Jacke landete mit Schwung auf meinem Schreibtischstuhl. Ebenso meine Tasche, nachdem ich aus ihr meinen Notizblock gezogen hatte. Rasch verschwand ich in der Kaffeeküche und holte mir einen Becher Kräutertee, bevor ich durch die weit offenstehende Tür in den Besprechungsraum trat. Hans und Dieter saßen an dem Schreibtisch vor dem Ermittlungsboard, vor sich einen Wust an unsortierten Papieren und Fotos.

„Ah, Fenja, gut, dass du kommst." Dieter stand auf, holte einen Stuhl für mich und stellte ihn an den Tisch. „Wir beiden alten Männer versuchen gerade, eine aussagekräftige Ordnung in die Ermittlungsunterlagen zu bekommen." Lachend setzte er sich wieder.

Mit hochgezogenen Augenbrauen sah ich auf die Uhr, dann auf die Schreibtischplatte. „Wie lange wollt ihr denn machen? Bis morgen früh?"

„Du bist zwar bald KOK, aber deshalb musst du jetzt nicht frech werden", erwiderte Hans grinsend. „Erzähl uns erst einmal, was die Befragungen ergeben haben."

Immer wieder einen Blick auf meine Notizen werfend, berichtete ich den beiden Kollegen von dem Gespräch mit Anne Schulz. Die beiden hörten mir aufmerksam zu, bis ich zu der Stelle mit Knochentarzan kam.

„Was für ein Knochentarzan?"

„Benjamin Busch, wohnhaft in Günne. Er ist wohl ein langer, schlaksiger, junger Kerl, der Keela nicht in Ruhe lassen konnte. Gegen zwölf hatte Keela sich, weil er sie nervte, allein auf den Weg zum Taxistand gemacht."

„Das passt!", rief Dieter aus. „Auf den Videos aus dem Maniac ist ein langer, dürrer Mann zu sehen, der sich ständig an Keela heranmacht. Um 23.55 Uhr verlässt die junge Frau gestikuliert die Tanzfläche und wird von der Kamera am Eingang acht Minuten später erfasst. Sie wendet sich nach links, Richtung Bahnhof."

„Zwei Minuten später kommt dieser Knochentarzan heraus, schaut die Straße nach links hinunter und beobachtet anscheinend irgendetwas. Dann verschwindet er nach rechts", erklärt Hans weiter. „Und eine Minute danach erscheint ein blondes Mädchen mit einem Täschchen in der Hand, schaut ebenfalls eine Zeit lang nach links, zuckt dann mit den Schultern und geht zurück in den Club."

„Dann muss dieser Benjamin ebenfalls die Frau gesehen haben", schlussfolgerte ich.

„Welche Frau?", fragten beide Männer gleichzeitig.

„Anne wollte Keela ihr Schminktäschchen hinterherbringen. Als sie aus dem Club kam, sah sie Keela, die sich mit einer Frau unterhielt. Kurz danach stieg die junge Irin in den dunklen SUV der Frau ein und fuhr mit ihr weg."

„Wer war die Frau?"

„Das wusste die Zeugin nicht, aber diese Frau hatte etwas sehr Besonderes an." Ich holte mein Smartphone hervor und zeigte den beiden den Trenchcoat, den die Frau getragen hatte. „Ein absolutes Luxusteil, das - Annes Worte - in der freien Wildbahn so gut wie nie auftaucht. Darum hatte das Mädel dem Wagen auch keinen zweiten Blick gegönnt. Also kein Kennzeichen, keine Marke und auch die Farbe nur sehr vage. Dafür wusste sie, dass die Frau einen dunklen Bubikopf hatte. Und sie hatte den Eindruck, dass Keela die Frau kannte."

„Okay. Druck mir mal Bilder von dem Mantel aus. Ich verteile sie dann an die Streifen." Dieter fuhr sich mit der Hand durch sein grau meliertes Haar. „Prio eins: Wir müssen die Frau finden."

Hans nickte zustimmend. „Gleichzeitig müssen wir uns um diesen Benjamin Busch kümmern. Und der Angler…", mein Chef schob suchend einige Papiere an die Seite, „… Matthias Grundmann muss noch einmal ausführlich befragt werden. So ganz ohne ist der nämlich nicht. Hatte schon zweimal wegen Körperverletzung eine Einladung von uns. Wurde aber nie angeklagt, da die verletzte Person, seine Ehefrau, die Anzeige zurückgezogen hatte."

„So ein Scheißkerl ist das also", entfuhr es mir.

„Ganz genau", bestätigte Hans mit einem Kopfnicken. „Und dabei ist er nur so ein Schmachtlappen. Aber wenn die Frau nichts gegen ihn unternimmt …", resigniert lehnte er sich in seinem Stuhl zurück.

„Wir sollten uns vielleicht bei den Taxifahrern umhören, ob sie in der Nacht eine Fuhre zur Möhne hatten. Wir wissen ja nicht, wohin die Frau Keela mitgenommen hatte. Es könnte bis zum Taxistand sein, aber genauso gut auch bis vor die

Haustür. Was ist denn mit Verkehrsüberwachungskameras?",
fragte ich.

Dieter lachte laut auf. „Man merkt, dass du aus dem
Ruhrpott kommst. Wir sind hier in der Pampa! Wenn die Frau
nicht aus Versehen in einen Blitzer gefahren ist – keine
Chance."

„Handyortung", schlug ich vor.

„Ist bis jetzt nicht genehmigt. Und der
Verbindungsnachweis zu Keelas Handy ebenfalls nicht."

„Was war denn bei der Obduktion?", durchbrach ich die
Stille, die für einen Moment den Raum gefüllt hatte.

„Nichts, was uns irgendwie weiterbringen würde. Keine
Kampfspuren, nichts unter den Fingernägeln. Eintritt des
Todes 2.00 Uhr plus minus eine halbe Stunde."

„Wusste Vera etwas Neues zu berichten?"

Hans schlug sich mit der flachen Hand gegen die Stirn.
„Mensch, das habe ich ja vollkommen vergessen. Sie hat ein
schwarzes Frauenhaar an der Jacke der Toten gefunden." Er
wies mit der Hand auf ein Foto am Ermittlungsboard. Die
Länge des abgebildeten einzelnen Haars hätte zu einem
mittellangen Bubikopf passen können. „Aber Vera kam das
Haar komisch vor. Und tatsächlich. Es ist zwar das natürliche
Haar einer Frau, aber es stammt eindeutig von einer
Perücke."

„Das könnte bedeuten, dass die Fremde, die Keela
mitgenommen hatte, eine Perücke trug?"

„Ja. Oder die mutmaßliche Täterin."

„Das Tragen einer Frauenperücke gibt keinen Aufschluss
über das Geschlecht des Trägers. Es könnte also auch ein
Mann sein", dozierte ich.

„Oder beides", fügte Dieter grinsend hinzu.

„Auch das!", gab ich lachend zu. „Morgen um neun habe ich übrigens den Termin mit Keelas Tante und ihrem Lebenspartner in deren Haus. Soll ich direkt von zu Hause hinfahren oder erst noch ins Revier kommen?"

„Komm lieber zunächst ins Revier. Einer muss den Dortmunder begrüßen. Ich bin ja beim Arzt", antworte Hans und klopfte mit der flachen Hand auf seine lädierte Hüfte.

„Habt ihr denn schon etwas aus Dortmund gehört?"

„Nein." Dieter sah auf die Uhr, kurz nach neun. „Und genau aus diesem Grund werden wir jetzt schön nach Hause gehen. Wer weiß, was uns morgen noch so alles erwartet."

Der Sigefridwall lag still und verlassen vor mir. Obwohl sich rechts und links eine Vielzahl neu gebauter Mehrfamilienhäuser die Straße entlangzogen, war keine Seele weder zu Fuß noch mit dem Wagen unterwegs. Nicht, dass ich Angst hatte, durch eine einsame, nur mäßig beleuchtete Straße zu laufen, aber irgendetwas war heute anders. Es war nur so ein Gefühl. Ich spitzte die Ohren, doch hörte nichts Ungewöhnliches. Und dann, plötzlich, sträubten sich mir die Nackenhaare. Im selben Moment spürte ich eine Hand, die sich auf meine Schulter legte. Was dann kam, war eine durch hundertfaches Training ausgelöste Reaktion. Mein linker Arm winkelte sich wie von selbst an, holte Schwung und schoss nach hinten. Nur am Rande nahm ich das Verschwinden der Hand auf meiner Schulter und ein Ächzen wahr. Ich wirbelte herum, das rechte Knie angewinkelt, bereit, einen Kopf zu treffen. Mein Angreifer hatte sich, wie von mir beabsichtigt, vor Schmerz nach vorn gebeugt. Ich konnte sein Gesicht nicht sehen, aber ich wusste sofort, wem ich da in seinen Solarplexus geboxt hatte.

„Stefan!“

„Jaaaa! Verdammte Scheiße!“ Keuchend versuchte sich der Angesprochene aufzurichten, die Arme fest an seinen Oberbauch gedrückt.

„Sag mal, spinnst du, dich im Dunklen an mich anzuschleichen?“, fauchte ich ihn an. Adrenalin ließ mein Blut in den Ohren pochen. Fahrig strich ich durch meine Locken.

„Ja“, stieß er aus.

„Sei froh, dass ich dich rechtzeitig erkannt habe. Sonst hättest du jetzt noch ganz andere Probleme.“

Er schloss die Augen und atmete langsam tief ein und aus. Dann sah er mich mit einem zittrigen Lächeln an.

„Du hast einen ganz schönen Wums.“

Ich lachte laut auf. „Ich sehe schon die Schlagzeile: Kommissarin schlägt Kollegen krankenhausreif. Was machst du überhaupt hier?“

„Als ich aus dem Motel kam, hatte ich dich gesehen und wollte mit dir sprechen.“ Sein Atem normalisierte sich langsam wieder. „Aber du warst ja so flott unterwegs, dass ich kaum hinterherkam.“

„Kam dir nicht in den Sinn, nach mir zu rufen?“

„Na ja, ich wollte dich halt überraschen.“

„Das ist dir auch prima gelungen. Wieso bist du überhaupt in Soest?“ Dann fiel bei mir der Groschen. „Du sollst die Ermittlungen leiten!“

Stefan Gebhardt, schlank, drahtig, mit zwei auffälligen Narben auf der linken Wange, die von der Einmischung in eine Messerstecherei stammten, hatte ich bei einer Mordermittlung vor einem Jahr kennengelernt. Er war ein hervorragender Ermittler und Kollege, auf den man sich blind verlassen konnte. Was uns besonders verband, war, dass wir beiden die runde Fünfzig erreicht hatten, unsere Einstellung zum Beruf, eine ähnliche Denkweise und die Antipathie gegen seinen ehemaligen Chef, KHK Fromme.

„Ich dachte, du wärst zurück nach Düsseldorf gegangen?"

„War auch so, aber dann hatte Dortmund mir Frommes Stelle angeboten. Und da konnte ich schlecht nein sagen."

Ich lachte erneut laut auf. „Fromme würde explodieren, wenn er das wüsste."

„Eben darum." Ein breites Grinsen zog sich über sein Gesicht. „Sag mal, hast du schon zu Abend gegessen?"

„Nein. Ich wollte gerade nach Hause und mir etwas machen."

„Wie lange hat denn der Italiener offen?"

Ich sah auf die Uhr. „Noch eine Stunde. Pizza wäre keine schlechte Idee, wenn du mich einladen möchtest."

Wir betraten das urige Restaurant im Schatten des Osthofentors.

„Bella!", ein kleiner, rundlicher Mann mit schwarzer Lockenpracht, einem schmalen Oberlippenbart und einer goldenen Kette um den Hals eilte auf uns zu. „Schön, dich zu sehen."

„Hallo Enrico. Hast du noch etwas zu essen für uns?"

„Aber natürlich. Und du hast noch jemanden mitgebracht." Seine flinken, braunen Augen musterten Stefan. „Ah, letztes Jahr waren Sie hier. Si. Stefano?"

„Respekt", erwiderte Stefan lachend. „Mit dem Gedächtnis könnten wir Sie gut in unserem Team gebrauchen."

„Oh, no! Zu aufregend der Job.“ Er wies mit einer einladenden Geste auf eine Nische am Fenster. „Nehmt doch bitte Platz.“

Wir rutschten artig auf eine Sitzbank.

„Wisst ihr schon oder braucht ihr die Karte?“

„Vegetaria mit Anchovis und Apfelschorle wie immer“, antwortete ich und sah fragend zu Stefan.

„Nehme ich auch. Aber dazu ein Weizen.“

„Kommt sofort!“ Rasch verschwand er hinter dem Tresen.

„Bist du allein gekommen?“

„Nein. Ich habe noch eine neue KKA mitgebracht. Aber die wollte lieber im Hotel bleiben.“

„Gut. Bei uns sieht es nämlich mau aus. Wir sind nur zu fünft – das heißt, wenn KHK Beckmann wegen seiner Hüfte nicht ausfällt.“

„Dann hoffen wir mal, dass der Fall dieses Mal nicht ganz so kompliziert wird.“

Ich verzog das Gesicht.

„Er ist schon kompliziert?“, hakte Stefan nach.

„Hat das Potenzial dafür“, gab ich zu.

„Okay. Dann erzähl mir, wenn das Essen da ist, was ihr schon wisst.“

„Und die Neue? Ist sie nett?“

„Ähm.“ Nun verzog Stefan das Gesicht. „Sagen wir, kompetent.“

„Aha.“

„Du wirst sie kennenlernen. Ich dachte, dass wir morgen um halb acht die Besprechung machen. Sind dann alle da?“

„Bis auf Hans, sicher.“

Enrico stellte die Getränke und zwei Pizzen, auf denen der Käse noch leicht blubberte, vor uns ab, wünschte uns einen guten Appetit und verschwand hinter dem Tresen. Bedächtig zog ich ein Stück meiner in Achtel geschnittenen Pizza mit den Fingern heraus, schnupperte, schloss die Augen und biss vorsichtig hinein - Genuss pur.

Dann begann ich von Keela, dem Angler, Anne, Knochentarzan und der unbekannten Frau zu erzählen, bis kein Krümel meines Essens mehr übrig war.

„Morgen um neun habe ich einen Termin mit Keelas Tante und ihrem Verlobten in deren Haus an der Möhne. Ich habe auch schon die Erlaubnis von den beiden, Keelas Zimmer zu durchsuchen."

„Gut." Stefan fuhr sich mit der Papierserviette über den Mund. „Also drei mögliche Verdächtige plus der Tante und ihrem Verlobten."

„Bis jetzt."

Dienstag

Möhnesee/Eibenweg

Die Besprechung war durchstrukturiert und konstruktiv verlaufen. Ein kurzer Abriss dessen, was wir schon hatten, und eine effektive Verteilung der Aufgaben. Auf Vermutungen und Spekulationen hatte Stefan verzichtet. Solange die Abschlussberichte der Forensik und der Rechtsmedizin nicht vorlagen und die Befragungen der möglichen Verdächtigen ausstanden, wollte er keine Zeit und Energie auf Mutmaßungen vergeuden. Auch fehlten noch die Genehmigungen für die Funkzellenabfragen und den Verbindungsnachweis von Keelas Handy. Erst wenn genug Informationen vorhanden wären, wäre das Formulieren von Theorien sinnvoll, hatte er argumentiert.

Was ist denn mit dem los?, war es mir überrascht durch den Kopf gegangen. Hatte ich doch im letzten Jahr einen ganz anderen Stefan kennengelernt. Als einen Ermittler, der gern Theorien ganz an den Anfang stellte. So würde man den Blick über den Tellerrand noch ausweiten, hatte er mir damals erklärt.

Eine Sensation für unsere eher provinzielle Behörde war der Auftritt der neuen KKA Ina Wulf gewesen. Dennis hatte kaum Augen und Mund zubekommen, als sie gemeinsam mit Stefan das Revier betrat. Ganz in Schwarz gekleidet, nickte sie den Anwesenden kurz zu, ohne den Anflug eines Lächelns zu zeigen. Ihre blasse Haut, die feinen Gesichtszüge, die schmalen, ungeschminkten Lippen, mit ihrem ausgeprägten Amorbogen und ihre androgyne Figur, ließen an einen hübschen Jungen denken. Dem widersprachen jedoch ihre hellgrauen Augen, die dramatisch von schwarzem Kajal umrandet waren, und ihr kastanienroter Bob, der so exakt geschnitten war, als hätte der Friseur eine Wasserwaage angelegt. Als Stefan uns miteinander bekannt gemacht hatte, hatte Ina meine dargebotene Hand ignoriert und mir lediglich, mit spürbarer Gleichgültigkeit, einen knappen *Guten Morgen* geschenkt.

Nun gut, hatte ich bei mir gedacht. *Jeder nach seiner Fasson*. Und falls sie tatsächlich so kompetent war, wie Stefan es angedeutet hatte, dann konnte ich diese Aura von Distanziertheit hinnehmen. Ich hatte schon mit ganz anderen Kalibern zusammengearbeitet.

Doch ein erster Riss in Inas Maske des Desinteresses zeigte sich, als Stefan sie POK Nicolas Baur zuteilte, um gemeinsam erneut den Angler zu befragen. Und ihre Augen begannen förmlich vor Empörung zu sprühen, nachdem Stefan entschieden hatte, dass er und ich zusammen die Befragungen von Keelas Tante, deren Verlobten und Benjamin Busch übernehmen würden.

Jetzt saßen wir im Wagen, unterwegs in Richtung Möhne. Ein feiner Nieselregen hatte eingesetzt und die vorbeiziehende Landschaft in ein gräuliches Zwielicht getaucht.

„Und, was hältst du von KKA Wulf?", unterbrach Stefan die Stille, die sich, seit wir Soest verlassen hatten, im Auto breit gemacht hatte.

„In welcher Hinsicht?", fragte ich vorsichtig nach.

„Ich meine, deinen ersten Eindruck von ihr."

„Willst du die nette oder unfreundliche Version hören?"

„Wie wäre es mit einer Sachlichen?"

„Soziale Kompetenz gegen null. Sie wird sich bei den Kollegen und Kolleginnen so einige Bläschen laufen. Und das liegt nicht unbedingt an ihrem äußeren Erscheinungsbild, sondern ihrem zur Schau gestellten Desinteresse an anderen und ihrer, ich nenne es mal Unhöflichkeit. Für mich hat das Mädel eine nicht vollständig ausgereifte beziehungsweise instabile Persönlichkeit. War das sachlich genug?"

Stefan warf mir von der Seite einen schnellen Blick zu. „So etwas Ähnliches ging mir auch schon durch den Kopf. Vielleicht sollten wir sie nicht zu Zeugenbefragungen schicken." Er bog in den Eibenweg ein.

„Lass mal. Nicolas ist ein entspannter Typ. Der wird sich von ein wenig Arroganz nicht einschüchtern lassen und dieser Ina ganz freundschaftlich den Kopf zurechtrücken."

Wir hielten vor einem in den Hang gebautes Schwedenhaus. Zu der hellgrauen Farbe der Holzwände hatte der Besitzer knallrote Fensterrahmen mit einer weißen Umrandung gewählt. Ein eher ungewöhnlicher Haustyp für diese Gegend, doch seinem nordischen Charme konnte ich mich nicht entziehen. An der rot gestrichenen Tür hing ein messingfarbener Türklopfer in Form eines Kordelrings. Noch bevor Stefan den Klopfer bedienen konnte, wurde die Tür von Susan Connery geöffnet.

„Wie schön, dass Sie so pünktlich sind", empfing sie uns mit einem angedeuteten Lächeln. „Bitte, treten Sie bitte ein."

Vor uns breitete sich ein riesiger, lichtdurchfluteter Raum aus, der allem Anschein nach als Wohnzimmer, Essbereich sowie Küche diente. In der Mitte, als eine Art Raumteiler, befand sich eine breite, hölzerne Treppe, die ins Obergeschoss führte. Die Einrichtung bestach durch nordisch klare Linien und farbenfrohe Dekorationen.

Von einem der beiden gegenüberstehenden Sofas erhob sich ein Mann Mitte vierzig. Groß, durchtrainiert, markante Gesichtszüge und braunes Haar, durchzogen von ersten Silberfäden, ließen in mir das Wort *Sahneschnitte* aufploppen. Mit seiner weichen Baritonstimme stellte er sich als Markus Althaus vor.

„Frau Connery, Herr Althaus, mein herzliches Beileid und danke, dass Sie sich für uns Zeit nehmen", begann Stefan, nachdem wir uns gesetzt und den angebotenen Kaffee abgelehnt hatten.

„Aber das ist doch gar keine Frage, dass wir alles unternehmen werden, damit Keelas Mörder gefasst wird", warf Markus Althaus ein.

Stefan nickte. „Um den Formalia gerecht zu werden, benötigen wir neben Ihren persönlichen Daten auch einen Nachweis, wo Sie sich zu der fraglichen Tatzeit aufgehalten haben."

„Aber Sie glauben doch nicht …"

„Susan." Althaus legte der Frau beruhigend seine Hand auf den Arm. „Das dient lediglich dazu, uns von der Verdächtigenliste zu streichen. Denn ich bin mir sicher, dass jeder erst einmal als Verdächtiger gesehen wird."

Stefan nickte erneut. „Damit haben Sie vollkommen recht, Herr Althaus."

Ich notierte die persönlichen Daten der beiden und die vorgetragenen Alibis. Danach war Althaus zusammen mit seiner Sekretärin bis in die Nacht bei einem Geschäftsessen gewesen, hatte sie danach nach Hause gebracht und war gegen 2.00 Uhr im Eibenweg eingetroffen, wo er zusammen mit Susan noch einen Tee getrunken hatte. Ein perfektes Alibi sah anders aus. Aber ich hatte trotzdem das Gefühl, dass die beiden die Wahrheit sagten.

Weiter erfuhren wir, dass Althaus' Frau vor einem Jahr bei einem Unfall ums Leben kam. Und bei einem geschäftlichen Aufenthalt in Irland hätte er Susan kennengelernt. Sie hätten sich sofort ineinander verliebt. Nur einen Monat später wäre Susan dann nach Deutschland übergesiedelt.

Diese ganze Geschichte erinnerte mich an einen Rosamunde-Pilcher-Film, den ich gesehen hatte. Der trauernde Witwer, die junge, hübsche Frau und beide lebten bis an ihr Ende in einem Haus am See.

Und dann stirbt Keela.

„Keela hatte in Irland einen Freund?", wechselte Stefan das Thema.

„Ja. Ich habe ihn angerufen. Sean, der arme Junge, wollte sofort in den nächsten Flieger steigen und herkommen“, berichtete Susan leise. „Aber ich habe ihn davon abhalten können. Genau wie meinen Bruder, Keelas Vater. Was sollen sie hier? Warten, bis der Leichnam freigegeben und nach Irland überführt wird. Außerdem fühle ich mich im Moment nicht dazu in der Lage, zwei trauernde Männer um mich zu haben.“

„Und Keelas Mutter?“

„Meine Schwägerin ist vor drei Jahren an Krebs gestorben.“

„Waren Sie für Keela so eine Art Mutterersatz?“, hakte ich nach.

„Ja, das kann man so sagen. Ivy, meine Schwägerin, konnte sich aufgrund ihrer Krankheit schon Jahre vor ihrem Tod nicht mehr ausreichend um Keela kümmern.“

„Hatte Keela vielleicht hier einen jungen Mann kennengelernt.“

„Nein. Sie war so vernarrt in Sean. Da hatten andere Jungs keine Chance.“ Susan lächelte bei der Erinnerung. „Aber hier gab es einen jungen Mann, der sie ständig genervt hatte. Der hatte so einen merkwürdigen Namen – irgendetwas mit Tarzan.“

„Knochentarzan“, half ich weiter. „Er ist uns bekannt. Gab es sonst noch jemanden, über den sie gesprochen hatte?“

Susan schüttelte den Kopf.

„Haben Sie vielleicht jemanden bemerkt, der das Haus beobachtet hatte?“, übernahm Stefan.

„Vor etwa zwei Wochen lungerte hier in der Straße so ein langer, schlaksiger Typ herum“, erinnerte sich Althaus. „Als ich aus dem Haus kam, ist er in sein Auto gestiegen und verschwunden."

„Was war das für ein Wagen."

„Ein aufgemotzter Golf Typ 4 oder 5 in einem irisierenden Lila."

„Danke. Das hilft uns sehr weiter. Wir würden uns jetzt gern Keelas Zimmer ansehen."

Das Zimmer, das wir betraten, war hübsch eingerichtet und hatte einen atemberaubenden Blick auf den See. Doch die Atmosphäre eines Gästezimmers konnten auch die wenigen privaten Dinge von Keela nicht abmildern. Susan hatte uns nach oben begleitet und war danach wieder zurück ins Erdgeschoss gegangen. Ich war dankbar dafür. Es gab für mich nichts Schlimmeres als eine Person, die im Türrahmen lehnte und die Durchsuchung des Zimmers eines Angehörigen mit Argusaugen beobachtete.

Stefan nahm sich den Kleiderschrank vor, während ich mich dem Schreibtisch zuwandte. Außer einem Laptop, Lehrbüchern zur deutschen Sprache, einem ordentlich geschichteten Stapel Schreibpapier und eines Fotos in einem Silberrahmen war die Schreibtischplatte leer. Ich betrachtete das Bild, auf dem Keela und, wie ich vermutete, ihre Eltern fröhlich in die Kamera schauten. Trotz des glücklich scheinenden Momentes konnte ich bei der älteren Frau die Zeichen ihrer schweren Erkrankung erkennen.

Ich öffnete nacheinander die Schubladen des Möbels, doch bis auf Schreibutensilien, Haarspangen, Modeschmuck und zwei irische Taschenbücher boten sie nicht viel. Dann schaltete ich den Laptop ein. Zur Begrüßung erschien eine dramatische Klippenlandschaft.

„Stefan, Keela hatte kein Passwort für ihren Laptop."

„Pack ihn trotzdem erst einmal ein. Bei Teenies kann man nie wissen, welche komischen Dinge sie sich für ihre Datensicherheit haben einfallen lassen. Nimm dir das Regal vor. Ich kümmere mich um Bett und Nachttisch. Und danach verschwinden wir. Ich glaube nicht, dass wir hier etwas Wichtiges finden werden."

Zehn Minuten später verabschiedeten wir uns von Susan und erfuhren, dass Markus Althaus bereits zur Arbeit gefahren war. An der Haustür fiel mir siedend heiß die fremde Frau ein, die Keela vor dem Tanzclub abgeholt hatte. Ich zog mein Handy aus der Tasche.

„Frau Connery. Kennen Sie zufällig eine Frau, die solch einen Trenchcoat besitzt und einen dunklen SUV fährt."

Susan betrachtete das Foto, auf dem der außergewöhnliche Mantel abgebildet war.

„Nein. Tut mir leid. Warum?"

„Jemand hatte beobachtet, dass Keela vor dem *Maniac* mit einer Frau in solch einem Trenchcoat gesprochen hatte und danach mit ihr weggefahren war."

„Was war das denn mit dem Mantel?", fragte Stefan, nachdem wir in den Wagen gestiegen waren.

„Hatte ich ganz vergessen, dir zu erzählen. Sorry. Die fremde Frau hatte solch einen Trenchcoat getragen. Sehr außergewöhnlich und verdammt teuer. Dieter Winter hat das Foto von dem Mantel bereits an seine Leute weitergegeben. Die sollen danach Ausschau halten."

Zur gleichen Zeit parkte POK Nicolas Baur den Streifenwagen auf dem Pankratiusplatz in Körbecke und stieg aus. KKA Ina Wulf zögerte einen Moment, bevor sie die Wagentür öffnete und seinem Beispiel folgte.

Baur verdrehte innerlich die Augen. So eine Kollegin hatte er noch nie erlebt. Kein Wort war während der Fahrt über ihre Lippen gekommen. Stattdessen hatte sie mit verkniffenem Gesicht nach vorn gestarrt. Nicolas hatte anfangs noch versucht, mit ihr ins Gespräch zu kommen, doch Ina hatte ihn gleich an der ersten roten Ampel darauf hingewiesen, dass sie nicht reden wollte. Auch gut, hatte er bei sich gedacht. Aber falls sie glaubte, ihm die Befragung überlassen zu können, während sie sich weiter in Schweigen hüllte, hatte sie sich geschnitten und er würde ihr auf der Rückfahrt den Kopf zurechtsetzen.

Matthias Grundmann wohnte in einem renovierungsbedürftigen Fachwerkhaus in der Nähe der Kirche. Fenja hatte bei dem Angler angerufen und mitgeteilt, dass er noch einmal befragt werden solle und morgens zwei Kollegen vorbeischauen würden.

Nachdem Baur eine altmodische Drehklingel betätigt hatte, wurde die Tür von einem sichtlich aufgebrachten Mann geöffnet.

„Wurde auch Zeit. Ich kann hier nicht den ganzen Tag abhängen. Hab schließlich noch 'nen Job", begrüßte er die beiden Polizisten ungehalten.

„Herr Matthias Grundmann, nehme ich an. KKA Wulf und POK Baur. Wir möchten uns mit Ihnen unterhalten." Inas Kasernenhofton trieb dem Angler die Zornesröte ins Gesicht.

Hat sie nicht alle Tassen im Schrank! ging es Nicolas durch den Kopf. *Na warte, Mädel!*

„Guten Morgen, Herr Grundmann", versuchte er mit einem Lächeln zu retten, was noch zu retten war. „Es wird nicht allzu lange dauern. Es gibt jedoch noch einige offene Fragen."

„Kommen Sie rein", brummte Grundmann und verschwand im dämmerigen Flur.

„Noch so eine Nummer und ich bringe Sie eigenhändig nach Dortmund zurück", zischte Nicolas Ina zu, während sie dem Mann in die Küche folgten.

Grundmann blieb an einem Küchenschrank angelehnt stehen und musterte die beiden misstrauisch, ohne ihnen einen Platz anzubieten.

„Herr Grundmann, wir würden Sie gern von unserer Liste der Verdächtigen streichen, leider haben Sie kein ausreichendes Alibi. Auch gibt es Fingerabdrücke von Ihnen an dem Boot. Dazu kommt noch, dass Sie die Möglichkeit gehabt hätten, den Optimisten aus einem Segelclub zu entwenden. Und dass Sie ausgesagt hatten, dass, bis auf den Surfer, niemand auf dem See war, macht es für uns auch nicht leichter, Ihr Alibi zu überprüfen."

„Meine Frau kann bestätigen, wann ich das Haus verlassen habe", reagierte Grundmann ungehalten. „Und natürlich sind meine Fingerabdrücke am Boot. Das habe ich ja bereits erklärt."

„Die Aussage ihrer Frau ist nicht viel wert", meldete sich Ina zu Baurs Entsetzten. „Da Sie Ihre Frau schlagen, wird sie aus Angst alles sagen, was Sie von ihr verlangen."

Jetzt wurden beide Männer zornesrot. Während Grundmann die beiden schreiend aufforderte, sein Haus

sofort zu verlassen, hätte Baur dieser naseweisen Kollegin
am liebsten den Hals umgedreht.

Das Haus, in dem Benjamin Busch, alias Knochentarzan,
lebte, war eines dieser typischen 60er-Jahre Gebäude.
Erdgeschoss, Obergeschoss komplett mit Dachschräge und
drei Stufen am Eingang, die von einem schmiedeeisernen
Geländer begrenzt wurden. Das Grundstück war genau wie
das Wohnhaus verwahrlost. Putz blätterte von den Wänden
und unter dem Lack der Tür und den Fenstern schimmerte
das Holz durch. In einer offenstehenden Garage stand ein
lilafarbener Golf.

Stefan drückte auf die wacklige Klingel aus vergilbtem
Kunststoff. Im Haus erklang ein lautes Schnarren, doch sonst
blieb alles ruhig. Stefan drückte erneut auf den Knopf und
ließ seinen Finger darauf liegen. Das Schnarren steigerte sich
zu einem nervigen Dauerlaut und von innen rief eine Stimme:
„Was soll der Scheiß!"

Die Tür wurde aufgerissen und ein langer, schlaksiger
Mann Mitte zwanzig warf uns einen wütenden Blick zu.

„Da ist ja doch jemand zu Hause." Stefan nahm den Finger
langsam von der Klingel und lächelte den Mann, von dem ich
annahm, dass es sich um Knochentarzan handelte, freundlich
an.

„Was wollt ihr?", zischte dieser. „Ich kaufe nichts und mit
den Zeugen Jehovas habe ich auch nichts am Hut." Er wollte
die Tür schließen, doch Stefan schob seinen Fuß dazwischen.

„Hauptkommissar Gebhardt und KKA Grothe. Wir
möchten uns gern mit Ihnen unterhalten. Benjamin Busch,
nehme ich an?"

Der junge Mann beäugte uns misstrauisch. „Was wollen Sie?"

„Nur mit Ihnen reden. Sie könnten ein wichtiger Zeuge im Mordfall Keela McCanley sein. Sie haben doch sicherlich von dem Mord gehört." Stefan sagte es so überzeugend liebenswürdig, dass Busch uns tatsächlich ohne Zögern einließ.

„Kommen Sie mit ins Wohnzimmer. Ich habe aber nicht aufgeräumt."

Wir folgten ihm durch einen dunklen, engen Flur, in dem anscheinend alle üblen Gerüche, die in einem Haushalt entstehen konnten, eine dauerhaft ungelüftete Bleibe gefunden hatten. Im Wohnzimmer herrschte das gleiche Aroma nach Fettgebratenem, Schimmel, verschüttetem Bier, kaltem Rauch und ungewaschenem Körper.

Busch ließ sich in eine voluminöse Polsterlandschaft fallen. Neben einem vollgemüllten Couchtisch und einem monströsen Flachbildschirm waren dies die einzigen Einrichtungsgegenstände in dem langen, schmalen Raum. Eine der Längswände war von einer psychedelischen Tapete in Grün, Braun und Orange bedeckt. Mit einer Geste deutete Busch an, dass wir uns setzen sollten. Doch ich blieb lieber stehen. Wer wusste, was auf diesen Polstern schon so alles geschehen war?

„Haben Sie etwas dagegen, wenn ich die Terrassentür öffne?" Ohne auf eine Antwort zu warten, schob ich die vergilbte Gardine zur Seite und drückte die Klinke nach unten. Sie gab ein empörtes Quietschen von sich. Der Türflügel war verzogen, aber es gelang mir, ihn mit einem Ruck aufzureißen. Die frische Luft fiel mir förmlich entgegen und ich atmete tief ein.

„Ey, machen Se hier mal nix kaputt!", raunzte mich der junge Mann an.

„Sie leben allein?" Stefan, der sich tatsächlich getraut hatte, gegenüber Busch Platz zu nehmen, lächelte immer noch freundlich. Ich blieb weiterhin an der Tür stehen. So konnte Busch uns nicht gleichzeitig im Auge behalten.

„Ja. Was wolln Se. Hab keine Zeit für Small Talk."

„Man hat uns erzählt, dass Sie mit Keela bekannt waren."

„Wenn Se diese irische Giftkröte meinen – ich war freundlich zu ihr, aber se hat mich nicht mit 'em Arsch angeguckt. Das kann man wohl nich als Kennen bezeichnen."

„Sie haben Keela aber am Sonntagabend im Maniac gesehen?"

„Ja. Ist schon vor Mitternacht abgedampft."

„Und Sie haben ebenfalls gesehen, dass Keela sich draußen mit einer Frau unterhalten hatte?"

Busch kniff die Augen zusammen. Wahrscheinlich überlegte er gerade, woher wir das wissen konnten. „Ja. So 'ne aufgebrezelte Tusse mit 'nem schwatten SUV."

„Haben Sie auf das Kennzeichen geachtet?"

„Nee."

„Wohin sind Sie denn gefahren, nachdem Sie den Club verlassen hatten?"

Busch schluckte so hart, dass sein Adamsapfel auf und ab hüpfte. „Nach Hause. Wieso?"

Das war eindeutig eine Lüge.

„Und Sie sind nicht hinter dem SUV hergefahren, um Keela zu folgen?"

Ertappt. In seiner Mimik konnte ich wie ein offenes Buch lesen. Seine Augen huschten nervös von Stefan zu mir. Stefan lehnte sich zurück und wartete geduldig auf eine Antwort.

„Nee, warum sollte ich?“

„Sagen Sie es mir“, forderte Stefan den Mann ruhig auf. „Schließlich gibt es eine Reihe von Überwachungskameras auf der Strecke zum Südufer“, pokerte er weiter. „Und falls Sie uns anlügen, sieht das nicht gut für Sie aus.“

„Ich würd' sagen, dass Se jetzt mein Haus verlassen.“ Busch erhob sich.

„Herr Busch. Wir wollen von Ihnen nur wissen, was Sie beobachtet haben. Wenn Sie Keela nichts getan haben, dann dürfte das für Sie doch kein Problem sein.“

„Ich habe nichts beobachtet, weil ich nich hinterhergefahren bin. Und jetzt raus hier.“

„Gern. Wir erwarten Sie dann morgen früh um neun im Revier in Soest.“ Stefan stand ebenfalls auf. „Sie dürfen gern auch einen Anwalt mitbringen.“

Zurück im Revier gingen wir direkt in den Besprechungsraum, um unsere neuen Erkenntnisse am Ermittlungsboard sichtbar zu machen. Wir hatten unsere Jacken noch nicht ausgezogen, als Nicolas Baur ins Zimmer kam und mit Nachdruck die Tür hinter sich schloss.

„Ich muss mit Ihnen sprechen, Chef.“

„Dann lass' ich euch mal allein.“ Ich griff nach meiner Tasche.

„Nee, Fenja, du kannst ruhig hierbleiben“, wehrte Nicolas ab.

„Und worum geht es?“ Stefan hatte sich auf der Ecke eines Schreibtisches niedergelassen und sah den Kollegen erwartungsvoll an.

„Die Frage ist wohl eher, um wen“, gab Nicolas zurück.

„Ina!", entfuhr es mir.

„Bingo. Und wenn Sie mir ein Diszi anhägen, Chef. Mit dieser Frau werde ich nicht noch einmal zusammenarbeiten." Er gab ein ungehaltenes Brummen von sich. „Dieses Mädel hat null Ahnung von Befragungen. Sie ist unhöflich, arrogant, vollkommen gedankenlos. Matthias Grundmann hatte uns wegen ihres Verhaltens aus dem Haus geworfen." Mit wenigen Worten schilderte er den Vorfall.

„Das heißt, Sie haben nichts Neues erfahren."

„Wie denn, Chef!", brauste Nicolas erneut auf.

„Schon gut!" Stefan zupfte an seinem linken Ohrläppchen. „Ich werde mit ihr reden. Haben Sie über den Surfer etwas in Erfahrung bringen können?", wechselte er das Thema.

„Das Segel ist ein kostspieliges Profisegel. Otto Normalverbraucher kauft sich so etwas nicht. Ich habe mit dem Generalvertrieb für Deutschland gesprochen. Sie wollen mir eine Liste der Händler zusenden, denen sie dieses Segel verkauft haben."

„Gute Arbeit, Baur."

Mir fiel etwas ein. „An der Möhne gibt es eine Surf- und SUB-Schule. Wenn jemand mit so einem außergewöhnlichen Segel unterwegs ist, vielleicht wissen die, wer das ist."

„Warum hat man Ina überhaupt bei der Kripo angenommen?" Ich konnte mir die Frage nicht verkneifen, nachdem Nicolas den Raum verlassen hatte. „Jemand mit so wenig sozialer Kompetenz fliegt normalerweise schon beim Bewerbungsgespräch raus."

Stefan sah mich stumm an und zupfte an seinem Ohrläppchen. Ich kannte diese Geste bereits. Er setzte sie immer dann ein, wenn er überlegte, wie er reagieren sollte.

„Wer hat sie gepuscht?"

Ein Seufzer. „Du lässt ja ohnehin nicht locker", gab er resigniert zurück. „Sie wurde uns von jemandem in Düsseldorf wärmstens ans Herz gelegt."

„Jemand von unserem Verein?"

„Nein. Etwas höher angesiedelt. Aber ich sage dir den Namen nicht. Da kannst du so viel nerven, wie du willst."

„Okay." Ich verschränkte die Arme vor der Brust. „Dann werde ich mit ihr reden. Schauen wir mal, ob wir sie in die Spur bekommen."

Mein Vorhaben gestaltete sich schwieriger als erwartet. Niemand hatte Ina Wulf gesehen. Aber sie hatte, wie mir der diensthabende Kollege erklärte, das Revier nicht verlassen. Also machte ich mich auf die Suche und fand sie endlich in dem Kopier- und Faxraum, der sich zu einer Art Rumpelkammer entwickelt hatte. Sie saß im Dunkeln, mit angezogenen Knien auf dem Boden, gegen ein vollgestopftes Regal gelehnt. Erschrocken sah sie auf, als ich die Tür öffnete. Ich schloss die Tür, machte das Licht an und setzte mich neben sie.

„Und jetzt?", fragte ich wie beiläufig.

Sie zuckte mit den Schultern.

„Ina, die coole, schwarz gekleidete Kommissarin, die Zeugen und Verdächtige unschön in die Mangel nimmt und ganz nebenbei im Alleingang den Mörder fasst, existiert nur im Fernsehen. Polizeiarbeit ist Teamarbeit. Wir müssen uns blind aufeinander verlassen können. Besonders in gefährlichen Situationen. Das heißt auch, dass wir uns kennen müssen. Wir müssen über jede Stärke und Schwäche des anderen Bescheid wissen. Authentizität ist gefragt. Sie umgeben sich, warum auch immer, mit einer Aura der Distanziertheit. Sie verbergen ihre wahre Persönlichkeit. Und das ist nicht gut. Wir wissen dann nicht, wie Sie reagieren, wenn es darauf ankommt."

Sie hörte mir zumindest zu, was ich als Erfolg verbuchte.

„Warum wollen Sie unbedingt als jemand wahrgenommen werden, der Sie wahrscheinlich gar nicht sind? Haben Sie Angst, dass wir Ihr wahres Ich nicht schätzen könnten?"

Keine Reaktion.

„Am Anfang gehören Fehler immer dazu. Was meinen Sie, was ich in meiner Ausbildung für Schoten gebracht habe?"

Mit einem Satz sprang Ina auf. Von oben herab funkelte sie mich wütend an.

„Hat Ihnen noch nie jemand gesagt, dass Sie sich Ihre Küchenpsychologie sonst wo hinstecken können! Kümmern Sie sich lieber um Ihren eigenen Dreck, dann haben Sie genug zu tun."

POK Tessa Beilke galt als Wunderkind im Revier. Egal, welches elektronische Gerät sie in die Hände bekam, jedes Einzelne spuckte bei ihr widerstandslos sämtliche vorhandenen Informationen aus. Selbst ausgeklügelte Verschlüsselungen waren vor ihr nicht sicher. Einige Kollegen nannten sie heimlich die Computer-Flüsterin.

Ich traf sie auf dem Flur, als ich zurück an meinen Schreibtisch gehen wollte.

„Na, Tessa. Was machen die Funkzellen?"

Gelassen winkte sie ab. „Alles schon ausgewertet. Ich wollte gerade zum Chef. Komm doch mit."

Wir betraten Hans Beckmanns Büro, in dem sich Stefan eingerichtet hatte.

„Chef", Tessa legte den Ausdruck einer Landkarte mit unterschiedlichen Kreisen vor ihn auf den Schreibtisch. „Keelas Telefon hatte sich heute Morgen um 1.45 Uhr aus dem Netz geloggt.

Und da es von drei Funkmasten erfasst worden war, muss sie sich hier befunden haben." Sie zeigte auf den Bereich, in dem sich die drei Kreise überschnitten.

„Also war sie auf der Körbecker Fußgängerbrücke?", schlussfolgerte Stefan.

„Nicht unbedingt. Sie kann auch schon im Boot auf dem Wasser gewesen sein. Und da alle drei Funkmasten exakt zur selben Zeit das Signal verloren haben, könnte es sein, dass der Täter das Gerät ins Wasser geworfen hatte."

„Gute Arbeit!"

„Und in der Nähe des Yacht Clubs hatte sich ein Handy kurz nach 22.00 Uhr für längere Zeit eingeloggt. Ich habe die Nummer angerufen, aber anscheinend existiert sie gar nicht. Mal sehen, ob ich wenigstens den Provider ausfindig machen kann."

„Machen Sie, was Sie für richtig halten, Tessa. Und wenn Sie irgendwelche Genehmigungen benötigen, sagen Sie mir bitte Bescheid." Er griff nach dem eingetüteten Laptop des Opfers. „Und den schauen Sie sich bitte ebenfalls an."

Mit einem zufriedenen Lächeln nahm Tessa das Gerät entgegen und verschwand.

„Und, hast du schon mit Ina gesprochen?"

Ich ließ mich in einen der Besucherstühle fallen und streckte die Beine aus. „Sie ist auf dem besten Weg, sich überall unbeliebt zu machen. Ich bin nicht verärgert, vielmehr bin ich bestürzt über ihr Verhalten. Sie hat mir empfohlen, mich um meinen eigenen Dreck zu kümmern. Entweder sie ist eine unerzogene, arrogante Göre oder die mangelnde Sozialkompetenz ist tatsächlich ein Persönlichkeitsmerkmal von ihr. Aber ich bin kein Psychologe. Ich an deiner Stelle würde sie von allem fernhalten, was den Kontakt mit anderen Personen betrifft. Viel wichtiger ist, was machen wir mit diesem Angler?"

„Ich habe ihn und seine Frau für morgen Nachmittag einbestellt. Die Frau übernimmst du!"

„Gut. Sonst noch etwas Neues?"

„Im Obduktionsbericht nichts. Vera hat herausgefunden, dass das Haar aus Europa stammt. Sie tippt auf Belarus oder die Ukraine. Sie versucht, den Hersteller der Perücke ausfindig zu machen. Und Dennis hat recherchiert, dass unser Sympathieträger Benjamin Busch bereits Anzeigen wegen sexueller Belästigung und leichter Körperverletzung hatte. Es waren immer Frauen, die ihn gemeldet haben. Jedes Mal kam er aber mit einem blauen Auge davon." Stefan rieb sich die Hände. „Auf unser morgiges Gespräch mit ihm freue ich mich schon riesig." Er sah auf die Uhr. „Wird Zeit für unsere Besprechung."

Zu sechst saßen wir im Halbkreis um das Ermittlungsboard. Ina saß stumm, den Blick starr nach vorn gerichtet auf einem der äußeren Stühle. Nicolas hatte sich genau auf der anderen Seite der Stuhlreihe niedergelassen. Ihm war sein Ärger immer noch anzusehen.

Stefan fasste in seiner typisch sachlichen Art die neuesten Erkenntnisse noch einmal zusammen und informierte uns zum Schluss darüber, dass Hans Beckmann tatsächlich noch einmal unters Messer müsse, aber bis dahin Innendienst machen würde. Auch hatte Stefan bereits beantragt, das Angelboot von Grundmann auf Keelas DNA-Spuren untersuchen zu lassen.

„Warum hatte der Täter sich eigentlich die Mühe gemacht, ein Boot zu stehlen, um Keela hineinzulegen?"

„Wie meinst du das, Ina?" Stefan zupfte an seinem Ohrläppchen.

„Nun. Ich verstehe nicht diesen ganzen Aufwand mit dem gestohlenen Boot." Inas Stimme war barsch, ähnlich der eines Feldwebels auf dem Kasernenhof. Nicolas gab einen Ton von sich, der dem Knurren eines Hundes glich. Doch sie ließ sich davon nicht beeindrucken. „Gehen wir einmal davon aus, dass es eine Tat im Affekt war. Warum sollte der Täter sie in ein Boot legen? Sie ins Wasser zu werfen oder irgendwo zwischen den Büschen zu verstecken, wäre logisch nachvollziehbar. Aber ein Boot zu stehlen, auf die Gefahr hin, dabei beobachtet zu werden, macht für mich keinen Sinn."

„Und wenn der Mord an ihr geplant war?", gab Tessa zu bedenken. „Dann hätte er vorher das Boot stehlen und es irgendwo gut zugänglich verstecken können."

„Das hieße aber, dass er von ihrem Clubbesuch in Soest wusste. Und er musste ebenfalls wissen, wo er sie ungesehen abfangen konnte, um sie umzubringen. Und auch hier bleibt die Frage, warum er sie überhaupt in das Boot legte. Falls der Täter wollte, dass sie schnell gefunden wird, dann hätte er sie überall ablegen können. Und wenn er ihr Auffinden verzögern wollte, dann hätte er sie einfach im See versenkt. Warum also diese Sache mit dem Boot?"

Auch wenn Ina ihre Sympathiepunkte bei mir verloren hatte, musste ich zugeben, dass ihre Frage berechtigt war.

„Ich finde, Ina hat recht. Die einzig logische Erklärung wäre, dass Keela im Yacht Club getötet wurde und der Täter in Panik sich nicht anders zu helfen wusste. Und vielleicht hoffte er, dass der Optimist mit der Strömung abgetrieben wird und kentert. Aber dann ist die Frage, warum war Keela mitten in der Nacht am Yacht Club, gut sieben Kilometer von ihrer Heimatadresse entfernt? Und wie ist sie dahingekommen?“

„Mit der unbekannten Frau“, schlug Stefan vor. "Wir müssen sie unbedingt aufspüren."

„Diese Frau könnte aber durchaus auch ein verkleideter Mann sein“, merkte Dennis leise an.

Ich nickte. „Ist es in Ordnung, wenn ich morgen früh zum Yacht Club fahre? Vielleicht kann Henrich uns irgendwie weiterhelfen.“

„Ich komme mit“, meldete sich Ina.

Für einen Moment war es absolut still im Raum. Stefan blickte mich ratlos an und öffnete den Mund. Doch ich kam ihm zuvor.

„Ich nehme Sie mit, Ina. Wir werden aber Regeln aufstellen. Falls Sie sich nicht daran halten, dann können Sie gerne zu Fuß zurück nach Socst laufen.“

Mittwoch

Der wummernde Bass, den ein vorbeifahrender Wagen in die Luft schleuderte, riss mich aus dem Schlaf. Kurz nach halb sechs. Mit einem unwilligen Laut schob ich meine Beine aus dem Bett und setzte mich auf. Blinzelnd schaute ich auf das helle Rechteck des Fensters. Die Sonne war bereits aufgegangen und es versprach, ein schöner Tag zu werden.

Langsam erhob ich mich, schlurfte in die Küche und stellte die Kaffeemaschine an, bevor ich im Bad verschwand.

Eine Viertelstunde später nahm ich alles, was ich zum Frühstück benötigte, hinaus auf meinen handtuchgroßen Balkon, auf dem lediglich ein Stuhl und ein am Geländer eingehängtes Tischchen Platz hatten. Nach einer Schüssel mit Müsli und einem Becher Kaffee meldeten sich meine Lebensgeister langsam zurück. Die Füße auf das Balkongeländer gelegt, zündete ich mir eine Zigarette an und blies genussvoll Rauchringe in die Luft. Ich hatte mir streng verboten, während der Arbeit zu rauchen, aus Angst, zu einer Kettenraucherin zu mutieren. Die wenigen Glimmstängel am Tag sollten dem Genuss und nicht dem Bewältigen von Stress dienen. So wussten auch nur sehr wenige der Kollegen von meinem Laster.

In einem Baum in der Nähe raschelte es. Die Krähe, die in der alten Platane lebte, hüpfte einen Ast entlang und begann, ihr Gefieder zu putzen.

„Na, Else, wie hast du geschlafen?", rief ich zu ihr hinüber.

Sie unterbrach ihre Morgentoilette und schaute mich mit schief gelegtem Kopf an. Dann gab sie ein kurzes Krächzen von sich.

„Wird wieder ein schöner Tag!"

Ein erneutes Krächzen.

Doch obwohl wir beiden dieses Gespräch jeden Morgen führten, hatte der Vogel sich nie getraut, mir näherzukommen. Wahrscheinlich war er sich unsicher, wie ich reagieren würde, wenn er auf das Balkongeländer flog. Und um ehrlich zu sein, war ich mir ebenfalls unsicher.

Meine Gedanken schweiften zu Ina Wulf. Sie war intelligent. Das hatte sie gestern Abend bewiesen. Sie stellte die richtigen Fragen. Nur ihr Verhalten war eine Katastrophe. Das Männchen namens Kümmere dich, das stets lauernd auf meiner Schulter hockte, meldete sich: Vielleicht könnte man sie doch irgendwie in die Spur bekommen? Nein. Das war nicht meine Aufgabe, an ihrer sozialen Kompetenz herumzuschrauben. Und ich ärgerte mich immer noch darüber, dass dieses Männchen mich gestern dazu gebracht hatte, Ina zu erlauben, mich heute an den Yacht Club zu begleiten.

Ina war Ina und es gab wirklich wichtigere Dinge, mit denen wir uns befassen mussten. Zum Beispiel: Warum hatte der Täter diese Sache mit dem Boot eingestielt? Und noch eine weitere Frage hatten Inas Bemerkungen gestern bei mir angestoßen: War Keela ein Zufallsopfer oder hatte jemand ihren Tod geplant? Im Affekt war der Mord jedenfalls nicht geschehen. Niemand trägt eine Garrotte einfach so, für alle Fälle, in seiner Tasche mit sich herum. Und warum überhaupt eine Garrotte? Sie ist ein effektives, sicheres Instrument, selbst für Täter, die wesentlich schwächer sind als das Opfer. Doch es bedarf eines Überraschungsmoments oder des Vertrauens der betreffenden Person. Außerdem setzt ihre Handhabung eine gewisse Kaltblütigkeit voraus. Der Täter im engen Körperkontakt mit seinem Opfer erlebt mit, wie er nach und nach das Leben aus diesem Menschen herauspresst. Über meinen Rücken lief ein Schauer.

Ina wartete bereits, als ich auf den Parkplatz fuhr. Sie kam zu meinem Wagen und öffnete die Beifahrertür.

„Dann können wir ja gleich los", meinte sie, während sie sich anschnallte.

Völlig perplex brachte ich lediglich ein *Nein* hervor.

„Wie, Nein?"

„Haben Sie mal auf die Uhr geschaut? Ich werde sicherlich nicht einen Zeugen aus dem Bett klingeln. Außerdem, wie wäre es erst einmal mit einem Guten Morgen." Ohne weiter auf sie zu achten, stieg ich aus und ging ins Gebäude. Mein erster Weg führte mich zu Stefan, der gemeinsam mit Hans Beckmann vor dem Ermittlungsboard saß.

„Guten Morgen, ihr beiden. Und, was Neues?"

„Wir haben uns noch einmal Oderpohls Bericht vorgenommen. Bevor Keela starb, ist sie ja sediert worden", erwiderte Stefan. „Wo hatte sie das Liquid E eingenommen?"

„Im Club?", schlug ich vor.

„Könnte sein. Aber dann müsste bei Keela die Wirkung eingesetzt haben, als sie im Wagen unserer Unbekannten saß. Warum hat sie Keela dann nicht in die Notaufnahme gebracht?", erwiderte Stefan.

„Vielleicht hatte sie Panik bekommen und Keela irgendwo rausgeworfen."

„Oder sie hatte dem Mädchen die Tropfen verabreicht", schlug Hans vor.

„Um sie danach in Ruhe erdrosseln zu können." Ein erneuter Schauer lief über meinen Rücken. „Ist sie vergewaltigt worden?"

„Nein, unser Doktor konnte keine sexuellen Handlungen nachweisen." Stefan zupfte sich am Ohrläppchen. „Trotzdem dürfen wir nicht aus den Augen verlieren, dass unsere Unbekannte auch ein verkleideter Mann sein könnte."

„Verdammt." Ich ließ mich auf einen der Stühle fallen. „Wenn wir nur wüssten, wohin der SUV gefahren ist."

„Bei den Verkehrsüberwachungskameras haben wir nichts gefunden. Aber ich habe die Körbecker Kollegen angewiesen, so schnell wie möglich die privaten Kameras in der Umgebung zu überprüfen. Vielleicht haben wir einen Treffer", berichtete Hans.

„Und wie ist es bei dir gelaufen?", fragte ich nach.

„Ab nächsten Mittwoch bin ich für fünf Wochen außer Gefecht gesetzt. Bis dahin werde ich euch unterstützen, wo ich kann."

„Na, vielleicht kannst du dich ja mal an KKA Ina Wulf versuchen. Als ich auf den Parkplatz kam, hat sie sich ungefragt in mein Auto gesetzt und gemeint, dass wir jetzt loskönnten."

Hans gab ein Glucksen von sich. „Ich habe schon gehört, dass sie ein wenig sperrig ist."

„Sperrig ist gut!" Stefan erhob sich. „Wann willst du los?"

„In einer halben Stunde. Nicht, dass wir Henrich noch im Schlafanzug erwischen."

„Gut. Hans, dann werden wir beiden uns nachher diesen Benjamin Busch vorknöpfen."

Ich bog auf die Arnsberger Straße und beschleunigte. Ina war tatsächlich in meinem Wagen sitzen geblieben, bis ich aus dem Revier zurückgekommen war. Seit wir den Parkplatz verlassen hatten, hatte sie keinen Mucks von sich gegeben, nur regungslos auf die Straße gestarrt.

„Ina, wir sind auf dem Weg zu einem möglichen Zeugen und keinem Verdächtigen."

„Weiß ich."

„Dann ist ja gut. Ich erwarte von Ihnen ein höfliches Auftreten und Zurückhaltung."

Keine Reaktion.

„Sie wissen, was zu dem höflichen Auftreten eines Polizeibeamten gehört?"

„Natürlich!" Verärgert schaute sie zu mir herüber. „Ich bin ja nicht blöde."

„Nicht? Und warum habe ich Sie dann noch nie höflich erlebt?"

Den restlichen Weg verbrachten wir erneut schweigend. Als wir den schmalen Teerweg hinunter zum Clubgelände gingen, schaute sie sich zwar interessiert um, brachte aber kein Wort hervor. Unten angekommen, mussten wir feststellen, dass das Gebäude abgeschlossen war. Ich klopfte, doch nichts tat sich.

„Kann ich Ihnen vielleicht helfen?" Ein Mann kam die Treppe, die zum Oststeg führte, herauf. Mit seiner braun gebrannten Haut, den Cargo-Shorts und dem weißen Polohemd, sowie einer zu einem Rosa verblichenen Baseballcap bot er das Idealbild eines Seglers.

„Ist Henrich Kemper nicht da?" Inas barsch gestellte Frage ließen die Augenbrauen des Mannes in die Höhe schießen. Am liebsten hätte ich ihr gegen das Schienbein getreten.

„Guten Morgen! Ich bin Kommissarin Fenja Grothe und das ist meine Kollegin Ina Wulf." Ich zeigte dem Mann meinen Ausweis und lächelte ihn freundlich an.

„Guten Morgen. Benno Schilling. Henrich ist nicht da und ich habe die Stallwache übernommen", erklärte er lachend. Dann wurde er ernst. „Ist etwas passiert?"

„Nein, wir haben nur ganz allgemeine Fragen wegen des gestohlenen Optimisten. Wann kommt er denn zurück?"

„Och, das kann noch ein Weilchen dauern. Zahnarzttermin. Aber vielleicht kann ich Ihnen ja helfen", bot er lächelnd an. „Nur Kaffee, damit kann ich nicht dienen."

Bevor wir uns an einen Tisch mit Blick auf das Wasser setzten, flüsterte ich Ina zu: „Noch ein Wort und Sie laufen zurück."

„Herr Schilling, …"

„Für Sie gern Benno. Sie waren das doch, die letztes Jahr den Fall gelöst hatte!"

„Nun, die Lösung war nicht allein mein Verdienst", erwiderte ich abwehrend. Doch es freute mich, dass ich anscheinend positiv in den Köpfen der Mitglieder des Clubs abgespeichert war.

„Aber Sie wären fast zu Tode gekommen."

Aus den Augenwinkeln bemerkte ich, dass mich Ina mit offenem Mund anstarrte.

„Ja. Doch es ist alles gut gegangen, dank meiner tollen Kollegen und Henrich. Aber das ist nicht das Thema, das uns interessiert, Benno. Sie sehen aus wie jemand, der sich mit Booten und der Möhne auskennt."

Er nickte schmunzelnd.

„Wir benötigen Wissen über die Strömungen und den Wind hier an der Möhne. Falls jemand das Boot von hier aus zu Wasser gelassen hätte, hätte es bis zur Körbecker Brücke treiben können?"

Benno lachte laut auf. „Nein! Ohne Segel, Schwert und jemandem, der es steuert, auf gar keinen Fall."

„Hätte denn jemand das Boot von hieraus dorthin rudern können?"

„Wenn jemand Muckis wie Arnold Schwarzenegger hat, vielleicht." Er zwinkerte mir zu. „Das sind fünf Kilometer! Und ohne Schwert ist es gar nicht so einfach, Kurs zu halten." Er fuhr sich über das Kinn und sah mich prüfend an. „Und falls Keela da schon an Bord war, keine Chance. Viel zu eng für zwei Erwachsene und der Optimist liegt dann zu tief im Wasser. Außerdem, wie wäre denn derjenige von Körbecke wieder zurückgekommen. Er muss ja mit irgendetwas hierhin gekommen sein, das er wieder abholen musste."

„Sie wissen von Keela?" Der Name war in der Presse nicht veröffentlicht worden.

„Ja. Markus Althaus ist, seit er noch in den Windeln lag, Mitglied in diesem Club. Und er war mit Keela ein paar Mal zum Segeln raus. Ein tolles Mädchen! Fast wie Markus' verstorbene Ehefrau. So viel Energie, Fröhlichkeit und Spaß am Segeln. Sehr traurig, dass die beiden tot sind."

„Und Susan, Althaus' Freundin, kennen Sie ebenfalls?"

„Ja. Aber die hat mit Wasser nichts am Hut. War nur einmal hier und hatte sich mal nicht auf den Steg getraut. Sie würde sofort seekrank, hatte sie gesagt."

Althaus kannte sich also im Club aus. Das war eine interessante Information.

„Benno, wie hätten Sie den Optimisten nach Körbecke gebracht?"

„Sie meinen, wenn ich der Täter wäre?" Erneut zwinkerte er mir zu. „Ich hätte mit unserem Begleitboot den Opti ins Schlepp genommen und wäre nach Körbecke und wieder zurück motort." Er wies mit der Hand auf ein weißes Schlauchboot, das auf dem Steg lag.

„Wie lange hätte das gedauert?"

„Hin und zurück, mindestens zwei Stunden."

„So lange!“ Ich war ehrlich überrascht. Doch dieser zeitliche Aspekt war ein wichtiger Hinweis.

„Das ist ein E-Motor. Wenn Sie zu schnell fahren, dann ist die Batterie in Körbecke leer und Sie hätten ein ernstes Problem, das Beiboot wieder zurückzubringen.“

„Sie waren das, die letztes Jahr fast umgebracht wurde“, sprudelte es aus Ina heraus, als wir zurück zu unserem Wagen gingen.

„Ja.“

„Und wie war das so?“ Ihre Neugierde war nicht zu überhören, aber ich bemerkte auch einen Hauch Respekt in ihrer Stimme.

„Tut mir leid, Ina, aber ich möchte darüber nicht sprechen.“ Ich schloss den Wagen auf und rutschte hinter das Lenkrad. Eilig stieg sie ebenfalls ein.

„Ich habe davon in der Polizeiakademie gehört, wie mutig Sie waren. Das war total knapp.“ Ina überschlug sich fast.

„Ina, merken Sie eigentlich nicht, wenn Sie eine Grenze überschreiten?“

„Wieso?“ Sie schnallte sich an und ihr Blick war wieder starr nach vorn gerichtet. „Ich wollte nur nett sein“, gab sie patzig zurück.

Stefan Gebhardt und Hans Beckmann standen im Kontrollraum und beobachteten durch den Einwegspiegel einen sichtlich nervösen Benjamin Busch.

„Der Typ ist aber aufgeregt“, bemerkte Hans.

„Gut so“, gab Stefan grinsend zurück. Er betrachtete den Mann, der neben Benjamin Busch saß. Ein vierschrötiger

Kerl in einem schlecht sitzenden Anzug und ungepflegten Haaren, der sich mit einem Kuli die Fingernägel säuberte. „Und wer ist das?"

„Arthur Schulze-Hagemann. Ein mittelmäßiger Anwalt, der in erster Linie Formfehler im Blick hat. Da wir Busch verdächtigen, sollten Sie auf jeden Fall das gesamte formale Programm fahren."

Die Begrüßung zwischen den Männern verlief höflich und distanziert.

Als Busch über seine Rechte informiert wurde, unterbrach der Anwalt Stefan ungehalten: „Herr Busch ist hier als Zeuge. Warum die Rechtsbelehrung?"

„Nachdem wir neue Informationen besitzen", Stefan ging diese Lüge leicht über die Lippen, „sehen wir Herrn Busch als dringend tatverdächtig an."

„Was für Informationen?"

„Darüber werden wir gleich sprechen, Herr Schulze-Hagemann."

„Herr Busch, wir gehen." Der Anwalt erhob sich.

„Sie können gerne gehen, Herr Schulze-Hagemann, aber Herr Busch bleibt bei uns."

„Ey, ich will nicht hierbleiben", blaffte Benjamin seinen Verteidiger an.

Interessiert und gelassen beobachteten Stefan und Hans den anschließenden Wortwechsel zwischen den beiden Männern.

Schließlich ließ sich der Anwalt mit einem Seufzer zurück auf seinen Stuhl fallen. „Wenn an den neuen Informationen nichts dran ist, dann bekommen Sie es mit mir zu tun."

„Wir werden sehen, Herr Schulze-Hagemann", erwiderte Stefan freundlich. „Herr Busch …"

Ein Klopfen ließ ihn innehalten. Tessa Beilkes Kopf erschien im Türspalt.

„Chef, sorry für die Unterbrechung, aber könnten Sie wohl mal kommen?"

Stefan und Hans standen an Tessas Schreibtisch. Die Finger der jungen Frau flogen über die Tastatur, und das überraschend klare Standbild eines Videos erschien. Die Uhrzeit war mit 0.34 Uhr angegeben. Auf dem Bild war ein großer, von Bäumen umsäumter Platz zu sehen. Im Vordergrund konnte man einen Springbrunnen erkennen.

„Das ist der Pankratiusplatz mitten in Körbecke gestern Nacht. Da gibt es einen kleinen Computerladen, und der Besitzer hat eine Überwachungskamera installiert."

„Die den gesamten Platz überwacht!", entfuhr es Hans ungläubig.

„Na ja, die Kamera hätte er natürlich nicht so einstellen dürfen. Aber wenn er sich an die Vorschriften gehalten hätte, hätten wir nicht dieses Videomaterial." Tessa drückte auf den Abspielbutton.

Ein dunkler SUV erschien am rechten Bildrand und stoppte vor einer Bäckerei. Tessa ließ das Video eine Minute vorlaufen. Nun öffnete sich die Beifahrertür und eine Frau stieg aus – eindeutig Keela. Der Wagen fuhr davon. Die junge Frau setzte sich in Bewegung. Im selben Moment erschien ein anderes Auto. In dem heruntergelassenen Fahrerfenster saß ein Mann, den Stefan sofort als Benjamin Busch erkannte.

„Stoppen Sie bitte und gehen Sie auf den SUV zurück", wies er die junge Beamtin an. Als das Bild erschien, beugte er sich vor. „Können wir an dem Kennzeichen etwas machen?"

„Ich habe es versucht, aber keine Chance. Der Winkel ist einfach zu spitz. Das Einzige, was man erkennen kann, ist, dass es sich um schwarze Schrift auf weißem Grund handelt."

„Gut. Dann weiter."

Die Beamten konnten beobachten, dass Benjamin Keela ansprach, diese jedoch unbeeindruckt weiterging. Schließlich fuhr Benjamin den Wagen auf den Bürgersteig und versperrte Keela damit den Weg. Er stieg aus und ging zu ihr. Ohne Ton konnte Stefan nur vermuten, dass die beiden eine heftige Auseinandersetzung hatten. Eine dunkel angezogene Person erschien nun am linken Bildrand. Vom Gang und der Statur her wahrscheinlich ein Mann. Dieser stutzte und lief dann mit den Armen winkend auf Keela und Benjamin zu. Benjamin sprang in seinen Wagen und fuhr davon. Der andere Mann sprach Keela an. Kurz danach ging er zurück, woher er gekommen war. Keela trank einen Schluck aus einer Flasche und setzte dann ihren Weg fort.

„Das ist der Weg hinunter zur Körbecker Brücke", erklärte Tessa. „Sie wollte eindeutig zur Brücke, um zum Südufer zu gelangen."

„Eines ist jedenfalls klar. Benjamin hatte den SUV verfolgt. Und auf dem Weg bis zur Brücke hätte er Keela erneut abfangen können", bemerkte Hans.

Stefan zupfte an seinem Ohrläppchen. „Dieses Video wirft jede Menge neuer Fragen auf. Warum hat die unbekannte Frau Keela mitten im Ort rausgelassen? Bis zum Südufer sind es doch bestimmt noch zwei Kilometer zu Fuß. Wer ist der Mann, der ihr geholfen hatte? Außerdem macht Keela nicht den Eindruck, unter Drogen zu stehen. Wo und wann hat man ihr die K.-o.-Tropfen verabreicht?"

„Mir ist etwas aufgefallen. Als Keela den Club verließ, hatte sie lediglich eine kleine Handtasche dabei. Woher kommt plötzlich die Getränkeflasche?" bemerkte Tessa.

„Dann kann es nur die Unbekannte sein, die ihr die Flasche gegeben hatte", spann Hans weiter. „Vielleicht waren darin die Tropfen. Aber warum ist die Frau weggefahren, wenn sie Keela außer Gefecht setzen wollte?"

„Das ist ebenfalls eine berechtigte Frage, die uns jedoch nur die Unbekannte beantworten kann", erwiderte Stefan nachdenklich. „Doch mit diesem Video haben wir jetzt etwas gegen Benjamin Busch in der Hand, um ihn unter Druck setzen zu können. Tessa, wir benötigen ein Bewegungsprofil von ihm. Und eine detaillierte Funkzellenabfrage für Körbecke. Und wir müssen den Zeugen finden, von dem SUV und der Unbekannten ganz zu schweigen."

Ina sprang aus dem Wagen, noch bevor ich den Motor ausgeschaltet hatte. Eilig, ohne auf mich zu warten, lief sie zum Eingang des Reviers. Sie wollte gerade die Tür aufziehen, da wurde diese von innen aufgestoßen und ein vierschrötiger Kerl im schlecht sitzenden Anzug stürmte heraus und rannte Ina über den Haufen. Ina schlug gegen das Geländer der Treppe und rutschte danach langsam auf die Stufen. Der Kerl hastete, ohne Ina weiter Beachtung zu schenken, zu seinem Wagen, riss die Tür auf und startete den Motor.

„Du saublödes Arschloch!", schrie Ina ihm hinterher.

Den Autoschlüssel noch in der einen Hand griff meine andere Hand automatisch an das Holster. Doch der Mann hatte bereits den Motor gestartet, stieß mit quietschenden Reifen rückwärts aus der Parklücke und brauste an mir vorbei auf die Straße, ohne auf den fließenden Verkehr zu achten. Ein gewaltiges Hupkonzert folgte. Mir blieb gerade noch Zeit, das Kennzeichen zu erkennen.

„Ina, alles okay?" Ich lief zu ihr und wollte ihr beim Aufstehen helfen, doch ungehalten stieß sie meine Hand zurück, rappelte sich auf und verschwand humpelnd, ohne ein weiteres Wort durch die Tür.

Ich folgte ihr, in der Erwartung, dass nach diesem Vorfall im Revier eine gewisse Aufregung herrschte, doch da hatte ich mich getäuscht. Die Kollegen arbeiteten konzentriert. Anscheinend hatte niemand den Vorfall bemerkt. Dennis drückte sich vor dem Counter herum und flirtete augenscheinlich mit einer neuen Kollegin.

„Dennis!"

Erschrocken fuhr er zu mir herum.

„Was war das gerade für ein durchgeknallter Typ?"

Ich konnte fast die Fragezeichen sehen, die sich über Dennis Kopf bildeten.

„Na, der hier gerade rausgerannt ist."

„Ach, den meinst du. Das ist der Rechtsanwalt von Busch."

„Und warum hatte er es so eilig?"

„Keine Ahnung."

Im selben Augenblick öffnete sich die Tür zum Verhörraum und Busch kam, von einem uniformierten Kollegen begleitet, heraus. Gleich danach verschwanden die beiden im Korridor, in dem die Arrestzellen lagen.

„Ist Busch in Gewahrsam?", fragte ich verblüfft.

„Ähm, klar. Der hatte Keela doch in Körbecke aufgelauert."

Ich schloss die Augen und atmete tief ein und aus. Konnte Dennis nicht einmal von sich aus alles erzählen.

„Woher wisst ihr das?"

„Tessa hat ein Video gefunden, worauf das zu sehen ist."

Mit einem Stöhnen gab ich auf. Ich blickte mich suchend im Großraumbüro um, doch Ina war nicht an ihrem Platz.

„Dieser Anwalt hat gerade Ina umgerannt. Sie schien verletzt zu sein. Hast du wenigstens gesehen, wo sie hin ist?"

Dennis zuckte mit den Schultern und setzte noch ein *Nee* hinzu. „Aber in einer halben Stunde hat der Chef eine Besprechung angesetzt, dann wird die wohl wieder auftauchen", fügte er gleichgültig hinzu.

Kopfschüttelnd ging ich zu meinem Schreibtisch, fuhr den Computer hoch, zog meine Notizen hervor und öffnete das Formular für die Befragungsvermerke. Rasch fügte ich die Informationen, die mir Benno Schilling gegeben hatte, ein. Bei den Zeitangaben für die Bootsfahrt hielt ich inne. Mich irritierte das knappe Zeitfenster, das der Täter vom Holen des Bootes bis zum Tod von Keela zur Verfügung hatte. Busch könnte unmöglich der Täter gewesen sein, wenn das Boot um 22.00 Uhr entwendet wurde. Er hätte es nie schaffen können, bis 22.30 Uhr im *Maniac* zu sein. Und wenn er sie erst getötet und dann das Boot besorgt hatte. Oder gab es einen Mittäter? Wir benötigen unbedingt eine detaillierte Zeitleiste.

Susan Connery brühte frischen Tee auf, als Markus Althaus das Haus betrat.

Ich bin hier in der Küche", rief sie ihm zu.

„Hallo Liebes." Er beugte sich vor und gab ihr einen Kuss auf die Wange.

„Und, wie ist es gelaufen?"

Fahrig fuhr sich Markus durch sein Haar. „Nichts zu machen. Das Gericht ist der Auffassung, dass die gesetzliche Wartezeit eingehalten werden muss. Die Begründung der Richterin: Es gibt keine Leiche und auch keine Zeugen."

„Das ist doch blanker Unsinn. Die irische Polizei hat doch anhand der Spuren bestätigt, dass sie über Bord gegangen ist. Und ob sie Selbstmord begangen hat oder es ein Unfall war, ist doch letztendlich egal", widersprach Susan heftig. „Und eine Überlebenschance haben die doch auch ausgeschlossen."

„Die Richterin sieht es wohl anders", erwiderter Markus matt.

„Ohne Geld, Papiere und Gepäck - wo soll sie denn sonst sein!" Susan schüttelte den Kopf. „Das heißt also, dass du nicht an das Erbe kommst?"

„Keine Chance." Er ließ sich seufzend auf das Sofa sinken und hob den Blick zur Decke. „Warum war ich bloß solch ein Idiot, ihr einen Teil meines Vermögens zu überschreiben."

„Du wolltest Steuern sparen." Susans Stimme barg einen leisen Tadel. „Aus Tricksereien kann nichts Gutes entstehen. Und dass du Verena unterschätzt hattest, musst du dir schon selbst auf die Fahne schreiben."

„Ich weiß ja mal nicht, wo sie das Geld gebunkert hatte. Unser Bankberater hat mir heute im Vertrauen gesagt, dass das Konto, das wir für Verena extra dafür eingerichtet hatten, vor eineinhalb Jahren von ihr aufgelöst wurde und sie sich das Geld hatte bar auszahlen lassen. "

„Und er hatte dich nicht informiert?"

„Susan, das durfte er nicht. Ich war bei diesem Konto ja komplett außen vor. Selbst die heutige Information könnten ihn in Teufels Küche bringen."

„Mit anderen Worten: Selbst wenn sie für tot erklärt würde, hättest du keinen Zugriff auf das Geld?"

„Na ja, in dem Fall wäre die Bank auskunftspflichtig. Und ich könnte offiziell nachforschen. Schließlich bin ich der Erbe. Aber ohne Totenschein geht gar nichts."

„Hast du mal ihre Papiere durchsucht?"

„Ja, aber Verena wäre nie so blöd gewesen, Informationen über den Verbleib des Geldes im Haus aufzubewahren. Schließlich hatte sie die Absicht, das Geld vor mir zu verstecken. Vielleicht liegt auch alles in einem Bankfach! Egal, selbst wenn ich es wüsste, nützt es mir im Moment nichts."

Susan schüttete den Tee in die bereitstehenden Becher, fügte etwas Milch hinzu und stellte eine Tasse vor Markus ab, der sich zwischenzeitlich an den Küchentisch gesetzt hatte. Sie nahm ihm gegenüber Platz.

„Wie lange könnte es denn dauern, bis sie für tot erklärt wird?"

Markus zuckte mit den Schultern. Wenn es ganz dumm läuft, noch neun Jahre. Aber ich benötige das Geld jetzt!"

Stefan stand vor dem Ermittlungsboard und fasste das Verhör von Benjamin Busch zusammen. Der junge Mann schien tatsächlich in ernsten Schwierigkeiten zu stecken. Er war zum jetzigen Ermittlungsstand der Letzte, der Keela lebend gesehen hatte. Auch hatte er ein Motiv – das abweisende Verhalten Keelas. Menschen hatten schon aus wesentlich nichtigeren Gründen getötet. Selbst die Staatsanwaltschaft sah ihn als dringend tatverdächtig. Die richterlichen Beschlüsse für eine Hausdurchsuchung und für die Auswertung seiner digitalen Geräte lagen bereits auf Stefans Schreibtisch.

„Und dann hat der blöde Lümmel sich auch noch mit seinem Anwalt angelegt und dem, in seiner Wut, das Mandat entzogen", fügte Hans grinsend hinzu.

Nun war mir das rüde Verhalten des Anwalts klar. Ich schielte zu Ina, die sich nach ganz an den Rand der Stuhlreihe gesetzt hatte. Doch ihre ausdruckslose Miene ließ keinen Rückschluss auf ihr Befinden zu.

„Stefan, was mir Kopfzerbrechen bereitet, sind die Informationen, die uns Benno Schilling gegeben hat. Zeitlich gesehen wäre es sehr sportlich, wenn Busch das mit dem Boot, dem Aufenthalt im *Maniac* und Keelas Ermordung geschafft hätte. Wir sollten unbedingt eine detaillierte Zeitleiste erstellen", schlug ich vor und erklärte den Anwesenden, was mich irritierte.

„Er hätte das Boot nach dem Mord holen können", gab Hans zu bedenken.

„Selbst das wäre nicht einfach gewesen. Wenn Keelas Todeszeitpunkt, ungefähr 2.00 Uhr, zuträfe, dann hätte Busch eventuell schon die Morgendämmerung erwischt und er hätte gesehen werden können. Das ist alles verdammt knapp."

„Und darum wird das Motiv, warum der Täter das Boot überhaupt nutzte, noch unverständlicher", warf Ina mürrisch ein.

„Stimmt", gab ich zu. „Da ist aber noch etwas." Ich reichte Stefan Benno Schillings Aussagevermerk. „Markus Althaus ist von Kindesbeinen an Mitglied des Yacht Clubs an der

Sperrmauer. Er hätte das nötige Wissen, wie und wann er den Opti hätte stehlen und abschleppen können. Wir sollten uns Althaus noch einmal vornehmen."

„Gut", entschied Stefan. „Tessa, Sie kümmern sich um das Bewegungsprofil von Busch und überprüfen alle Funkzellen zwischen dem Yacht Club und Körbecke. Wie weit sind sie mit dem Laptop und den Verbindungsnachweisen von Keela?"

„Bis jetzt habe ich noch nichts Auffälliges gefunden. Außerdem – die gesamte Kommunikation ist auf Englisch."

„Benötigen Sie einen Übersetzter?"

„Nein, das geht schon", wehrte die junge Beamtin ab.

„Gut, dann suchen Sie weiter. Dennis soll Ihnen helfen." Stefan griff nach seinem Block. „Nicolas, was ist mit dem Surfer?"

„Bin dran, Chef. Heute Nachmittag fahre ich zu der Surfschule und den Segelklubs im Körbecker Becken."

Stefan nickte zustimmend. „Hans, Sie recherchieren zu Althaus. Sie sollten auch alle anderen Beteiligten noch einmal unter die Lupe nehmen. Ina wird Ihnen dabei helfen."

Während Hans zufrieden nickte, war von Ina ein genervtes Stöhnen zu hören.

„Dieter und seine Leute sind mit der Suche nach dem Zeugen, der Keela in Körbecke geholfen hatte, beschäftigt", fuhr Stefan ungerührt fort. „Aber vielleicht gibt es auch Anwohner, die in der Nacht etwas mitbekommen haben. Ich spreche mit Dieter, dass er uniformierte Kollegen zur Befragung rund um den Pankratiusplatz losschicken soll. Und wir beiden, Fenja, kümmern uns um die Zeitleiste und formulieren die Ermittlungsansätze neu."

Wir saßen im Besprechungsraum und betrachteten zufrieden das Ermittlungsboard. Am rechten Rand zog sich eine Linie entlang, versehen mit Uhrzeiten und Texten.

22.20	verschwindet das Handy-Signal
22.30	Eintreffen Keela im Maniac
0.03	Keela verlässt Maniac
0.05	Busch verlässt Maniac
0.10	Anne beobachtet Abfahrt des SUVs
0.35	SUV hält am Pankratiusplatz,
0.38	Busch erscheint, Streit mit Keela
0.45	unbekannter Zeuge taucht auf, Keela auf dem Weg zur Körbecker Brücke
1.45	Handysignal Keela verschwindet
1.45 – 2.15	Todeszeitpunkt Keela
4.30	Grundmann fährt zum Angeln raus
6.45	Grundmann entdeckt Keelas Leiche

An erster Stelle stand Henrichs letzte Kontrollrunde um 22.00 Uhr. Die frühste Möglichkeit für den Täter, den Opti zu entwenden und die Uhrzeit, in der sich für einen längeren Zeitraum ein Prepaid-Handy eingeloggt hatte.

„Das Problem ist also die Reichweite des E-Motors." Stefan zupfte an seinem Ohrläppchen.

„Genau. Wenn der Täter oder die Täterin das Schleppboot zurück zum Yacht Club bringen wollte, dann hätte die Person zwei Stunden benötigt. Das heißt, sie wäre nicht vor Mitternacht dort angekommen. Wie hätte sie also wissen können, wo Keela sich gerade aufhält und dass sie zur Brücke kommen wird?"

„Wenn es zwei Täter wären, würde es besser passen", überlegte Stefan.

„Ja. Oder Keela war tatsächlich ein Zufallsopfer.“

„Oder ein Kollateralschaden.“

„Wie meinst du das?“

„Denk an die Morde am Yacht Club letztes Jahr.“ Stefan fuhr sich über das Kinn. „Was wäre mit Markus Althaus und Susan Connery? Sie geben einander Alibis. Und Althaus kennt sich mit Booten aus.“

„Und der Einsatz des Optis könnte dazu dienen, uns taktisch zu verwirren“, schlug ich vor.

„Aber welches Motiv soll Susan haben, ihre Nichte umzubringen?“

„Das weiß ich nicht, jedoch fand ich es schon befremdlich, dass Susan den Vater und den Freund des Mädchens nicht hier haben wollte.“

Ein kurzes Klopfen, danach erschien Tessas Gesicht im Türspalt.

„Chef, ich habe Busch' Bewegungsprofil fertig.“

„Dann erzählen Sie mal.“

Tessa trat ins Zimmer und heftete eine Umgebungskarte, auf der verschiedene Markierungen zu sehen waren, an das Board.

„Busch fährt von Körbecke aus direkt nach Soest. Dort bleibt er eine Viertelstunde und fährt dann über Deiringsen zu sich nach Hause. Ankunft 1.35 Uhr.“ Tessa tippte auf das Wohngebiet, in dem sich das heruntergekommene Haus von Benjamin Busch befand. „Um 1.41 Uhr beginnt er mit einem gewissen Luca einen Chat, der um 2.18 Uhr endet.“

„Dann ist Busch raus.“ Ich blickte zu Stefan.

„Scheiße!“, fluchte er leise und zupfte so stark an seinem Ohrläppchen, dass es feuerrot anlief. „Dann müssen wir den Kerl gehen lassen. Alles was wir aus Busch' Haus mitgenommen haben – insbesondere die digitalen Geräte – sind ab jetzt tabu. Tessa, packen Sie alles zusammen.“

Die junge Beamtin eilte aus dem Raum, während ich aufstand, das Foto unseres Hauptverdächtigen vom Board nahm und unter die Rubrik Zeugen erneut anheftete. Genau genommen war mir immer schon klar gewesen, dass der Typ nicht das Zeug für solch einen ausgefeilten Mordplan hatte.

„Dann bleiben uns nur noch die Tante mit ihrem Lebenspartner und unser Angler übrig“, stellte ich gelassen fest.

„Oder doch ein Zufallstäter“, ergänzte Stefan mit einem Seufzer.

Kurz nach drei erschienen Matthias Grundmann und seine Frau im Revier. Die Kollegen brachten ihn in das Verhörzimmer, während Anja Grundmann in die Kemenate geführt wurde.

Ich befüllte ein Tablett mit zwei Bechern Kaffee sowie einem Kännchen Milch und machte mich auf den Weg zu der Frau. Im Flur traf ich auf eine böse dreinschauende Ina.

„Haben Sie sich vorhin verletzt?“, fragte ich betont gleichmütig.

„Nein!“, log sie – hatte ich doch bemerkt, dass sie das linke Bein leicht nachzog.

„Gut“, erwiderte ich und ließ sie an mir vorbeigehen. Dann kam mir eine Idee. „Ach, Ina, ich werde gleich die Frau des Anglers befragen. Haben Sie Lust, dabei zu sein?“

„Wer? Ich?“

„Sehen Sie hier noch eine andere Ina? Aber wenn Sie nicht möchten …“ Innerlich gestattete ich mir ein Grinsen über ihren verblüfften Gesichtsausdruck.

„Doch! Na klar“, erwiderte sie eilig.

„Gut. Dann holen Sie sich ebenfalls einen Kaffee und bringen Sie den Zucker mit – den habe ich vergessen.“

Anja Grundmann saß so weit vorgebeugt auf dem grünen Sofa, dass ihr schulterlanges, mausgraues Haar wie ein Vorhang ihr Gesicht verbarg. Ihre schmalen Hände umklammerten die Henkel ihrer Handtasche mit solch einer Kraft, dass die Knöchel auf ihrer ungewöhnlich hellen Haut schneeweiß hervortraten.

Als Ina und ich eintraten, hob sie langsam den Kopf. Eine riesige Sonnenbrille verdeckte die Hälfte ihres Gesichts. Ina gab ein leises Schnauben von sich. Ihr war genau wie mir klar, was sich hinter den dunkel getönten Gläsern verbarg.

Mitleid versuchte sich einen Weg an die Oberfläche zu bahnen, doch es gelang mir, dieses absolut unpassende Gefühl niederzuringen, als ich die zart gebaute Frau begrüßte und ihr einen Kaffee anbot.

Ina setzte sich still auf einen der Sessel – die Augen unverwandt auf Anja Grundmann gerichtet.

„Frau Grundmann, schön, dass Sie ein Gespräch mit uns einrichten konnten.“ Ich lächelte ihr aufmunternd zu und überlegte, sie zu bitten, die Brille abzunehmen. Doch die fast körperlich spürbare Anspannung, die die zierliche Frau ausstrahlte, ließ mich zunächst darauf verzichten. Sie war bereits ein Nervenbündel. Eine Erklärung zu dem, was sie hinter der Brille zu verstecken suchte, hätte sie womöglich völlig aus der Bahn geworfen. Ich betete allerdings, dass Ina meine Anweisung, sich ruhig zu verhalten, als Warnung und nicht als Bitte verstanden hatte.

„Wie Sie sich sicherlich denken können, möchten wir mit Ihnen über den Tod von Keela McCanley sprechen. Kannten Sie die junge Frau?"

„Nein!", schoss es aus ihr heraus. Dann presste sie ihre schmalen Lippen so fest zusammen, dass sämtliches Rot aus ihnen entwich.

Ich wartete, griff nach meinem Kaffeebecher und betrachtete sie über dessen Rand hinweg. Obwohl ich ihre Augen nicht sehen konnte, spürte ich, dass sie mit sich rang.

„Das heißt, ich kannte sie nicht, habe sie aber gelegentlich im Dorf gesehen", ergänzte sie schließlich.

„Haben Sie mal mit ihr gesprochen?"

Anja Grundmann schüttelte lediglich den Kopf.

„Und was ist mit Keelas Tante, Susan Connery?"

„Mit der habe ich auch noch nie gesprochen."

„Aber gesehen haben Sie sie?"

Nun nickte sie zur Bestätigung.

„Und Ihr Mann – kannte er eine der beiden Frauen?"

„Nein. Woher auch? Wenn die beiden im Dorf waren, war er zur Arbeit."

Ich nickte verstehend. „Kennen Sie vielleicht Markus Althaus?"

Anja Grundmanns Gesichtszüge veränderten sich augenblicklich. Sie wurden weicher und die Mundwinkel hoben sich zu einem leichten Lächeln.

„Er hatte bei mir in der Nachbarschaft gewohnt." Das Lächeln verstärkte sich. „Wir gingen in die gleiche Klasse. Und selbst später, als er dann zur höheren Schule ging, waren wir in derselben Clique."

„Sie kennen ihn also sehr gut?"

Ihre weiße, fast durchsichtig scheinende Haut nahm einen Hauch Farbe an, als sie nickte.

Sie war verliebt in ihn und ist es vielleicht heute noch, ging es mir durch den Kopf.

„Was ist er für ein Mensch?"

Als hätte Anja Grundmann nur darauf gewartet, Markus Althaus auf ein Podest heben zu können, sprudelten die Worte nur so aus ihr heraus. Die Essenz aus all ihren Erzählungen ließ sich in einem Begriff zusammenfassen: Traummann.

„Danke schön für diese ausführliche Beschreibung." Ich lächelte, als sie sich zufrieden auf dem Sofa zurücklehnte. Jetzt war sie entspannt, ich konnte zum Angriff übergehen.

„Frau Grundmann, wir haben ein Problem mit dem Alibi Ihres Mannes, um ihn endgültig von der Liste der Verdächtigen streichen zu können."

Immer noch mit den wohligen Gedanken an Markus Althaus beschäftigt, nickte sie gelassen.

„Sie haben bestätigt, dass ihr Mann gegen halb fünf das Haus verlassen hätte. Wie sicher sind Sie sich, dass es nicht früher war?"

Sie richtete sich auf, versteifte sich. „Absolut sicher. Er fährt immer um diese Zeit zum Angeln raus."

„Und Sie sind auch sicher, dass er nicht in der Nacht, während Sie schliefen, zwischendurch das Haus verlassen hatte?", fragte ich freundlich.

„Ja."

„Warum? Haben Sie einen so leichten Schlaf, dass Sie das gemerkt hätten?" Ina hatte sich angriffslustig vorgebeugt. Ich warf ihr einen warnenden Blick zu, doch sie kümmerte sich nicht darum. „Oder behaupten Sie das nur, weil Sie Angst vor seinen Schlägen haben? Wissen Sie eigentlich, was passiert, wenn wir Ihnen eine Lüge nachweisen können. Das kann für Sie bis zu fünf Jahre Gefängnis bedeuten. Ist Ihnen Ihr prügelnder Mann so viel wert? Und setzen Sie verdammt noch mal die Brille ab. Wir wissen genau, was Sie dahinter verstecken."

Für einen Moment war es absolut still im Raum. Anja Grundmann saß völlig regungslos, mit leicht geöffnetem Mund da, den Kopf zu Ina gewandt. Ich schloss kurz die Augen, dann schickte ich Ina einen Blick, der sie eigentlich hätte tot umfallen lassen müssen. Endlich verstand sie meine Warnung und ließ sich mit einem *Ist doch wahr, Mensch,* in ihren Sessel zurückfallen.

„Frau Grundmann", begann ich zögernd, „entschuldigen Sie bitte die Emotionalität meiner Kollegin. Aber sie hat nicht ganz unrecht. Sie haben ein Aussageverweigerungsrecht, falls Sie sich oder Ihren Mann belasten könnten. Wenn Sie sich jedoch dazu entscheiden, etwas zu sagen, müssen Sie bei der Wahrheit bleiben."

Langsam hob Anja Grundmann die Hände an ihre Brille, zögerte dann einen Moment, bis sie vorsichtig nach den Bügeln griff und wie in Zeitlupe das Gestell nach unten zog. Ihr rechtes Auge war durch die stark geschwollenen Lider nicht zu erkennen, und die Haut hatte in der Größe einer Faust eine dunkelviolette Färbung angenommen. Ihr linkes Auge war intakt, doch der Wangenbogen darunter war in einem breiten Streifen gelblich verfärbt – ein bereits abheilender Bluterguss.

„Ich kann nicht anders", flüsterte sie.

„Doch, Sie können. Sie müssen es sogar, um sich selbst zu schützen", widersprach ich sanft. „Wann hat Ihr Mann das Haus verlassen?"

Eine Stunde später saß Matthias Grundmann in einer unserer Zellen. Stefan hatte sich bereits mit der Staatsanwaltschaft in Verbindung gesetzt.

Es ging dabei nicht um die Tötung Keelas, sondern um Körperverletzung im Zusammenhang mit Nötigung zur Falschaussage. Da Anja Grundmann ihre Aussage zum Alibi ihres Mannes widerrufen hatte, bestand die Gefahr, dass er sie aus Rache erneut misshandeln würde. Und dass er dazu fähig war, bewiesen ihre Blutergüsse am gesamten Körper, die sie Ina und mir nach einigem Zögern gezeigt hatte.

Ina hatte die Frau schließlich ins Krankenhaus gefahren. Es blieb abzuwarten, ob es sich um eine schwere Körperverletzung handelte, insbesondere was das böse zugerichtete Auge betraf, und als Offizialdelikt eingestuft werden konnte. Denn eine Anzeige wollte Anja Grundmann nicht machen, was Ina mit einer ausschweifenden Tirade kommentiert hatte.

Ich ging in den Besprechungsraum. Stefan und Hans standen vor dem Board und sortierten einige der Moderationskarten um.

„Na, ihr beiden, was haltet ihr von dem Ganzen?", warf ich in den Raum.

„Hm." Amüsiert beobachtete ich Stefans vertrautes Zupfen am Ohr. „Grundmann bleibt dabei, dass er Keela nicht gekannt hätte. Und die neue Aussage seiner Frau besagt ja nur, dass sie nicht weiß, ob und wann ihr Mann zu Hause war, weil sie eine Schlaftablette genommen hatte. Er bleibt dabei, dass er das Haus erst gegen halb fünf verlassen hatte. Das ist einfach zu dünn für einen Anfangsverdacht", stellte Stefan mit einem Seufzer fest. „Nur gut, dass wir wegen der Misshandlung etwas gegen ihn in der Hand haben, sonst müssten wir ihn jetzt laufen lassen."

„Auf der anderen Seite stellt sich die Frage, warum Grundmann seine Frau mit Schlägen unter Druck gesetzt hatte, ihm ein Alibi zu geben." Hans setzte sich auf einen der Stühle und fuhr sich mit der Hand durch sein schütteres Haar. „So etwas tut man doch nur, wenn man Dreck am Stecken hat."

„Vielleicht war er in der Nacht wegen einer anderen, nicht ganz koscheren Sache unterwegs", schlug ich vor und setzte mich neben ihn. „Gibt es sonst noch Neuigkeiten?"

„Die beiden Taucher haben die Suche nach Keelas Handy abgebrochen. Und die Nachforschungen zu Keelas Tante und Althaus haben bis jetzt auch nichts gebracht. Es ist echt zum Mäuse melken."

„Und um die schlechten Nachrichten zu komplettieren: Den Zeugen, der Keela geholfen hatte, konnten wir weiterhin nicht aufstöbern. Andere Zeugen, die Keela in der Nacht gesehen haben könnten, haben wir ebenfalls nicht gefunden", berichtete Stefan und ließ sich auf der Ecke des Schreibtisches nieder.

„Also haben wir nichts, was uns weiterbringen könnte?"

„Bingo!" Stefan hob den Daumen. „Wir werden uns morgen an die Öffentlichkeit wenden. Vielleicht meldet sich ja jemand, der etwas beobachtet hat, das uns weiterbringt."

Das bedrückende Schweigen, das nun folgte, wurde ohne Vorwarnung von Tessa verscheucht. Sie stürmte in den

Raum, die Wangen fleckig rot vor Aufregung und einen
Beweismittelbeutel triumphierend in der Hand schwenkend.
Als sie unsere betrübten Mienen sah, stutzte sie einen
Augenblick, doch dann sprudelte es aus ihr heraus:
„Spaziergänger haben dieses Handy in einem Gebüsch an der
Körbecker Brücke gefunden. So wie es aussieht, könnte es
Keela gehört haben!"

Susan

Donnerstag
Günne/Ausgleichsweiher

„**B**owie, jetzt komm endlich!" Gabi Schütz drehte sich um und beobachtete das konzentrierte Treiben des gelben Labradorrüden, der sorgfältig jedes einzelne Blatt eines niedrigen Busches beschnüffelte.

„Jetzt komm endlich! Ich habe es eilig!", rief sie dem Hund zu, obwohl sie genau wusste, dass solch eine ausführliche Argumentation an seinen Ohren vorbeiflog wie ein laues Lüftchen. Hatte doch die Hundetrainerin gebetsmühlenartig vermittelt, dass ein einziger Begriff als Befehl genügen müsse.

Mit einem ungehaltenen Brummen ging Gabi den Weg zurück, um den Hund an die Leine zu nehmen. Sie trennten noch fünf Schritte von dem Tier, als dieses den Hals reckte, die Nase suchend in die Luft hob und sich anspannte. Gabi kannte diesen Bewegungsablauf nur zu gut. Wenn sie Bowie nicht sofort zu fassen bekam, würde er sich dorthin auf und davonmachen, woher die hochinteressanten Geruchspartikel herüberwehten. Sie beschleunigte, doch es war bereits zu spät. Der Labrador spurtete auf die Böschung, die hinunter zum Ausgleichsweiher führte, zu und verschwand mit einem Sprung in das dichte Gestrüpp.

„Verflixt!" Ausgerechnet heute, wo sie verschlafen hatte, machte der Hund sein eigenes Ding. Gabi lief den schmalen, geschotterten Patt hinunter zum Uferweg und wandte sich nach links. Abrupt blieb sie stehen, als sie in Richtung der Sperrmauer schaute. Bowie lag auf dem Weg vor einer Bank und schaute hoch zu einer Frau, die darauf Platz genommen hatte.

„Bowie, komm hier!" Der Hund drehte ihr den Kopf zu und gab ein merkwürdiges, kurzes Heulen von sich. Gabi setzte sich in Bewegung. Der Gedanke daran, dass der Labrador die Frau anspringen und deren hellen Mantel mit seinen dreckigen Pfoten beschmutzen könnte, ließ sie schneller werden.

„Bitte, belieben Sie ganz ruhig!", rief Gabi der still dasitzenden Frau zu. Doch diese zeigte keine Reaktion.

Außer Atem erreichte Gabi endlich das ungleiche Paar. Rasch beugte sie sich hinunter und klickte den Karabinerhaken der Leine in das Geschirr des Hundes ein. Dann richtete sie sich auf und wandte sich der Frau zu.

„Es tut mir schrecklich leid, aber er ist mir einfach davongelaufen", versuchte sie sich zu entschuldigen. Das Gesicht der aufrecht sitzenden Frau zeigte keinerlei Regung. Ihre Augen blieben starr auf das gegenüberliegende Ufer gerichtet, die Hände still im Schoß gefaltet.

„Geht es Ihnen nicht gut?", fragte Gabi zaghaft, obwohl ihr als examinierte Krankenschwester klar war, dass keine Reaktion kommen würde. Sie machte einen Schritt auf die Bank zu und griff nach dem Handgelenk der Frau. Sie spürte unter ihren Fingerspitzen keinen Puls, dafür eine eisige Kälte.

Ich tat das, was ich jeden Morgen, vorausgesetzt es regnete nicht, tat. Mit meiner Müslischüssel, einer Tasse mit Kaffee, der so stark war, dass ein Löffel darin stehen blieb, und einer Zigarette betrat ich mein kleines Balkonreich, setzte mich auf den Stuhl und legte die Füße auf dem Balkongeländer ab.

Else saß mit aufgeplustertem Gefieder bereits auf ihrem Lieblingsast und ich glaubte, einen leichten Tadel in ihren schwarzglänzenden Knopfaugen zu erkennen.

„Bin heute ein wenig spät. Ich weiß", rief ich zu der Krähe hinüber und nahm einen Löffel meines Müslis. „Und, hast du gut geschlafen?"

Kein Krächzen durchschnitt die morgendliche Luft.

„Oh, das tut mir leid. Wird es denn heute ein schöner Tag?" Wieder folgte keiner ihrer schnarrenden Töne, dafür ein ausgiebiges Kopfschütteln.

„Na, toll", brummte ich und leerte die Müslischale.

Während ich Rauchringe in die Luft blies, überlegte ich, was wir eventuell übersehen hatten. Hatten wir zu eng gedacht, die Ermittlungen zu fokussiert geführt? Wir waren seit Keelas Auffinden keinen Schritt vorangekommen. Sollte das Mädchen tatsächlich das Opfer einer Zufallstat geworden sein? Aber da war immer noch die Sache mit dem Boot, die eher auf eine geplante Aktion hindeutete.

Ich ließ meine Gedanken weiter schweifen und gelangte schließlich zu Stefan. Er hatte sich seit unserem ersten gemeinsamen Fall verändert. Wo war seine Begeisterung für die Arbeit geblieben, wo seine Lebhaftigkeit, seine Spontanität und seine genialen, zum Teil sehr kreativen Rückschlüsse, was die Ermittlungen betraf? Er kam mir vor wie ein Informationsempfänger, der die Informationen lediglich sachlich als brauchbar oder nicht brauchbar einordnete, ohne Motivation, sie miteinander in Verbindung zu bringen. Dabei hatte ich mich so gefreut, als mir klar war, dass er die Ermittlungen leiten würde.

Mit einem unwilligen Knurren drückte ich meine Zigarette im Aschenbecher aus und ging zurück in die Wohnung, um mich für den Dienst fertig zu machen.

Soest/Kreispolizeibehörde

Außer Dennis, der sich wegen eines Corona-Infekts krankgemeldet hatte, saß das komplette Team im Besprechungsraum. Ina, wie gewohnt, ganz außen in der Stuhlreihe, mit ihrer typisch distanzierten Haltung und Mimik; Nicolas so weit wie möglich von Ina entfernt; Tessa und Hans nebeneinander, in einem leisen Gespräch vertieft; Stefan wie gewohnt auf der Ecke des Schreibtisches neben dem Board sitzend. Ich hatte den Stuhl genau in der Mitte gewählt, war leicht im Sitz heruntergerutscht und hatte die Beine weit nach vorn gestreckt.

Nachdem Stefan das Wichtigste noch einmal zusammengefasst hatte, wandte er sich an Tessa: „Gibt es schon etwas Neues zum Handy?"

„Nein. Es hat eine sechsstellige PIN, das dauert."

„Gibt es eine Face ID?", warf ich ein.

Die junge Beamtin nickte

„Fahr damit in die Rechtsmedizin. Vielleicht kennen die Jungs einen Trick, damit Keelas Augen offenbleiben", schlug ich vor.

„Keela ist schon zu lange tot. Das klappt nicht", merkte Stefan an.

„Aber sie ist gut gekühlt. Einen Versuch ist es jedenfalls wert", reagierte ich ungehalten. Ich spürte Ärger in mir aufsteigen. *Was, verdammt, war mit Stefan los?*

„Na, meinetwegen", gab er schließlich nach. „Nicolas, haben Sie etwas über den Surfer herausgefunden?"

„Ja. Er heißt Sven Faber. Eine Telefonnummer habe ich
auch, aber bis jetzt konnte ich ihn noch nicht erreichen"

„Dann bleiben ..."

Stefan konnte den Satz nicht mehr beenden. Die Tür wurde
aufgerissen und einer der uniformierten Kollegen meldete einen neuen Leichenfund.

Die Fahrt hinauf zur Möhne verlief in tiefstem Schweigen,
was mir Zeit gab, dem Ärger über Stefans unmotivierten Verhalten Herr zu werden. Als wir schließlich *die Haar* entlang-
fuhren, vom glitzernden Wasser der Talsperre begleitet, hatte
ich mir meine Worte gut überlegt. Ich setzte mich ein wenig
schräg, damit ich Stefans Profil sehen konnte.

„Sag mal", begann ich vorsichtig, „vor einem Jahr warst du
so voller Energie und Begeisterung für unsere Arbeit. Ich
überlege immerzu, was wohl geschehen ist, dass ich dich jetzt
ganz anders wahrnehme."

„Bitte?" Stefan blickte mich überrascht an. „Wie meinst du
das?"

„Na ja, ich empfinde es als so ein stoisches Abarbeiten der
Dinge, die getan werden müssen – ohne neue Impulse zu setzen oder Begeisterung zu zeigen."

„So, findest du?"

„Ja. Kann sein, dass ich das ganz falsch sehe, aber ich mache mir halt meine Gedanken."

„Mach dir lieber Gedanken über den Fall und verplempere
deine Energie nicht mit unnötigem Nachdenken."

Der Zynismus in seiner Stimme wurmte mich, aber haupt-
sächlich beunruhigte er mich. Das war nicht der Stefan, den
ich kannte. Ich setzte mich wieder gerade in Fahrtrichtung

und starrte durch die Frontscheibe. Er musste die Distanz, die seine Worte geschaffen hatten, gespürt haben.

„Es war halt ein wenig viel in den letzten Monaten", gab er nach einer Weile betont gelassen zu. „Dortmund ist nicht Soest. Ich hatte kaum einen Tag frei, weil wir nicht ausreichend besetzt sind. Mag sein, dass mich das etwas …", er suchte nach den richtigen Worten, „… ausgelaugt hat."

Als ich nicht antwortete - was hätte ich darauf auch sagen sollen, ohne wie eine Briefkastentante zu wirken - fügte er hinzu: „Nach diesem Fall habe ich erst einmal zwei Wochen Urlaub, dann wird sich alles wieder normalisieren."

„Das freut mich! Dann lass uns den Fall beziehungsweise das, was uns gleich noch erwartet, so schnell wie möglich abschließen", reagierte ich, für meine Ohren viel zu enthusiastisch.

Stefan nickte lediglich und bog in die Straße *Zum Weiher* ein.

Auf dem Uferweg angekommen, bogen wir nach links durch eine geöffnete Schranke und stellten den Wagen in der Einmündung eines Schotterwegs vor dem polizeilichen Absperrband ab. In dem Polizisten, der breitbeinig, mit den Armen auf dem Rücken verschränkt, Wache an der Absperrung schob, erkannte ich Hauptmeister Frieling, einer der Kollegen aus Körbecke.

„Guten Morgen!", rief ich ihm freundlich zu, als ich ausstieg.

„Morgen!", gab er gewohnt mürrisch zurück und tippte an den Mützenschirm.

„Guten Morgen, Frieling", schloss sich Stefan an. „Ganz schön viel los in Ihrem Revier."

„Kann man wohl sagen, Chef", erwiderte er und hob das Flatterband für uns an.

„Was werden wir gleich vorfinden?"

„Eine Tote auf einer Bank sitzend, die Spusi und den Doktor. Sowie eine gewisse Gabi Schütz, die die Leiche gefunden hat."

Das war vielleicht nicht ganz das, was Stefan abgefragt hatte. Trotzdem bedankte er sich bei dem Hauptmeister und wir machten uns auf den Weg zu der besagten Bank. Es war ein schnurgrades, geteertes Sträßchen, das links von einer bebaumten Böschung und rechts von einer Hainbuchenhecke, die den direkten Zugang zum Ausgleichsweiher unmöglich machte, begrenzt wurde. Am Ende ragte die rund vierzig Meter hohe Staumauer auf.

Ich hielt einen Moment inne und betrachtete das Gelände und das Treiben darauf. Mehrere Gestalten in weißen Schutzanzügen, die Kapuzen fest um den Kopf verschnürt und einen Mundschutz tragend, bewegten sich bedächtig auf dem Rasen, zwischen dem Gebüsch und auf dem Weg, die Köpfe nach unten gebeugt. Zwei der Personen, die an einer Bank standen und den Blick auf die Leiche versperrten, erkannte ich trotz der Vermummung sofort. Dr. Oderpohl, hoch aufgeschossen und dünn, mit einer Körperhaltung, die seine griesgrämige Persönlichkeit widerspiegelte, stand vorgebeugt direkt an der Bank, während Vera Johannpeter, in der für sie typisch dunkelblauen Schutzkleidung sich wie ein aufgeregtes Kind neben der Bank bewegte.

Was muss es doch für unseren mürrischen Doktor eine Qual sein, mit der quirligen Leiterin der Forensik zusammenarbeiten zu müssen, dachte ich schmunzelnd. Ich nahm an, dass er der Einzige im Bezirk war, der den Tag, an dem Vera in Pension gehen würde, herbeisehnte.

Als hätte Vera unsere Gegenwart gespürt, wirbelte sie herum. Ihr Arm schoss winkend in die Höhe, als sie uns „Prima, dass ihr schon da seid!" entgegenrief. Sie trat einen Schritt zur Seite und machte den Blick auf die Tote frei.

Ich schnappte hörbar nach Luft.

„Was ist mit dir, Liebes?", reagierte Vera erstaunt.

„Das ist Susan Connery, die Tante von Keela", erklärte Stefan statt meiner.

Doch das war nicht alles, was mich verwirrte. Ich starrte auf den beigefarbenen Trenchcoat mit den schwarzen Bändern und den üppigen Raffungen.

„Sie trägt …" Ich musste mich räuspern. „Sie trägt den gleichen Mantel, den unsere Unbekannte mit dem SUV getragen hatte."

Es bedurfte gemeinsamer Anstrengungen, bis der Doktor bereit war, einige seiner Erkenntnisse mit uns zu teilen. Susan war ebenfalls mit einer Garrotte erdrosselt worden. Bei der Einschätzung des Todeszeitpunktes wandte Oderpohl sich wie ein Aal. Erst als ich ihm mein strahlendes Lächeln schenkte, Stefan ihn diplomatisch bearbeitete und Vera ihn schließlich auf ihre lockere Art zusammenstauchte, legte er sich auf Mitternacht, plus minus zwei Stunden fest.

Dafür sprudelten Veras gewonnene Ergebnisse förmlich aus ihr heraus.

„Schön, dass ihr sie kennt. Sie hatte nämlich nichts bei sich, als das, was sie am Leib trägt. Ich bin mir sehr sicher, dass sie nicht hier getötet wurde." Diese Feststellung brachte ihr von unserem guten Doktor ein missbilligendes Schnauben ein. Doch sie ließ sich nicht aus dem Konzept bringen.

„Interessant ist, dass der Täter sie an der Bank fixiert hat." Vera hob die Raffungen des Mantels im Brustbereich der Toten an. Ein schmales, grob gedrehtes Seil, ähnlich einem Baumbinder, wurde sichtbar. „Er hat das Seil verdeckt nach hinten geführt und … Aber seht selbst."

Wir folgten ihr hinter die Bank.

Die Leine war mit einem Kreuzknoten an einer etwa ein Meter langen Aluminiumstange, an deren Ende ein schwarzes, hakenähnliches Teil angebracht war, festgezurrt.

„Ein Bootshaken", entschlüpfte es mir.

„Prima, dann brauchen wir nicht zu recherchieren, was das Ding ist", gab Vera fröhlich von sich. „Auf jeden Fall ist dieses Konstrukt superstabil. Der Täter wusste genau, was er tat."

„Aber warum hat er sie fixiert?", überlegte ich laut.

„Tja, das müsst ihr herausfinden", erwiderte Vera grinsend. „Ach, übrigens. Wir wissen jetzt, wo die Perücke hergestellt wurde. Ihr werdet es nicht glauben – in Irland."

Also scheint die Vermutung, dass Althaus und Susan gemeinsam Keela getötet haben, gar nicht so abwegig. Und nun hat er sich auch Susans entledigt, schlug ich vor, während Stefan und ich zu einer zweiten Bank, gut dreißig Meter entfernt, schlenderten. Dort saß eine Frau in mittleren Jahren, einen mächtigen Labrador an der kurzen Leine haltend, und blickte uns entgegen – Gabi Schütz.

Stefan blieb stehen. „Alles gut und schön. Aber wir haben keinen Beweis dafür."

Ich verdrehte innerlich die Augen. „Dann müssen wir halt danach suchen. Und vor allem müssen wir mehr über Althaus herausfinden. Wir fahren gleich zu Henrich. Wenn jemand etwas über Althaus weiß, dann er."

„Wir werden nichts dergleichen tun. Jedenfalls nicht zu diesem Zeitpunkt."

„Ach ja, und warum nicht?"

„Mensch, Fenja, ich möchte nicht, dass die halbe Welt sofort weiß, dass Susan Connery tot ist."

„Weißt du was, Stefan, schmore weiter in deinem Was-auch-immer. Ich gehe jetzt rüber zum Yacht Club, ob es dir passt oder nicht." Und noch bevor er reagieren konnte, war ich bereits an der überrascht dreinblickenden Frau vorbeigerauscht und hatte mich einer Treppe, die hinauf zur Krone der Sperrmauer führte, zugewandt. Ich hörte noch, dass er mir hinterherrief, doch ich drehte mich nicht mehr um.

Der kurze Fußweg bis zum Yacht Club hatte mir gutgetan. Das laue Lüftchen und der mich begleitende Blick auf den See hatten meine Seele besänftigt. Tief atmete ich die frische Luft ein und bewunderte die Lichtreflexe, die die morgendliche Sonne auf die leicht gekräuselte Oberfläche des Wassers zauberte.

Am Tor des Clubs angekommen, beschlichen mich jedoch ganz andere Gefühle. Zum einen meldete sich mein schlechtes Gewissen und zum anderen empfand ich eine gewisse Scham darüber, mich vor den Augen einer Zeugin so unprofessionell verhalten zu haben.

Während ich langsam die Stufen der Betontreppe zum Hafen hinunterstieg, versuchte ich die Gedanken an meinen nicht gerade rühmlichen Auftritt zu verscheuchen, doch es gelang mir nicht. Ich würde mich wohl bei Stefan entschuldigen müssen.

Henrich stand mit dem Rücken zu mir an einem Tisch, an dem eine alte Frau saß. Als er bemerkte, dass diese interessiert zu mir herüberschaute, drehte er sich um. Ein Strahlen erhellte sein Gesicht.

„Fenja, Mädel, das is' ja 'ne Überraschung!"

„Hallo, Henrich." Ich reichte ihm die Hand und nickte der Frau zu. „Ich wollte gern mit dir sprechen."

„Kein Problem! Lass mich nur ma fix für Änne das Frühstück fettich machen, dann können wir kuern. Nen Käffken trinkste doch mit? Woll!"

„Gern." Ich wandte mich der Frau zu. „Fenja Grothe von der Kripo Soest. Guten Tag."

„Ach, Polizei. Nehmen Sie bitte Platz. Ich bin Änne Holdorf." Sie reichte mir die Hand. „Ein spannender Job, oder?"

Ich schätze Änne auf Mitte Achtzig. Ihr schneeweißes, überraschend volles Haar trug sie in einer altmodischen Dauerwellenfrisur. Dafür war ihre Kleidung hochmodern – Leggings, lindgrüne Mules mit dicker, weißer Profilsohle, ein grob gestrickter Pulli mit überschnittenen Schultern sowie eine Sonnenbrille mit roséfarbenem Gestell und runden Gläsern.

„Na ja, wie man es nimmt. Nicht so spannend wie im Fernsehen."

Änne gab ein gackerndes Lachen von sich. „Na, wenn die Krimis in der Flimmerkiste in Echtzeit laufen würden, würden die Zuschauer reihenweise einschlafen." Sie kniff mir ein Auge zu. „Sie sind doch bestimmt wegen der jungen Irin hier?"

„Ähm, ja."

„Ich weiß, Sie dürfen nichts sagen", erwiderte sie schmunzelnd und nahm einen Schluck von ihrem Latte macchiato. „Der arme Markus. Erst das Unglück mit seiner Frau und nun der Tod seiner zukünftigen Schwiegernichte."

„Sie kennen Herrn Althaus?"

„Dem habe ich schon die Windeln gewechselt. Ich war mit seiner Mutter gut befreundet."

„Dann kennen Sie ihn also gut? Wie ist er denn so?"

„Huch! Eine Befragung!" Änne setzte sich gerade auf. „Dann schießen Sie mal los, junge Frau. Was genau wollen Sie denn wissen?"

„Vielleicht etwas über seine Persönlichkeit", schlug ich vor.

„Tja – Markus war immer schon ein süßer Fratz. Mit seinem Charme hat er jeden um den Finger gewickelt und tut es wohl auch noch heute. Die Mädchen waren geradezu verrückt nach ihm."

„Also ein echter Frauenschwarm?"

„Ja." Sie beugte sich leicht vor und senkte die Stimme. „Was glauben Sie wohl, was sich die Damen alles einfallen lassen, damit er mit ihnen anbändelt."

„Und seine neue Freundin Susan hat das alles so geschluckt."

Änne spitzte die faltigen Lippen. „Na ja. Sie hatte ja erst davon erfahren, als Chris solch einen Aufstand machte."

„Chris?"

„Sein Sohn aus erster Ehe."

„Er hatte mit Verena ein Kind?"

„Nee. Verena war seine zweite Frau. Das war Lara. Die ist beim Gardinenaufhängen von der Leiter gefallen. War sofort tot, die arme Seele.“

Unwillkürlich kam mir das Märchen von König Drosselbart in den Sinn.

„Was für einen Aufstand hatte Chris denn gemacht?“

„Tauchte hier im Club auf und hat herumgepöbelt und diese Susan massiv beleidigt. Hatte sie als Schlampe bezeichnet, die nur an das Geld von Markus wolle, wie all die anderen seiner Weiber. Und Markus hatte er sogar tätlich angegriffen. Seitdem hat er im Club Hausverbot.“

„Hömma Änne, du sollst nich tratschen“, tönte Henrichs Bassstimme von der Tür her. Er kam an den Tisch und stellte Änne einen appetitlich angerichteten Frühstücksteller hin. „Dein Käffken, Fenja. War doch mit Kuh, woll?“ Er setzte sich zu uns an den Tisch.

„Markus war ein ganz schöner Schwerenöter“, ergänzte Änne. „Manchmal tat mir Verena richtig leid. Irgendwie hat sie es aber stets mit Würde getragen. Übrigens wurde sie von Chris ebenfalls mehrfach verbal angegriffen. Aber dass Markus so kurz nach Verenas Tod mit einer neuen, dazu noch schwangeren Freundin auftauchte, hatte den einen oder anderen schon stutzig gemacht. Nicht, Henrich?“

„Das ist Markus Privatsache“, reagierte der Kastellan missmutig und erhob sich. „Fenja, wir geh’n ma bessa dahinten annen runden Tisch.“

Ich schenkte Änne ein Lächeln, erhob mich ebenfalls und trottete hinter Henrich an das andere Ende der Terrasse.

Der Blick von hier auf das Wasser und das satte Grün des gegenüberliegenden Ufers war atemberaubend. Ich ließ meine Augen über das gigantische Panorama wandern und atmete tief die klare Luft ein, bevor ich mich setzte.

„Du darfst Ette nicht alles glauben."

„Ette?"

„Na, Änne." Er nickte mit dem Kopf in Richtung der alten Frau.„ Sie is' 'ne Tratsche. So, was hasse aufem Herzen?", begann Henrich. Er hatte sich vorgebeugt, die Ellbogen auf dem Tisch platziert und die Hände zu einem Dach geformt.

„Ich wollte dich zu Markus Althaus befragen", gab ich unumwunden zu und konnte beobachten, wie sich Henrichs Gesicht verfinsterte.

„Markus hat mit dem Tod des Mädchens nichts zu tun", reagierte Henrich entschieden. Überrascht bemerkte ich, dass er auf Hochdeutsch geantwortet hatte. Ich wusste, dass er das nur tat, wenn ihm etwas sehr ernst war.

„Was macht dich da so sicher?"

„Er hat absolut kein Motiv. Und er neigt auch nicht zu Gewalttätigkeiten in irgendeiner Form. Schon gar nicht Frauen gegenüber."

„Na ja, Althaus ist ein Frauenheld. Vielleicht konnte er die Finger nicht von Keela lassen und die drohte, es ihrer Tante zu erzählen. Das wäre doch schon mal ein Motiv."

„So ein Unsinn! Markus stand auf Frauen und nicht auf junge Mädchen."

„Henrich, du enttäuschst mich." Ich lehnte mich bequem zurück. „Das war jetzt gerade keine inhaltskräftige Argumentation. Was kannst du mir zu Althaus erzählen?"

„Ist das jetzt eine offizielle Befragung?"

„Ja."

„Du weißt, dass ich das Hier und Jetzt abbrechen kann?"

„Ja. Wenn du lieber mit dem Ermittlungsleiter in Soest sprechen möchtest, kann ich das gern organisieren."

Henrichs Augen verengten sich zu Schlitzen. Er überlegte, was er tun sollte. Schließlich hatte er im letzten Jahr keine besonders guten Erfahrungen mit dem Revier, vor allem aber mit dem damaligen Leiter der Ermittlungen gemacht.

„Du machst das gut, weißt du das", erwiderte er mit einem leichten Nicken.

„Ich nehme das mal als Kompliment", grinste ich ihn an.

„Also gut. Markus Althaus habe ich vor acht Jahren, als ich die Stelle als Kastellan annahm, als ehrlichen, charmanten und intelligenten Mann kennengelernt. Er ist allseits beliebt, besonders natürlich bei den weiblichen Mitgliedern. Aber hier im Club lässt er die Finger von den Damen. Er weiß ganz genau, dass es mächtig Ärger geben würde. Ich habe ihn jedenfalls nie als gewalttätig, überheblich, hinterlistig oder unsozial wahrgenommen."

„Verstehe. Was macht Althaus eigentlich beruflich?"

„Was soll denn diese Frage? Ihr habt ihn doch sicher durchleuchtet!"

„Nein, nur oberflächlich. Bis heute Morgen gab es keine Verdachtsmomente." Ich biss mir innerlich auf die Zunge. Hatte ich mich doch gerade verplappert.

„Aha. Und was ist heute Morgen passiert, dass ihr jetzt doch mehr über ihn erfahren wollt?", kam prompt die Frage.

Nun saß ich in der Zwickmühle. Falls ich keinen sinnvollen Grund nennen konnte, würde Henrich unser Gespräch sicherlich mit der Bemerkung *Dann macht erst einmal eure Hausaufgaben* beenden. Wenn ich ihm jedoch von Susan erzählen würde, würde Stefan mir den Kopf abreisen.

Henrich betrachtete mich amüsiert. „Was ist geschehen?“, hakte er nach.

Ich beugte mich vor. „Das muss aber unter uns bleiben.“

Als Antwort zog Henrich die Augenbrauen nach oben.

„Wir haben Althaus Freundin, Susan Connery, tot aufgefunden.“

„Ermordet?“

Ich nickte.

„Scheiße!“ Henrich fuhr sich mit der Hand durch seine üppigen Locken. „Also gut. Markus arbeitete als Abteilungsleiter für ein großes Süßwarenunternehmen. Nach dem Tod seiner Frau Verena macht er sich selbstständig mit einer kleinen, aber sehr feinen Schokoladenmanufaktur mit Sitz in Soest.“

„Weißt du etwas über finanzielle Probleme?“

„Es gab Gerüchte, dass er sich übernommen hätte – das sind allerdings Spekulationen aus zweiter Hand. Ich selbst kann darüber keine Aussage machen.“

„Woran ist Verena gestorben?“

„Ein Unglück. Er musste für ein paar Wochen nach Irland in eine Dependance der Firma, für die er arbeitete. Verena hatte ihn begleitet. Bei der Überfahrt von Frankreich nach Irland gab es einen heftigen Sturm. Verena ist über Bord gegangen und wurde nicht mehr gefunden.“

„Unglück oder Selbstmord?“

„Markus besteht darauf, dass es ein Unglück war.“

„Oder hatte Althaus vielleicht damit zu tun?“

Henrich funkelte mich ärgerlich an. „Weißt du, was ich bei euch Polizisten nicht mag? Ihr seid immer so verdammt misstrauisch.“

„Henrich, die Fähigkeit zum Misstrauen ist eine der wichtigsten Kompetenzen für einen Polizisten“, reagierte ich augenzwinkernd.

„Hm. Die irische Polizei war jedenfalls auch misstrauisch geworden und hatte Markus direkt bei der Landung der Fähre in Gewahrsam genommen. Zwei Tage später hatte man ihn aufgrund der Aussage seiner Sekretärin laufen lassen und den Vorfall als Unglück eingestuft.“

„Und was war mit Lara?“

Henrich sah mich überrascht an. Dann seufzte er. „Die habe ich nie kennengelernt. Ich habe nur gehört, dass sie bei einem Haushaltsunfall ums Leben gekommen sei. Die Polizei hatte Markus zunächst in Verdacht, nachgeholfen zu haben. Aber es gab weder ein Motiv noch Beweise.“

„Weil seine Sekretärin ihm ein Alibi gegeben hatte?“, fragte ich spöttisch.

„Woher weißt du das?“ Dann ging ihm ein Licht auf und er zuckte mit den Schultern. „Natürlich kann man bei allem Hintergedanken haben. Das ist alles, was ich dir zu Markus erzählen kann“, erwiderte er ungehalten. Sein Blick wanderte über meine Schulter. „Na, da kommt ja noch mehr Besuch!“

Er erhob sich. „Wenn das nich der Oberkommissar Stefan Voss is!“

„Guten Morgen, Henrich“, hörte ich Stefans Stimme hinter mir und drehte mich um. „Entschuldigen Sie, wenn ich Sie korrigieren muss – Hauptkommissar Stefan Gebhardt.“

Henrich stutzte. Dann reichte er Stefan die Hand. „Tut mir leid. Diese olle Kopp is halt nich mehr so fit“, gestand er lachend.

„Nein, mit Ihrem Kopf ist alles in Ordnung“, erwiderte Stefan lächelnd. „Oberkommissar Voss war letztes Jahr. Aber das ist eine längere Geschichte." Dann wandte er sich an mich. Sein Lächeln verschwand augenblicklich. „Können wir los?"

„Abba Herr Kommissar! Für nen Käffken werden Se doch noch Zeit ham, woll. Kann Se auch noch nen paar lecker Schnittkes schmieren!"

„Gut, eine Tasse Kaffee gern. Aber bitte nichts zu essen."

Während Henrich davoneilte, stand Stefan unschlüssig am Tisch. Schließlich entschied er sich für einen Stuhl, mir schräg gegenüber.

„Es tut mir leid."

„Ach ja?" Er lehnte sich zurück und schlug die Beine übereinander. „Was genau?"

„Dass ich mich so unprofessionell verhalten habe. Vor allem in Gegenwart einer Zeugin", erklärte ich mit einer angemessenen Portion Reue.

Zupfend an seinem Ohrläppchen musterte er mich eingehend. „Entschuldigung angenommen. Aber sollte so etwas noch einmal vorkommen, bist du raus aus dem Team."

Ich nickte zerknirscht.

„Ich hatte schon die Befürchtung, dass dich Ina Wulf mit ihrer Art angesteckt haben könnte." Um seine Mundwinkel zuckte es leicht. „Hat deine Dickköpfigkeit denn wenigstens etwas gebracht?"

„Absolut! Althaus …"

„Henrich kommt. Wir reden später."

Auf der Fahrt zu Markus Althaus erzählte ich Stefan, was ich von Änne Holdorf und Henrich erfahren hatte.

„Er hatte wegen des Todes seiner beiden Frauen bereits mit der Polizei zu tun. Und in beiden Fällen hatte ihm seine Sekretärin ein Alibi gegeben. Es wäre interessant zu erfahren, ob es die gleiche Sekretärin war, die im Augenblick für ihn arbeitet", schloss ich meinen Bericht.

„Dann prüf das nach. Setze dich auch mit den Kollegen in Dublin in Verbindung", entschied Stefan.

Ich nickte. „Und was ist mit den Finanzen? Nach dem Tod von Verena gründete er sein eigenes Unternehmen. Hatte er vielleicht eine Menge Geld geerbt? Das wäre ein Motiv, um sie loszuwerden. Und wenn Keela etwas darüber herausbekommen hätte und Markus bedrohte?"

„Nun mal langsam mit den jungen Pferden. Das ist reine Spekulation, solange wir nicht mehr Informationen haben. Außerdem würde es nicht erklären, warum auch Susan sterben musste."

„Vielleicht hatte sie ebenfalls Verdacht geschöpft."

„Fenja, sie war schwanger mit seinem Kind. Dazu gehört schon verdammt viel Kaltblütigkeit, eine Frau und das eigene Ungeborene zu töten."

„Dann hätten wir aber noch diesen Chris. Er ist nicht nur wütend auf seinen Vater, sondern auch auf dessen Frauen. Außerdem neigt er zu Gewalttätigkeit. Ihm muss auch klar sein, wenn Halbgeschwister geboren werden sollten, würde das sein Erbteil empfindlich schmälern. Das wäre zumindest ein Motiv, um die schwangere Susan aus dem Weg zu räumen."

„Aber nicht, um Keela zu töten. Und ich bin mir sicher, dass die beiden Morde eine Verbindung haben."

Ich starrte aus dem Fenster und nagte an meiner Unterlippe. Dann kam mir ein Gedanke, den ich lieber erst einmal für mich behalten wollte: *Wäre es möglich, dass es jemanden gibt, der Althaus zerstören will, indem er die Frauen, die dieser liebt, tötet und den Verdacht auf Althaus lenkt?*

Als Stefan den Wagen auf dem Grundstück von Althaus abstellte, war dieser im Begriff, in sein Auto zu steigen.

„Ich wollte gerade zu Ihnen! Susan ist verschwunden", begrüßte er uns überrascht. „Na, dann kann ich mir den Weg ja sparen. Kommen Sie rein."

Er öffnete uns die Eingangstür. „Bitte, gehen Sie durch ins Wohnzimmer. Ich bin sofort bei Ihnen."

Stefan und ich setzten uns gemeinsam auf eine der beiden gegenüberstehenden Couchen.

„Wir müssen ihn auch nach seinem Sohn fragen", flüsterte ich Stefan zu.

„Nun mal eins nach dem anderen, Fenja. Zunächst müssen wir ihm die Todesnachricht überbringen. Und dann schauen wir weiter."

Markus Althaus erschien mit einem Tablett, auf dem drei Kaffeebecher dampften. Ungefragt stellte er die Tassen vor uns ab und stellte Milch sowie Zucker dazu. Dann machte er es sich uns gegenüber bequem.

„Also ich wollte zu Ihnen, da Susan anscheinend verschwunden ist", begann er unaufgefordert. „Sie war …"

„Herr Althaus, wir sind hier, weil wir Susan gefunden haben", unterbrach Stefan ihn sanft.

„Wo ist sie denn? Ist ihr etwas passiert?" Alarmiert setzte er sich gerade auf.

„Leider muss ich Ihnen mitteilen, dass Frau Connery tot ist. Unser herzliches Beileid."

Der Moment, nachdem Todesnachrichten ausgesprochen wurden, ist immer der Moment, der den Überbringer am stärksten fordert. Von schweigendem Nichtverstandenhaben bis hin zu einem hysterischen Zusammenbruch ist jede Reaktion möglich, zu der Menschen fähig sind. Althaus gehörte zu den Schweigern. Die Augen weit aufgerissen, den Mund geöffnet, ohne einen Ton von sich zu geben, starrte er uns wie eingefroren an.

„Mir ist bewusst, wie schwer Sie diese Nachricht trifft. Trotzdem müssen wir Ihnen einige Fragen stellen. Glauben Sie, dass Sie in der Lage sind, uns unsere Fragen zu beantworten?", begann Stefan vorsichtig.

Althaus Augen huschten hektisch zwischen Stefan und mir hin und her. Dann bewegten sich seine Lippen. „Wie ist sie ums Leben gekommen?", flüsterte er schließlich.

„Jemand hat sie getötet", antwortete Stefan schlicht.

„Wer?", schrie Althaus plötzlich auf.

„Das wissen wir nicht. Um den, der Susan das angetan hat, zu finden, benötigen wir so schnell wie möglich alle Informationen, die Susan irgendwie betreffen."

Althaus senkte den Kopf, verharrte einen Moment. Dann nickte er langsam.

„Was wollen Sie wissen?"

„Zunächst müssen wir herausfinden, wie Susan gestern den Tag verbrachte. Wann haben Sie sie das letzte Mal gesehen?"

„Ich bin gegen eins nach Bonn gefahren. Ein Kongress für Süßwarenhersteller. Da saß sie hier, auf dem Sofa und …", er schluckte, „…wünschte mir eine gute Fahrt."

„Und am Abend?"

„Da war ich in Bonn. Der Kongress geht bis morgen Mittag. Ich habe dann, bevor ich in mein Zimmer ging, gegen halb elf vielleicht, auf dem Festnetz angerufen, aber Susan meldete sich nicht. Und auf ihrem Handy habe ich nur die Mailbox erreicht. Das war ungewöhnlich, weil ich, wenn ich unterwegs bin, sie immer um diese Zeit anrufe. Ich dachte dann, dass sie vielleicht schon schläft. Aber als ich sie heute Morgen weiterhin nicht erreichen konnte und sie sich auch nicht zurückgemeldet hatte, habe ich mir Sorgen gemacht. Nach dem Frühstück habe ich meine Sachen gepackt und bin hierhergefahren. Ich bin vielleicht zwanzig Minuten vor Ihnen hier eingetroffen. Als ich Susan Wagen sah, ist mir ein Stein vom Herzen gefallen. Doch als ich sie im Haus nicht finden konnte, habe ich mich entschlossen, die Polizei zu informieren."

„Sie haben im Haus also alles abgesucht. Ist Ihnen etwas Ungewöhnliches aufgefallen?"

„Zunächst nicht. Es war alles so wie immer. Doch dann entdeckte ich ihre Handtasche auf dem Küchentresen. Handy, Papiere, Geld, Autoschlüssel, alles war noch da. Lediglich der Haustürschlüssel fehlte. Und dann habe ich entdeckt, dass all ihre Sommerjacken noch in der Garderobe hingen. Wissen Sie, ihr ist immer so schnell kalt und sie geht nie ohne Jacke aus dem Haus." Althaus' Augen schwammen in Tränen.

Still rechnete ich nach. Oderpohl schätzte den Todeszeitpunkt grob zwischen 22.00 und 2.00 Uhr. Von der Möhne nach Bonn waren es maximal zwei Stunden mit dem Wagen. Was, wenn er nach seinen Anrufen ins Auto gestiegen und zur Möhne gefahren war, um Susan zu töten. Er hätte spätestens um halb eins am Haus sein können. Dann das Arrangieren der Leiche am Ausgleichsbecken und bequem zurück nach Bonn, damit ihn alle beim Frühstück sehen konnten. Ich wandte mich wieder dem Gespräch zwischen Stefan und Althaus zu.

„Herr Althaus, wir müssen Ihren Aufenthalt in Bonn nachprüfen. Das ist leider Vorschrift. Können Sie uns Zeugen benennen?"

Althaus starrte Stefan verwirrt an. „Sie glauben doch nicht etwa, das ich …"

„Wir glauben im Moment gar nichts. Doch wir sind verpflichtet, den bürokratischen Vorgaben zu folgen."

„Ich gebe Ihnen die Nummer des Veranstalters. Der kann Ihnen die Namen der Teilnehmer nennen. Außerdem kann meine Sekretärin Ihnen meinen Aufenthalt dort bestätigen. Sie war …"

Ich hörte nicht mehr, was Althaus weitererzählte. Das Wort *Sekretärin* ließ bei mir alle Alarmglocken schrillen.

„Herr Althaus, Ihre Sekretärin ist noch in Bonn?", grätschte ich in das Gespräch. Als er nickte, fügte ich hinzu, dass es sicherlich am einfachsten wäre, wenn er uns die Rufnummer geben würde.

Er griff nach Block und Stift, die auf einem schmalen Beistelltisch lagen. „Das ist die Nummer von Hannah Zimmermann."

Ich nahm den Zettel entgegen. „Ist Frau Zimmermann schon lange ihre Sekretärin?"

„Ja, seit über fünfzehn Jahren. Als ich mich selbstständig gemacht hatte, ist sie zu mir gewechselt."

Ich blickte zu Stefan, der mir kaum merklich zunickte.

„Herr Althaus, hatte Susan Probleme mit jemandem. Wurde sie gestalkt oder belästigt?", übernahm ich die weitere Befragung.

„Nein. Davon hätte sie mir erzählt."

„Hatte sie vor irgendjemandem Angst?"

„Sie hatte vor nichts und niemandem Angst. Ich habe noch nie einen so furchtlosen Menschen wie sie getroffen." Ein leises Lächeln schlich sich auf seine Lippen. „Nur aufs Wasser traute sie sich nicht."

Ich nickte ihm verstehend zu. „Ich denke, das war es für den Moment. Sollen wir jemanden für Sie informieren, der Sie in dieser schweren Zeit unterstützen könnte? Vielleicht Ihren Sohn?"

„Chris!" Althaus stieß ein unglückliches Lachen aus. „Ich glaube nicht, dass Chris mich unterstützen will."

„Warum? Verstehen Sie sich nicht gut mit Ihrem Sohn?"

„Verstehen?" Althaus lachte erneut auf. „Seit seine Mutter, meine erste Frau, gestorben ist, hasst er mich. Und er hasst jeden, der mit mir zu tun hat. Ganz besonders Verena und Susan hat er gehasst."

„Wie machte sich das bemerkbar?"

„Er tauchte stets unerwartet auf, am besten, wenn ausreichend Publikum vorhanden war. Und dann ging er auf uns los. Er hat uns angeschrien, beleidigt, verhöhnt, Lügen verbreitet. Manchmal ist er sogar handgreiflich geworden. Es war die Hölle."

„Kennen Sie den Grund, warum er das gemacht hatte?"

„Er gibt mir die Schuld an dem Tod meiner ersten Frau, Laura, obwohl ich damit gar nichts zu tun hatte. Ich war nicht im Haus, als das Unglück geschah."

„Können Sie uns bitte seine Adresse geben? Wir müssen uns auch mit ihm unterhalten."

„Und, was hältst du von Althaus?"

Wir stiegen in den Wagen, doch Stefan machte keine Anstalten, den Motor zu starten.

Ich zuckte mit den Schultern und schnallte mich an. „Entweder ist er ein ganz ausgezeichneter Schauspieler oder er sagt tatsächlich die Wahrheit."

Stefans Finger bearbeiteten sein Ohrläppchen. „Ich bin fast geneigt, ihm zu glauben", teilte er mir schließlich mit.

Ich nickte. „Wenn da nicht die Sekretärin wäre, die immer zum richtigen Zeitpunkt ein Alibi für ihn bereithält. Sie hätte auch mit seinem Handy von Bonn aus die Anrufe machen können, während er hierhin gefahren ist, um Susan zu töten. Und zum Frühstück hätte er entspannt wieder in Bonn sein können. Oder er ist nach seinem letzten Anruf losgefahren. Auch das hätte zeitlich geklappt. Zwei Frauen, die eine enge Verbindung zu Althaus haben, sind auf die gleiche Weise ermordet worden. Ich kann nicht glauben, dass Althaus, in welcher Weise auch immer, nichts mit diesen Morden zu tun haben soll."

Stefan startete den Motor und fuhr los. Zu dem, was ich gesagt hatte, hatte er lediglich ein kurzes Nicken übrig.

„Stefan, vielleicht will ja auch jemand Althaus fertig machen. Derjenige tötet Menschen, die Althaus nahestehen und hofft, dass man Althaus für die Morde ins Gefängnis steckt."

Stefan blickte starr nach vorn und blieb weiterhin stumm. Mir war klar, dass ihm meine Theorien viel zu spekulativ waren. Aber ich ließ mich nicht beirren. Zu viele Gedanken purzelten mir durch den Kopf und ich musste sie loswerden.

„Nehmen wir doch nur Althaus Sohn, Chris. Anscheinend hasst er seinen Vater abgrundtief. Er zieht das Ding mit dem Boot und dem Bootshaken durch, damit wir den segelbegeisterten Vater ins Visier nehmen. Mich würde es nicht wundern, wenn es sogar Althaus' Bootshaken ist."

„Hast du noch weitere hypothetische Vorschläge?“, brummte Stefan ungehalten.

„Ja. Habe ich“, gab ich spitz zurück. „Es kann natürlich auch sein, dass das Motiv für die Morde in Susans und Keelas Vergangenheit, also in Irland liegt und der Mörder nur auf einen geeigneten Moment gewartet hatte. Und er geht davon aus, dass wir ihn hier in Deutschland nicht aufstöbern können, weil er mittlerweile längst wieder nach Irland zurückgekehrt ist.“

Ich sah zu Stefan, der immer noch stur auf die Straße schaute.

„Und da wäre noch die Tatsache, dass Susan den Mantel der unbekannten Frau mit dem SUV trug. War Susan es, die Keela vom Maniac abgeholt hatte? Warum hatte sie das Mädchen dann nicht mit nach Hause genommen, sondern mitten in Körbecke rausgelassen? Wartete vielleicht Althaus an der Brücke auf die bereits durch die K.-o.-Tropfen geschwächte Keela, um sie zu töten? Oder hat der Mörder, eventuell die Mörderin, Susan den Mantel angezogen, um uns auf eine falsche Spur zu bringen?“

„Fenja, wenn wir all deinen Theorien folgen sollten, dann bräuchten wir eine Soko von mindestens dreißig Personen. Die haben wir aber nicht.“

Aus Stefans Stimme meinte ich neben Ärger auch einen Hauch Überforderung herauszuhören. Natürlich war das alles ein wenig viel, wenn man bedachte, dass die Indizienlage nicht aussagekräftig war – von stichhaltigen Beweisen erst gar nicht zu reden. Doch mussten wir nicht gerade deshalb nach allen Seiten offen sein, alle Eventualitäten in Gedanken durchspielen? Trotzdem entschied ich mich, das Thema zu wechseln.

„Was hat eigentlich die Befragung der Zeugin ergeben, die Susan gefunden hatte?"

„Erst nichts Besonderes, aber dann fiel der Frau ein, dass sie beim Gassigehen am Dienstagabend eine Frau gesehen hatte, die die betreffende Bank in Augenschein genommen hatte. Als die Frau die Zeugin bemerkte, ist sie ziemlich schnell den Weg in die andere Richtung davongegangen. Und hinter der geschlossenen Schranke am Uferweg soll sie in einen dunklen SUV gestiegen und davongefahren sein."

„Das war mit Sicherheit unsere Unbekannte, die den Fundort ausbaldowert hatte?"

„Ja, davon gehe ich ebenfalls aus. An diese Art Zufälle glaube ich nämlich auch nicht."

„Konnte sie die Frau beschreiben?"

Stefan stieß die Luft aus. „Erstens wäre es zu weit weg gewesen und zweitens war es schon ziemlich dämmerig. Aber die Zeugin erzählte, dass die Frau recht groß und schlank gewesen sei und das dunkle Haar zu einem längeren Bubikopf geschnitten war."

Nach einer ersten kurzen Fallbesprechung machte sich das Team wieder an die Ermittlungsarbeit. Die Auswertungen der beiden Überwachungskameras auf dem Parkplatz an der Sperrmauer sowie an einem Restaurant und Zeugenbefragungen standen ganz oben auf der Agenda. Chris Althaus, die Sekretärin Hannah Zimmermann und Markus Althaus mussten kontaktiert und zum Gespräch geladen werden.

Ich setzte mich an meinen Schreibtisch und fuhr den Computer hoch. Ich benötigte eine Weile, bis ich die Kontaktdaten des Headquarters in Dublin gefunden hatte. Kurz überlegte ich, es zunächst mit einer E-Mail zu versuchen, verwarf es jedoch. Meine Fähigkeiten in englischer Rechtschreibung und Zeichensetzung waren leider zu begrenzt. Also wählte ich die angegebene Telefonnummer.

Nach dem dritten Ruf meldete sich ein freundlicher, hilfsbereiter Constable, der mich mit einem ebenso netten Sergeant verband. Nachdem ich mein Anliegen vorgetragen hatte, erklärte mir der Mann, dass er mir nicht weiterhelfen könne. Er leitete mich an das Morddezernat weiter. Der Mann, der sich meldete, ein Detective Sergeant Sheehan, hörte sich meine Geschichte an und teilte mir mürrisch mit, dass er sich an den Fall erinnere, aber nicht bei den Ermittlungen dabei gewesen wäre. Er würde mich mit Detective Inspector Feeney verbinden.

Nur mit knapper Not konnte ich ein Aufstöhnen unterdrücken.

„DI Isleen Feeney."

Vollkommen überrascht rutschte mir: „Sie sind ja eine Frau!", heraus.

„Ja, haben Sie damit ein Problem?"

„Ähm, nein. Ganz und gar nicht! Aber als man mir sagte, dass ich mit einem Detective Inspector verbunden würde, bin ich von einem Mann ausgegangen", erwiderte ich schnell und stellte mich vor.

Isleen Feeney lachte laut auf. „Sie sind aus Deutschland, nicht wahr? Ich habe schon gehört, dass man es bei Ihnen mit Berufs- und Rangbezeichnungen sehr kompliziert handhabt. Bei uns ist so etwas Unisex. Und ich bin sehr froh darüber. Schließlich kommt es ja nicht auf die Bezeichnung an, sondern auf die Fähigkeiten und Kompetenzen einer Person, die sich dahinter verbirgt."

„Da gebe ich Ihnen gern recht", bestätigte ich schmunzelnd.

„Nun, was kann ich für Sie tun?"

Zum vierten Mal innerhalb einer Viertelstunde schilderte ich mein Anliegen.

„Natürlich erinnere ich mich an den Fall. Es war alles sehr mysteriös. Angeblich soll die Frau bei schwerem Wetter von dem Treppenabsatz einer außen liegenden Treppe über Bord gegangen sein. Sie war wohl zum Rauchen dorthin gegangen. Wir haben ihr Blut an der Reling und unter der Treppe ihr Feuerzeug gefunden. Doch auf diesem Schiff geht niemand zufällig über Bord. Das war unsere feste Überzeugung. Also blieben nur Selbstmord oder Mord. Darum haben wir den Ehemann bei Ankunft der Fähre in Gewahrsam genommen. Einige Stunden später tauchte dann dessen Sekretärin auf und sagte aus, dass der Mann die ganz Nacht bei ihr gewesen sei."

„Wissen Sie noch, wie die Sekretärin hieß?"

„Moment." Ich hörte das Klackern der Computertastatur. „Eine gewisse Hannah Zimmermann."

Bingo, jubelte ich innerlich. „Und die Leiche von Frau Althaus wurde nie gefunden?"

Erneut ertönte ein helles Lachen durch den Hörer. „Wer in der Keltischen See über Bord geht, wird nicht mehr gefunden."

„Herzlichen Dank für die Auskunft. Könnten Sie uns wohl die Ermittlungsakten zusenden?"

„Sie wissen, dass das über Europol laufen muss?"

„Ja. Aber man kann es ja mal versuchen", erwiderte ich lachend.

Einen Moment war es still am anderen Ende. Dann lachte Isleen Feeney ebenfalls auf.

„Wie heißt das bei Ihnen so schön: Frauen müssen sich solidarisieren. Geben Sie mir Ihre Faxnummer und eine halbe Stunde Zeit. Aber passen Sie auf, dass es keiner mitbekommt.“

Ich holte mir eine Tasse Kaffee und machte es mir im Kopierraum, in dem auch das Faxgerät stand, gemütlich. Ich hatte Glück. Während das Faxgerät einen dicken Stapel Papier ausspuckte, kam niemand herein. Rasch sortierte ich die Blätter in einem Aktendeckel, verließ den Raum und stieß ausgerechnet mit Ina zusammen. Sie starrte auf den gut gefüllten, grünen Pappordner, den ich mir vor die Brust drückte.

„Was haben Sie denn da alles kopiert?“, fragte sie mit zusammengekniffenen Augen.

„Ina, sollten Sie nicht längst bei der Suche nach möglichen Zeugen an der Möhne sein?“

Mit verkniffenem Gesicht sah sie mich an, machte dann auf dem Absatz kehrt und verschwand in Richtung Foyer.

„Hast du einen Moment Zeit?“ Ich betrat den, bis auf Stefan, leeren Besprechungsraum. „Ich habe mit Dublin telefoniert.“

„Und?“

Kurz fasste ich das Gespräch mit Isleen Feeney zusammen. Dann hielt ich ihm den grünen Aktendeckel hin. Er nahm ihn entgegen, klappte ihn auf und stieß hörbar die Luft aus. „Sag mal, spinnst du?“, brauste er auf.

„Es ist alles da. Fotos, DNAs, Zeugenaussagen“, erwiderte ich gelassen und setzte mich.

„Wer weiß noch davon?“, herrschte er mich an.

„Nur wir beiden und eine äußerst freundliche Detective Inspector in Dublin.“

„Dann sorge dafür, dass es dabei bleibt. Ich habe schon genug Stress, um mich auch noch mit illegalem Dokumentenaustausch rumzuschlagen.“

„Mensch, bleib locker, Stefan. Ich nehme es mit nach Hause und sichte es dort.“

„Und danach wirst du es schreddern!“

„Aye, aye, Boss.“ Ich erhob mich.

„Setzt dich!“

Ich ließ mich zurück auf den Stuhl plumpsen und sah Stefan fragend an.

„Wir müssen unseren Angler gehen lassen. Der Arzt von Anja Grundmann hat angerufen und Entwarnung gegeben. Ihre Verletzungen werden abheilen. Keine bleibenden Schäden. Wir sind also raus. Glaubst du, dass sie von sich aus Anzeige erstatten wird?“

„Nein. Ina gegenüber hat sie eine Anzeige bereits abgelehnt. Wir werden diesen Scheißkerl nicht drankriegen, außer, er schlägt sie irgendwann tot.“

Stefan nickte bedrückt. „Gut. Aber jetzt etwas anderes. Die Presse sitzt mir im Nacken. Ich habe für fünf eine Pressekonferenz angesetzt. Hilfst du mir beim Auswählen der Fakten, die veröffentlicht werden können?“

„Klar. Kein Problem.“

„Und morgen Nachmittag wird diese Sekretärin von Althaus, Hannah Zimmermann, aus Bonn zurück sein. Ich möchte, dass du bei der Befragung dabei bist.“

„Mache ich doch gern.“

Zu Hause angekommen stellte ich eine TK-Lasagne in die Mikrowelle, schlüpfte in meine Wohlfühlklamotten und machte es mir mit dem grünen Aktendeckel, seinem Inhalt und einem englischen Wörterbuch auf dem Sofa bequem. Später sollten die roten Flecken der Tomatensoße auf meiner Hose davon zeugen, welche Herausforderung es gewesen war, einen Teller mit Lasagne auf den Knien zu balancieren und gleichzeitig einen Stapel Papier zu bändigen. Aber die Flecken auf der Hose hatten sich gelohnt. Ich besaß jetzt nicht nur die Analyse von Althaus' DNA und seine Fingerabdrücke, ohne auf einen richterlichen Beschluss warten zu müssen, sondern auch eine dezidierte Kameraauswertung der Vorgänge auf der Fähre, als Verena Althaus ums Leben kam. Danach war Verena auf Deck 5 durch eine Tür um 22.04 Uhr auf die Außentreppe gelangt. Die irischen Kollegen hatten dann die Überwachungsaufnahmen sämtlicher Decks bis Mitternacht ausgewertet, doch Verena Althaus tauchte nicht wieder auf. Es waren aufgrund des schweren Unwetters ohnehin nur sehr wenige Menschen auf den Gängen unterwegs, und von denen schien keiner den Drang zu verspüren, sich nach draußen zu begeben. Einzig eine Frau, die um 22.09 Uhr von draußen auf den Gang von Deck 2 trat, wurde erfasst, konnte später aber nicht ermittelt werden. Ich suchte mir die entsprechenden Standbilder heraus. Ich fand das Foto von Verena Althaus, mit langem, blondem Haar in einen dicken Parker gehüllt, auf dem Weg zu der besagten Außentreppen, eine Schachtel Zigaretten sichtbar in der Hand. Dann suchte ich das Bild der Frau von Deck 2. Als ich es endlich in den Händen hielt, vergaß ich für einen Moment zu atmen.

Freitag
Soest/Osthofenstraße

An diesem Morgen konnte ich nur schwer die Augen öffnen, als mein Wecker sich meldete. Hatte ich doch bis weit nach Mitternacht die Unterlagen von Isleen Feeney gesichtet und schließlich bei Stefan angerufen. Nach dem vierten Ruf hatte er sich schließlich gemeldet.

„Was?", hatte er in das Telefon gebrummt.

„Stefan, tut mir leid, dass ich dich geweckt habe, aber ich habe gerade den Bericht und einige Bilder der Überwachungskameras auf der Fähre durchgearbeitet."

„Welche Fähre?"

„Na, die, auf der Verena Althaus über Bord gegangen ist."

Ein Stöhnen war zu hören. „Hat das nicht bis morgen Zeit?"

„Nein! Als Verena Althaus starb, war unsere unbekannte Frau mit dem SUV und dem teuren Mantel nicht nur an Bord der Fähre, sondern befand sich mutmaßlich auch zur gleichen Zeit auf der Außentreppe, als Verena dort über Bord ging."

„Scheiße!" Stefan wurde augenblicklich hellwach. „Dann hattest du also doch mit deiner Theorie recht. Eine Frau hasst Althaus so sehr, dass sie sich durch die Frauen von ihm mordet und dazu noch versucht, ihm die Schuld in die Schuhe zu schieben."

Nachdenklich hatte ich auf meiner Unterlippe gekaut.

„Fenja, bist du noch da?"

„Ja. Aber mir kommt noch ein anderer Gedanke. Was, wenn Althaus und die Unbekannte zusammenarbeiten? Sie erledigt die Morde für ihn, er liefert ihr alle nötigen Informationen und hat dann immer ein Alibi parat."

„Meinst du eine professionelle Killerin?"

„Könnte sein. Aber es könnte auch eine ihm hörige Frau
sein."

Immer noch mit dem nächtlichen Telefonat gedanklich beschäftigt, trat ich mit meinem Kaffee und der liebgewonne-
nen Zigarette auf meinen Balkon. Wie gewohnt setzte ich
mich und legte die Füße hoch auf das Geländer. Die Frau mit
dem schwarzen Bubikopf und dem auffälligen Mantel, die ich
auf dem Standfoto gesehen hatte, ließ mir keine Ruhe. Plötzlich nahm ich aus den Augenwinkeln einen Schatten wahr,
der sich pfeilschnell auf den Balkon zubewegte. Erschrocken
riss ich meine Füße herunter. Die volle Kaffeetasse landete
auf meinem Schoß und meine Krähenfreundin, wild mit den
Flügeln schlagend, auf dem Geländer. Ein erbostes Krächzen
kam aus ihrem aufgerissenen Schnabel. Dann erhob sie sich
in die Luft und flog laut schimpfend in den nächsten Baum.

„Mensch, Else, tut mir leid, dass ich dich nicht begrüßt
habe", rief ihr zu. Ihre schwarzen Knopfaugen musterten
mich kurz, bevor sie sich umdrehte und im dichten Laub verschwand.

Als ich das Revier betrat, blickte ich mich überrascht um. Bis
auf die neue Kollegin war der Bereich der Schutzpolizei menschenleer. Ich nickte ihr kurz zu und ging zu meinem Schreibtisch. Doch im Großraumbüro erwartete mich derselbe Anblick. Außer Ina, die verbissen auf ihre Tastatur einhackte,
waren alle Tische unbesetzt.

„Wo sind die denn alle?"

„Im Besprechungsraum", gab Ina mürrisch, ohne aufzubli-
cken, Auskunft.

Ich zog die Jacke aus, legte sie zusammen mit der Tasche auf meinen Bürostuhl und begab mich zum Besprechungsraum. Ich hatte die Tür noch nicht ganz geöffnet, als mir ein mehrstimmiges *Herzlichen Glückwunsch* entgegenschallte und mir einige der Kollegen mit Kaffeebechern zuprosteten.

„Ähm, ich habe heute nicht Geburtstag", versuchte ich meine Verwirrung zu überspielen.

„Das wissen wir, Mädel!", lachte Hans Beckmann auf und kam in seinem gewohnten Watschelgang auf mich zu. „Aber trotzdem gibt es etwas zu feiern", erklärte er grinsend und fügte noch *Frau Oberkommissarin* hinzu.

„Was, schon heute?" Meine Beförderung hatte ich vollkommen vergessen.

„Tja, da kannst du mal sehen, wie schnell die Polizeimühlen mahlen!" Er nahm meinen Ellbogen und führte mich vor das Ermittlungsboard. Dann griff er nach einem hellbeigen Aktendeckel, in dem das Wappen von NRW eingeprägt war, öffnete ihn und reichte mir meine Ernennungsurkunde zur Kriminaloberkommissarin sowie meinen neuen Dienstausweis.

„Herzlichen Glückwunsch noch einmal! Und wir erwarten, dass du, wenn dieser Fall abgeschlossen ist, uns mit deinen wunderbaren Torten verwöhnst."

Ich bedankte mich bei Hans und den anwesenden Kollegen und versprach, beim Tortenbacken mein Bestes zu geben. Dann sah ich zu Stefan, der mit vor der Brust verschränkten Armen an einer der Fensterbänke lehnte. Er nickte mir lächelnd zu. Dann stieß er sich ab.

„So, Herrschaften, dann ist es wohl in aller Interesse, uns wieder auf unsere Aufgaben zu konzentrieren, um so schnell wie möglich in den Genuss von Fenjas Torten zu kommen. Wir machen jetzt eine kurze Fallbesprechung."

Die Kollegen, die nicht im Team waren, verließen plaudernd den Raum.

„Wo ist denn Ina?", suchend sah er sich um.

„Am Schreibtisch. Ich schicke sie euch", antwortete PHK Dieter Winter und klopfte mir lächelnd auf die Schulter. „Gut gemacht, Frau Kommissar", flüsterte er mir zu.
Zwei Minuten später hatten alle ihre gewohnten Plätze eingenommen.

„Ich habe eine sehr interessante Neuigkeit für euch. Aber erst erzählt ihr, wieweit ihr seid. Nicolas, was ist mit dem Surfer?"

„Fehlanzeige. Er wäre von dem Unwetter genauso überrascht worden wie der – seine Worte – dämliche Angler, der ihn fast vom Board geholt hätte. Darum hätte er sich ausschließlich auf das Surfen konzentriert und nicht in der Gegend herumgeguckt."

„Schade. Hans?"

„Der Zeuge, der am Pankratiusplatz den Streit zwischen Keela und Busch beobachtet hatte, hat sich heute Morgen aufgrund des Presseberichts gemeldet. Er kommt nachmittags zur Befragung ins Revier."

„Dann übernimmst du ihn?"

„Gut. Und ich dachte, Ina könnte mit anwesend sein."

Ich riskierte einen kurzen Blick zu der jungen Kollegin. Ihrer Miene nach zu urteilen, war sie nicht besonders erbaut von dem Vorschlag, nickte jedoch.

„Dann wäre da noch der Obduktionsbericht." Stefan griff nach einem Blatt und setzte sich auf die Kante des Schreibtisches. „Was wir bis jetzt noch nicht wussten: Auch bei Susan konnte Oderpohl noch Spuren von Liquid E nachweisen. Sonst nichts Neues." Stefan legte das Blatt wieder zur Seite. „Ich vermute, dass der Täter oder die Täterin", bei dem letzten Begriff kniff er mir ein Auge zu, „bei der Erdrosselung jegliche Gegenwehr des Opfers vermeiden wollte. Entweder ist die Person körperlich nicht besonders stark oder sie wollte den Todeskampf nicht beobachten."

„Eine Frau?", fragte Nicolas.

„Möglich. Aber auch ein schwächlicher Mann käme infrage."

„Dann wäre Althaus aber raus", grummelte Ina.

„Warum?", erwiderte Nicolas hitzig. „Es sind alles Frauen, die in einer Beziehung zu ihm standen. Vielleicht wollte er nicht mit ansehen müssen, wie sie um ihr Leben kämpfen."

„Beruhigt euch", ging Stefan dazwischen. „Vielleicht sind es ja ein Mann und eine Frau. Jetzt wird es aber Zeit für die Neuigkeit. Tessa."

Tessa erhob sich und schloss Keelas Handy an den Laptop. Ein Standbild erschien, auf dem verschwommen eine Frau zu erkennen war. „Ich habe tatsächlich über die Face ID das Ding ans Laufen bekommen", erklärte sie, nicht ganz ohne Stolz. „Ich hatte nichts Interessantes gefunden, bis ich in der Foto-App dieses Video öffnete." Sie drückte auf den Abspielknopf.

Das Bild klärte sich und das Gesicht von Verena Althaus füllte die Leinwand. Allem Anschein nach befand sie sich während der Aufnahme auf einem Schiff.

„Ich bin Verena Althaus und befinde mich auf dem Weg nach Irland." Ihre Stimme zitterte ein wenig und ihr Blick schien ängstlich. „Ich habe um mein Leben Angst. Wenn mir irgend-etwas hier oder in Irland passieren sollte, dann ist der

Schuldige mein Mann, Markus Althaus. Er will an mein Geld kommen. Bitte, wer immer auch dieses Video sieht, informieren Sie die Polizei."

„Das gibt es doch nicht!", rief Hans aus. „Wie ist denn dieser Film auf Keelas Handy gekommen?"

„Er wurde einen Tag nach Keelas Ermordung per SMS an sie geschickt. Der Absender hatte ein Prepaid benutzt. Ich habe aber die SMS nachverfolgen können und das Handy war im Süden von Hamm eingeloggt. Die Nummer existiert allerdings nicht mehr und ich vermute, dass die SIM-Card nur für diese eine Nachricht benutzt wurde."

„Aber das Video kann doch nur von Verena Althaus' Smartphone stammen. Wie ist dann die Person, die Keela die SMS geschickt hat, darangekommen?"

Während die anderen ihre Vermutungen in den Raum warfen, purzelten meine Gedanken wild durcheinander. Aus Feeneys Unterlagen wusste ich, dass Verenas Handy nicht gefunden wurde und man vermutete, dass es ebenfalls über Bord gegangen war. Aber anscheinend hatte unsere Unbekannte Verena das Handy abgenommen, bevor sie sie über Bord beförderte. Doch wie sollte ich mein Wissen jetzt den anderen erklären? Hilfesuchend sah ich zu Stefan. Der formte mit der Hand einen Telefonhörer und nickte mir leicht zu.

„Vielleicht kann ich da ja weiterhelfen!"

Augenblicklich trat Stille ein und alle starrten mich an.

„Ich habe gestern Abend mit einer Detektive Isleen Feeney telefoniert. Sie war bei den Ermittlungen zu Verenas Tod dabei. Verenas Handy wurde nie gefunden. Man nahm an, dass sie es in der Tasche hatte, als sie über Bord ging. Aber", ich warf Stefan erneut einen Blick zu, der mit einem kurzen Nicken quittiert wurde, „die Dubliner Kollegen haben die

Überwachungskameras auf der Fähre durchforstet. Nirgendwo taucht zur Tatzeit Markus Althaus darauf auf. Doch als Verena starb, hielt sich ganz in der Nähe eine Frau auf, von der ich vermute, dass sie unsere Unbekannte ist. Sie soll einen außergewöhnlichen Trenchcoat von Dior getragen haben, der mit schwarzen Bändern gerafft werden konnte."

Die Verblüffung der anderen konnte ich fast körperlich spüren.

„Und wer war diese Frau?", unterbrach Ina die aufgekommene Stille.

„Das wusste Detective Feeney nicht. Man hatte zwar versucht, diese Frau ausfindig zu machen, allerdings erfolglos."

„Und was ist, wenn Markus Althaus in den Frauenklamotten gesteckt hatte?" Ina schob kampfbereit den Unterkiefer vor und starrte Stefan an. „Diese Theorie mit dem verkleideten Mann haben wir total aus den Augen verloren. Kann man das Gesicht erkennen?"

„Ina, wir haben keine Bilder zur Verfügung. Fenja hat diese Detective gebeten, uns Standfotos zuzuschicken, aber die müssen die Kollegen in Dublin erst heraussuchen." Stefan warf mir einen schnellen Blick zu. Ich schloss für einen Moment erleichtert die Augen. Für mich war Ina die Einzige im Team, die auf keinen Fall von den bereits vorhandenen Ermittlungsunterlagen erfahren durfte. Mit ihrem nicht einschätzbaren Verhalten könnte sie uns alle in Teufels Küche bringen.

„Wir werden die Möglichkeit, dass sich Althaus hinter den Frauenkleidern verbirgt, prüfen. Dazu benötigen wir aber zuerst die Fotos."

Grummelnd lehnte sich Ina zurück. Dabei warf sie mir einen misstrauischen Blick zu. Ihre Fähigkeit, Rückschlüsse zu ziehen, durfte ich nicht unterschätzen, schließlich hatte sie mich mit einem gut gefüllten Aktendeckel aus dem Kopierraum kommen sehen.

„Nun gut. Egal wie dieses Video auf Keelas Handy gekommen ist, belastet es Markus Althaus enorm", fuhr Stefan fort.

„Aber Althaus Sohn, der seinen Vater anscheinend abgrundtief hasst, käme ebenfalls in Betracht, verkleidet die Morde begangen zu haben. Außerdem könnte ihm die Aussicht auf einen Halbbruder oder eine Schwester überhaupt nicht gefallen", fügte Hans bei.

„Ganz genau", stimmte ich zu. „Er hat zwar kaum Kontakt mit seinem Vater, trotzdem könnte er sich alle Informationen, die er für die Morde an Verena, Keela und Susan benötigte, leicht beschaffen."

„Oder es ist die Sekretärin", schlug Nicolas vor. „Sie tötet die drei Frauen in Althaus' Auftrag. Wer weiß, welche kranken Bedürfnisse sie damit befriedigen will."

Auf Stefans Stirn bildete sich eine steile Falte und ich musste mir ein Grinsen verkneifen. Waren das doch die Theorien, mit denen ich Stefan im Auto genervt hatte.

„Wir werden …"

Die Tür öffnete sich und eine gewohnt lebhafte Vera Johannpeter betrat den Raum.

„Hallo zusammen!", grüßte sie lächelnd in die Runde. „Ich dachte mir, dass ich euch dieses Mal meine Neuigkeiten persönlich überbringe."

„Hallo, Vera, eine Aufmunterung täte uns jetzt gut", erwiderte Stefan mit einem freudlosen Lächeln.

„Super! Also: Wir haben den Mantel, den Susan trug, unter die Lupe genommen. Außer Susans DNA haben wir keine weitere DNA gefunden. Was sagt uns das?" Sie blickte uns abwartend an. Als niemand reagierte, fuhr sie fort: „Das sagt uns, dass das nicht sein kann. Zumindest DNA von Keela oder Althaus müsste zu finden sein. Aber der Mantel ist nicht kontaminiert. Also ist es nicht Susans Mantel. Das heißt weiter, dass der Mantel sorgfältig gereinigt wurde, bevor er ihr übergezogen wurde. Aber womit? Jedenfalls nicht mit einem der handelsüblichen Mittel. Das hätte dem Baumwollstoff ganz schön zugesetzt. Ich sehe nur zwei Möglichkeiten, und eine davon ist sehr vage. Fangen wir mal mit dieser an." Vera pinnte das Foto von zwei Fläschchen an das Board, die mit *Unseen* beschriftet waren.

„In den USA glaubt eine Gruppe von Menschen, dass ihre genetischen Spuren systematisch gesammelt und gespeichert werden. Beispiel Supermarkt: Irgendwann kommt jemand vorbei, sammelt die DNA aller Kunden ein und kann dann sagen, dass Lieschen Müller dort zum Einkaufen war. Vollkommen bekloppt, ich weiß. Aber diese Gruppe soll ein Sprühmittel, genannt *Unseen* entwickelt haben, das alle genetischen Spuren zu 95 % vernichtet. Inhaltsstoffe, keine Ahnung. Doch es gibt Wissenschaftler, die sagen, dass es tatsächlich funktioniert."

Jemand kicherte.

„Und das Trägermaterial soll angeblich nicht angegriffen werden. Wie und wo man es bekommen kann, weiß ich nicht. Vielleicht im Darknet."

„Du meinst, jemand hätte den Mantel damit komplett einsprühen können?", fragte Hans interessiert.

Vera seufzte. „Na ja, jemand mit ausreichend Geld. Ein solches Minifläschchen soll 99 $ kosten. Da braucht es schon einige, um den ganzen Mantel mit all seinen Falten zu besprühen."

„Und die zweite Möglichkeit?", hakte Stefan nach.

„Eine Sonnenbank. Würde mit Sicherheit einige Tage Zeit in Anspruch nehmen, aber die UV-Strahlung und die Wärme könnten es schaffen. Ich bin darauf gekommen, da an sehr wenigen, eher geschützten Stellen, die Farbe nicht so ausgeblichen war, wie beim Rest des Stoffes. Könnte natürlich auch daran liegen, dass der Mantel viel in der Sonne getragen wurde."

„Prima, schon wieder ein neues Rätsel", bemerkte Stefan bitter.

„Nun lass den Kopf mal nicht hängen", erwiderte Vera munter. „Es gibt noch eine positive Neuigkeit. Um das Seil, mit dem Susan fixiert wurde, hatte sich ein blondes, langes Haar eingedreht. Wir haben einen winzigen Teil einer Hautzelle daran gefunden. Das heißt, dass wir daraus wahrscheinlich keine komplette DNA extrahieren können, aber eventuell Fragmente. Außerdem gehört das Haar zu einer naturblonden Frau."

Die Frau saß auf einer Bank an der menschenleeren Seetreppe und sah auf das von der Sonne beschienene Wasser. Sie war sehr zufrieden mit dem, was sie bisher erledigen konnte, und sah sich bereits auf der Zielgeraden. Alles hatte wie am Schnürchen geklappt. Die Polizei tappte immer noch im Dunkeln, aber eines Tages mussten die Ermittler Markus Althaus ins Visier nehmen und verhaften. Dafür hatte sie mit den kleinen Dekorationen an den Opfern gesorgt.

„Im Knast verrecken sollst du!", stieß sie leise aus. Er hatte ihre Liebe ausgenutzt, ihr Vertrauen missbraucht und von ihr erwartet, sich zur Straftäterin zu machen. Und wofür? Damit er in Ruhe mit all den anderen Weibern herummachen konnte. Wie dumm sie doch all die Jahre gewesen war!

Soest/Kreispolizeibehörde

Ina schlich durch den Flur. Bevor sie den Kopierraum betrat, schaute sie sich nach beiden Seiten um. Die Luft war rein. Sie schloss die Tür hinter sich und schaltete die Deckenbeleuchtung ein.

Was hat die Grothe gestern im Kopierraum gemacht? überlegte sie. Ihr wollte der grüne, gut gefüllte Aktendeckel, den Fenja fast schützend an ihre Brust gedrückt hatte, nicht aus dem Kopf gehen. Ina sah sich um. Hier lagerten einige Akten, doch alle in stabilen Ordnern verstaut. Einfache Aktendeckel lagen nicht herum. Ina ging zum Faxgerät und drückte auf eine Taste. Die Anrufliste erschien. Eilig scrollte die junge Beamtin zum vorherigen Tag. Ein Grinsen schlich sich auf ihr Gesicht, als sie die irische Vorwahl sah. Elf Minuten hatte der Faxvorgang gedauert. Ausreichend Zeit, um eine Ermittlungsakte zu übertragen. Ina holte ihr Handy heraus und machte ein Foto. Sie wusste noch nicht, wann und wie sie dieses Wissen nutzen konnte. Doch zwei ihrer Stärken waren es, stets den richtigen Zeitpunkt zu erkennen und Geduld zu haben.

Hans Beckmann setzte sich an seinen Schreibtisch. Seine Hüfte tat höllisch weh. Er öffnete eine Schreibtischschublade, griff nach den Schmerztabletten und drückte eine aus dem Blister. Lange würde er es nicht mehr durchhalten, aber ihm blieb nichts anderes übrig. Ihm machte Ina Sorgen. Er traute ihr nicht und er wollte Stefan und Fenja auf keinen Fall mit dieser jungen Frau allein lassen. Etwas stimmte nicht mit ihr.

Er würde sie im Auge behalten, dafür sorgen, dass sie ihm weiterhin zugeteilt würde, auch wenn ihn die Schmerzen umbrächten. Er griff nach dem Telefonhörer. Nach dem dritten ausgehenden Ruf meldete sich eine Stimme.

„Ich bin's. Ich benötige deine Hilfe. Was weißt du über KKA Ina Wulf?"

Hannah Zimmermann saß entspannt im Verhörraum, ihren Blick auf den Einwegspiegel gerichtet, hinter dem Stefan und ich uns verbargen. Ihr lindgrünes Kostüm mit der cremefarbenen Seidenbluse, das blonde Haar zu einem lockeren Chignon im Nacken gesteckt und das sparsam, jedoch raffiniert aufgetragene Make-up spiegelten das Idealbild einer Chefsekretärin wider.

„Sie hat langes, blondes Haar." Ich sah zu Stefan, der wieder einmal sein Ohrläppchen bearbeitete.

„Ja. Aber wir haben nicht genug Verdachtsmomente, um an das Haar ranzukommen." Er blickte mich abschätzend an. „Komm ja nicht auf irgendwelche dummen Ideen", fügte er warnend hinzu.

„Ich werde ihr schon keins ausreißen", gab ich grinsend zurück. „Weißt du, wie du vorgehen willst?"

„Sie ist lediglich als Zeugin hier, die das Alibi für Althaus zu Protokoll gibt. Wir können sie zu Keela und Susan befragen, ob sie die beiden kannte und natürlich zu Althaus. Wird darauf ankommen, wie loyal sie ihrem Arbeitgeber gegenüber ist."

„Und was ist mit Verena? Schließlich war Hannah Zimmermann auf der Fähre, als Verena starb." Am liebsten hätte ich Stefan ob seiner Vorsicht und Unentschlossenheit an den

Schultern gepackt und geschüttelt, bis er wieder der Alte wäre.

„Wenn es sich ergibt", antwortete er vage.

Wir betraten den Verhörraum. Ein leichter Duft nach Jasmin und Vanille hatte die normalerweise abgestandene Luft durchzogen. Die Begrüßung verlief ausgesprochen höflich. Obwohl Hannah lächelte, fand sich keinerlei Herzlichkeit in ihren Augen.

Stefan stellte uns vor.

„Guten Morgen, Frau Zimmermann. Danke, dass Sie es einrichten konnten, zu uns zu kommen."

Hannah Zimmermann nickte lediglich.

„Es geht um das Alibi von Markus Althaus. Würden Sie uns bitte noch einmal erzählen, wie der Abend von Mittwoch auf Donnerstag verlief?"

„Gern. Wir haben am Eröffnungsdinner teilgenommen und uns um kurz nach zehn Uhr zurückgezogen. Wir sind dann in die Suite von Herrn Althaus gegangen, weil noch einige firmeninterne Angelegenheiten zu regeln waren. Herr Althaus hatte dann versucht, Susan Connery zu erreichen, aber ohne Erfolg. Um Viertel nach elf haben wir dann in Ruhe ein Glas Wein zusammen getrunken. Ich habe mich um kurz vor zwölf verabschiedet und bin in mein Zimmer gegangen."

„Danke, Frau Zimmermann." Stefan schlug den Aktendeckel auf, der vor ihm auf dem Tisch lag. „Haben Sie Susan und Keela persönlich gekannt?"

„Susan habe ich vor einem Jahr in Irland kennengelernt. Sie ist - war freiberufliche Dolmetscherin und hatte uns bei Vertragsverhandlungen mit den irischen Geschäftspartnern unterstützt. Seit sie in Deutschland ist, habe ich sie vielleicht dreimal gesehen. Es waren oberflächliche Gespräche, die wir geführt haben. Nichts Privates."

„Und wie war ihre Einschätzung von Susan?"

„Intelligent, wusste, was sie wollte und sie war ausgesprochen herzlich."

„Und Keela?"

„Sie war einmal in der Firma. Ein nettes, sehr lebhaftes Mädchen."

„Haben Sie für sich eine Erklärung gefunden, warum die beiden sterben mussten?", mischte ich mich nun ein und riskierte damit einen warnenden Blick von Stefan.

„Nein. Ich habe lange mit Herrn Althaus darüber diskutiert, aber wir konnten uns diese schrecklichen Taten nicht erklären."

„Haben Sie auch darüber gesprochen, dass jemand Herrn Althaus damit vielleicht Schaden zufügen will. Jemand, der ihn hasst?"

Stefan trat mir gegen das Bein.

„Ja, auch das haben wir in Betracht gezogen. Dazu ist uns nur eine Person eingefallen, sein Sohn Chris. Aber wir glauben beide nicht, dass Chris trotz seiner Wut so weit gehen würde."

Bevor ich darauf reagieren konnte, grätschte Stefan ein.

„Danke, Frau Zimmermann. Wenn wir noch weitere ..."

„Eine Frage habe ich noch", ging ich dazwischen. „Als Verena Althaus zu Tode kam, waren Sie ebenfalls auf der Fähre. Ist Ihnen damals irgendetwas aufgefallen? Eine fremde Person zum Beispiel, die ein besonderes Interesse an Verena gezeigt hatte? Oder hatten Sie vielleicht das Gefühl, dass Verena anders war, Angst hatte?"

Hannah Zimmermanns Miene versteinerte sich. Lediglich an ihrem plötzlich misstrauischen Blick erkannte ich, dass sie dieses Thema nicht erwartet hatte.

„Nein. Das hatte ich bei der irischen Polizei auch so zu Protokoll gegeben." Sie griff nach ihrer Tasche und richtete sich auf. „Außerdem wüsste ich nicht, was Verenas Tod mit den Morden hier zu tun haben sollte." Sie erhob sich. „Wir sind dann wohl fertig, nehme ich an."

„Moment bitte noch", hielt ich sie auf. „Sie haben damals Ihrem Chef ebenfalls ein Alibi gegeben. Sie haben erklärt, dass er die ganze Nacht bei Ihnen in der Kabine war. Waren damals auch firmeninterne Angelegenheiten zu regeln?"

Sie sank zurück auf ihren Stuhl.

„Haben Sie ein Verhältnis mit Markus Althaus?", fuhr ich fort.

„Nein."

„Hatten Sie eins?", hakte ich nach.

„Ja", gab sie nach einer Weile zu. „Damals. Aber nach Verenas Tod haben wir es beendet."

Ich wusste, dass Stefan mir am liebsten den Mund zugehalten hätte, doch jetzt, als Hannah Zimmermanns Fassade begann zu bröckeln, konnte ich einfach nicht aufhören.

„Einfach so? Nach allem, was Sie für ihn getan haben? Und dann schwängert er kurze Zeit später eine Irin und bringt sie mit nach Deutschland? Das muss Sie doch zutiefst verletzt haben."

Sie sagte nichts, starrt blicklos auf die Tischplatte. Stefan trat mir erneut gegen das Bein.

„Frau Zimmermann, haben Sie nicht die Befürchtung, dass der Mörder Sie ebenfalls in den Fokus nehmen könnte?"

Nun hob sie langsam den Kopf und es war tatsächlich Angst, die in ihren Augen lauerte.

„Warum sollte er?", gab sie leise von sich.

„Weil alle Frauen, die Althaus emotional nahestanden, nicht mehr am Leben sind. Außer Ihnen. Na ja, zu Keela hatte er ja sicherlich nicht diese starke emotionale Nähe."

Ein kurzes Flackern in ihren Augen ließ mich stutzen.

„Er hatte auch was mit Keela?", setzte ich nach.

Ein Ruck ging durch Hannah Zimmermann. Sie streckte ihren Rücken und erhob sich. „Ich werde jetzt gehen. Schicken Sie mir das Protokoll zu. Ich werde es in Anwesenheit meines Anwaltes unterschreiben und der wird es Ihnen dann zukommen lassen." Sie ging zur Tür, die Hand auf der Klinke.

„Frau Zimmermann. Falls Sie uns wichtige Informationen vorenthalten sollten, machen Sie sich strafbar. Auch wenn wir Sie lediglich als Zeugin befragt haben."

Sie drehte sich nicht um, öffnete energisch die Tür und verschwand im Flur.

„Sag mal, hast du noch alle Tassen im Schrank!" Vor Zorn glühten die beiden Narben auf Stefans Wange feuerrot auf. Er erhob sich, griff nach dem Aktendeckel und warf mir einen vernichteten Blick zu. „Auch wenn du jetzt Oberkommissarin bist, kannst du dir nicht alles erlauben!" Danach rauschte er aus dem Verhörraum.

Aufstöhnend schloss ich mein Notizbuch und erhob mich. *Nein, ich habe definitiv nichts falsch gemacht,* versuchte ich mich zu beruhigen und ging ebenfalls zur Tür. Kurz ließ ich meinen Blick noch einmal kontrollierend durch das Zimmer schweifen.

Ich durchquerte eilig den Vorraum der Wache und hatte schon die Klinke der Tür zum Großraumbüro in der Hand, als jemand meinen Namen rief.

Nicht jetzt, dachte ich genervt und drehte mich resigniert zu der Stimme hin.

„Dennis!", entfuhr es mir überrascht. „Bist du wieder gesund?"

„Yepp, heute Morgen war ich wieder negativ." Er streckte grinsend den Daumen in die Höhe.

„Schön. Und was gibt es?"

„Da hat jemand für dich angerufen."

Pause.

„Mensch, Dennis. Jetzt sag schon, und zwar alles in einem Rutsch. Ich habe auch noch etwas anderes zu tun."

Mit kraus gezogener Nase schaute er mich einen Moment verblüfft an.

„Eine Detective aus Dublin, Feeney heißt die." Er fingerte umständlich in seiner Hemdtasche und zog einen Zettel heraus. „Das ist ihre Handynummer und du sollst sie schnellstmöglich zurückrufen."

„Danke, Dennis." Ich griff nach dem Zettel. Kurz überlegte ich. Zwar rauchte ich nicht im Dienst, doch jetzt musste es sein. Aus dem Büro holte ich meine Zigaretten und verließ das Revier. Rasch lief ich über den Parkplatz zu einer kleinen Grünanlage. Zuerst wählte ich die Nummer von Vera Johannpeter.

„Liebes!", erklang ihr fröhliche Stimme. „Ich wollte mich auch gerade bei euch melden. Der Bootshaken wimmelt nur so von Althaus' Fingerabdrücken. Und was hast du auf dem Herzen?"

„Vera, kannst du mir einen Gefallen tun?"

„Na, wenn du so anfängst – ist wohl nicht ganz legal, wie?"

„Könntest du für mich ein Haar analysieren?"

„Tztztz! Wieder mal auf eigenen Pfaden unterwegs?"

„Ja. Stefan kommt ja nicht in die Pötte."

„Na gut, dann erzähl mal."

Nach dem zweiten Ruf meldete sich Isleen Feeney.

„Fenja, schön, dass Sie so schnell zurückrufen." Isleen räusperte sich. „Mich hat vor einer Stunde eine Frau angerufen, die sich als Sie ausgab."

„Was!"

„Tja, aber die hatte so ein ätzendes Oxford-Englisch gesprochen. Da war mir klar, dass Sie es nicht sind." Isleen lachte.

„Und was wollte die Frau?"

„Sie sagte, dass das Faxgerät wohl nicht richtig gearbeitet hätte und einige Seiten der Ermittlungsunterlagen verloren gegangen seien. Wissen Sie, wer das war?"

Vor meinem inneren Auge erschien Ina Wulf, wie sie auf den grünen Aktendeckel gestarrt hatte.

„Ich glaube ja. Verdammt, hätte ich mal lieber die Nummer aus der Anrufliste gelöscht."

„Machen Sie sich keine Sorgen. Ich habe der Dame gesagt, dass da ein Missverständnis vorläge. Wir hätten lediglich vereinbart, dass ich die Passagierliste der Fähre übermitteln würde. Wenn sie die gesamte Ermittlungsakte haben möchte, müsse sie das offiziell beantragen." Erneut lachte Isleen auf. „Die Tussi hatte sich dann ganz schnell verabschiedet. Seien Sie also vorsichtig. Da will Ihnen eine ans Leder."

„Danke, Isleen. Ich werde mich darum kümmern. Übrigens, auf einem der Fotos habe ich eine Frau wiedererkannt, die auch in unserem aktuellen Fall auftaucht. Es könnte allerdings auch ein verkleideter Mann sein. Aber egal, jetzt wissen wir, dass Verena Althaus Tod mit unseren Mordfällen höchstwahrscheinlich in Zusammenhang steht."

„Also könnte Verena doch ermordet worden sein?"

„Ich denke ja, allerdings ist unser Ermittlungsleiter nicht davon überzeugt."

„Okay. Sagen Sie mir, welches Foto es ist. Mal sehen, ob wir den Fall noch einmal aufrollen können."

Im Foyer stieß ich mit Dennis zusammen.

„Sag mal, hast du Ina gesehen?"

„Die ist gegangen."

„Wann?", fragte ich entnervt.

„Kurz bevor ich dir die Telefonnummer von der Irin gegeben habe."

„Und wohin?"

„Keine Ahnung. Schien aber sauer zu sein." Dennis zuckte mit den Schultern. „Ach, übrigens, in'ner halben Stunde ist Teambesprechung."

Bis auf Ina hatten sich alle im Besprechungsraum eingefunden.

„Weißt du, wo Ina ist?", fragte ich leise Hans Beckmann, der neben mir saß.

„Ihr ginge es angeblich nicht so gut, hat sie gesagt und ist verschwunden. Übrigens sollten wir mit Stefan mal in Ruhe über Ina sprechen."

Überrascht blickte ich Hans an. „Das denke ..."

„Würdet ihr beiden bitte ebenfalls zuhören!", fuhr Stefan uns unfreundlich an. „Da unsere werte, neue

Oberkommissarin sich bei der Befragung von Hannah Zimmermann nicht zurückhalten konnte, wissen wir jetzt, dass diese ein Verhältnis mit Althaus hatte, als dessen Frau, Verena, zu Tode kam. Ein Indiz, das beduten könnte, dass Frau Zimmermann Althaus ein Alibi aus Gefälligkeit gegeben hatte. Außerdem konnte Althaus anscheinend auch von Keela nicht seine Finger lassen. Ich bin noch nicht ganz sicher, wie das in unsere Fälle eingeordnet werden kann, aber wir sollten das im Auge behalten. Und ich werde morgen früh Althaus zur Befragung einbestellen. Auch habe ich Chris Althaus angerufen. Er ist bis Sonntag in Spanien, sagt er. Montagmorgen wird er hier erscheinen. Was gibt es von eurer Seite?"

„Ich habe auf Keelas Handy noch etwas gefunden, was zu den neuen Informationen passen würde. Zwischen Keela und Althaus gab es bis zu ihrem Tod eine Menge Telefonate. Mehrmals täglich hatten sie einander angerufen."

„Wann begannen diese Anrufe?"

„Kann ich nicht sagen, da die Liste nur bis Anfang des Jahres einsehbar ist. Aber da taucht schon die Nummer von Althaus auf, auch wenn nicht so häufig."

„Dann hatte der Typ mehrere Frauen gleichzeitig laufen?" Nicolas schüttelte den Kopf. „Und dann auch noch so ein junges Ding! Und wie es aussieht, hatte er schon in Irland mit ihr angebandelt."

„Wie organisiert der das wohl, damit die Frauen nichts merken? Oder wissen die alle voneinander?", fügte Dennis grinsend bei.

Hans Beckmann gab ein Brummen von sich. „Könntet ihr mal die dummen Sprüche lassen und euch aufs Wesentliche konzentrieren."

„Vielleicht ist das ja gerade das Wesentliche", überlegte ich laut und nagte an meiner Unterlippe. „Verena Althaus, gleichzeitig Hannah Zimmermann als Affäre. Verena ist tot. Hannah Zimmermann wurde von Althaus danach abserviert. Der Grund war angeblich Verenas Unfall. Kurz danach lernt er Susan kennen, schwängert sie und holt sie nach Deutschland. Dann kommt Keela als Affäre dazu. Was, wenn die Zimmermann gehofft hatte, dass Althaus sie nach Verenas Tod heiratet? Aber der denkt gar nicht daran, holt sich lieber neue Frauen ins Haus. Hannah sinnt auf Rache. Sie will nach solch einer Demütigung Althaus fertig machen."

„Aber dann hätte sie ihm doch nicht all die Alibis gegeben", wandte Stefan ein.

„Doch", erwiderte ich entschieden. „Sie hat nicht nur Althaus jedes Mal ein Alibi verschafft, sondern auch sich selbst. Und die Präsentation der Leichen hat sie mit Dingen aufgehübscht, die auf Althaus hinweisen. Übrigens habe ich vorhin mit Vera gesprochen. Der Bootshaken war voll mit Althaus' Fingerabdrücken."

Stefan zog unruhig an seinem Ohrläppchen. „Aber wenn Althaus zuäbe, dass Hannah für ihn Falschaussagen gemacht hat, sind ihre Alibis doch auch futsch."

„Das ist letztlich egal. Hannah benötigte die Alibis nur so lange, bis sie ihr Vorhaben umgesetzt hatte und die drei Konkurrentinnen tot waren. Sie hatte Althaus vielleicht vorgesülzt, dass sie ihn nur vor Verdächtigungen schützen will. Er ist vertrauensvoll darauf eingegangen. Ihr ist klar, dass sie sich strafbar macht, kann uns gegenüber aber behaupten, dass sie es nur getan hatte, weil Althaus sie massiv unter Druck setzte und sie Angst vor ihm hatte. Aussage gegen Aussage. Und sie könnte als Erpressungsopfer mildernde Umstände erwarten. Zum Beispiel eine Freiheitsstrafe auf Bewährung. Was ist schon ein Jahr Bewährungsstrafe gegen die Befriedigung, dass Markus Althaus lebenslänglich in den Knast geht und nie wieder Frauen anbaggern kann.“

„Aber sie hatte eindeutig Angst, als du sagtest, dass sie vielleicht das nächste Opfer sein könnte“, warf Stefan ein.

„Klar hatte sie Angst. Falls sie nämlich die Täterin ist, hat sie gemerkt, dass sie einen Fehler gemacht hatte. Wir würden uns jetzt nämlich die Frage stellen, warum der Mörder oder die Mörderin nicht auch sie umgebracht hatte, sondern nur ihre Konkurrentinnen?“

„Traust du der das tatsächlich zu?!“

„Dennis, ich traue jedem alles zu. Selbst Goethe hat schon gesagt: Ich kann mir kein Verbrechen vorstellen, das nicht auch ich hätte begehen können. Jeder Mensch kann töten, wenn eine individuelle, emotionale Grenze überschritten wird.“

„Dann sollten wir nicht nur Althaus, sondern auch dieser Zimmermann richtig Feuer unterm Hintern machen“, schloss Hans und blickte auffordernd zu Stefan, der auf der Schreibtischkante sitzend, am Ohrläppchen zupfend, einen eher unentschlossenen Eindruck machte.

„Na gut“, gab er schließlich nach. „Hans, wir beiden werden Althaus morgen verhören.“

„In Ordnung. Übrigens, noch etwas. Der Zeuge, der den Streit zwischen Keela und Benjamin Busch mitbekommen hatte, hat den SUV gesehen. Er erinnert sich allerdings nur daran, dass das Nummernschild ein Unnaer Kennzeichen hatte.“

Ich tauchte diesen Morgen schon sehr früh im Büro auf, in der Hoffnung, Ina abzufangen. Und wie das Glück es wollte, sah ich sie just in dem Moment im Kopierraum verschwinden, als ich das Foyer betrat. Ich warf meine Jacke und die Tasche auf meinen Schreibtischstuhl und eilte ihr hinterher.

Ina streckte sich gerade nach einem Paket Druckerpapier im obersten Regalfach. Als sie mich sah, zuckte sie erschrocken zusammen und das Gebinde fiel mit lautem Knall auf den Boden.

„Guten Morgen, Ina!" Mein antrainiertes Lächeln zeigend, schloss ich nachdrücklich die Tür und lehnte mich mit vor der Brust verschränkten Armen dagegen.

Ich sah ihr an, dass sie genau wusste, warum ich ihr in diesen engen, kleinen Raum gefolgt war. Sie entfernte sich rückwärtsgehend von mir, bis sie von der gegenüberliegenden Wand ausgebremst wurde.

„Nun, Ina, ich denke, Sie wissen, warum ich mit Ihnen sprechen möchte?" Die Liebenswürdigkeit, mit der ich die Frage in den Raum stellte, und mein Lächeln irritierten sie sichtbar. Wie besagtes Kaninchen, das sich der Schlange gegenübersah, starrte sie mich mit aufgerissenen Augen an.

„Würden Sie mir bitte erklären, warum Sie Detective Feeney in Dublin angerufen und sich als mich ausgegeben haben?"

„Hab' ich nicht", erwiderte sie bockig.

Ich wusste, dass nun Pokern angesagt war. „Doch, haben Sie. Detective Feeney hat mir die Anrufnummer durchgegeben und nun raten Sie mal, wessen Anschluss das ist."

Noch bevor sie etwas antworten konnte, sah ich ihr an, dass ich ins Schwarze getroffen hatte. Auch wenn ihr Blick immer noch trotzig auf mich gerichtet war, sackte ihr Körper leicht nach vorn. Wie sie da, eingeklemmt zwischen Regal und Kopierer an der Wand stand, kreideweiß im Gesicht, tat sie mir fast schon leid. Aber es wurde endlich Zeit, diesem Mädchen seine Grenzen aufzuzeigen – ganz egal, welcher Protegé seine Hand über es hielt.

„Also, ich warte."

„Ich dachte, dass da etwas Inoffizielles läuft", gab sie patzig zurück.

„Aha, dachten Sie. So nach dem Motto: Der Zweck heiligte die Mittel. Das ist Amtsanmaßung, §132 StGB. Sie haben sich strafbar gemacht. Aber für welchen Zweck? Um mich irgendwann mit dem Wissen über etwas Illegales in die Pfanne zu hauen?"

Ina wurde rot und senkte ihren Blick.

„Kennen Sie Hoffmann von Fallersleben? Der größte Lump im ganzen Land, das ist und bleibt der Denunziant!", bohrte ich weiter in dem sichtbar gewordenen Riss von Inas Selbstgefälligkeit. „So, Sie haben zwei Möglichkeiten. Entweder gehen wir beiden jetzt direkt zu Kommissar Gebhardt und Sie erzählen ihm, was Sie angestellt haben, oder Sie erklären mir endlich, was mit Ihnen los ist, dass Sie auf solch hinterlistige Ideen kommen. Ihre Entscheidung."

Interessant war es, ihre Mimik zu beobachten, die von Scham zu Trotz, dann Misstrauen wechselte.

Endlich nickte sie. „Ich erzähle es Ihnen."

„Na, dann mal los!"

Sie berichtete von ihren Eltern, die mit Inas Berufswunsch, eine Schreinerlehre zu beginnen, nicht klarkamen. Mit allen

Mitteln hatten sie versucht, ihr Kind von dem nicht standesgemäßen Ausbildungsberuf abzubringen, bis sie sich schließlich mit Inas Onkel verbündeten – einem hochrangigen Beamten im Innenministerium. Dieser schlug eine Polizeilaufbahn vor, in der er Ina relativ schnell dazu verhelfen würde, die jüngste Polizeipräsidentin in NRW zu werden. Die Eltern waren begeistert. Ina fand alles nur zum Kotzen. Doch letztendlich fehlte es ihr an Schneid, sich dieser Entscheidung zu widersetzen.

„Das heißt, Sie benutzen die Kollegen als Punchingball, um Ihren Frust abzubauen? Und alles nur, weil Sie nicht genug Rückgrat haben, Ihre eigenen Wünsche gegen Ihre Familie durchzusetzen?"

Ich wusste nicht, ob ich über so viel absurdes Verhalten lachen oder mich ärgern sollte. Doch Inas Blick sagte mir, dass das nur ein Teil der Wahrheit war. Und dann ging mir ein Licht auf.

„Sie machen das, damit Sie gefeuert werden!", rief ich ungläubig aus. Ina nickte leicht. „Sorry, aber wie naiv sind Sie eigentlich. Niemand wird sich trauen, Sie rauszuschmeißen, bei dem Gönner, der Sie unter seine Fittiche genommen hat. Irgendwann werden Sie vielleicht die Jüngste in der oberen Riege sein, aber mit Sicherheit auch die Unbeliebteste. Und dann haben Sie nicht nur einen gehassten Job an den Hacken, sondern auch keinen einzigen Freund. Außer, Sie setzen sich gegen die Pläne Ihrer Eltern und Ihres Onkels endlich zur Wehr."

Ina schluckte. „Mein Vater setzt mich unter Druck."

„Aha. Womit? Will er Sie enterben, verstoßen, misshandeln? Mensch, Ina, Sie tragen einen so fähigen Kopf auf Ihren

Schultern. Benutzen Sie ihn doch endlich dazu, auf eigenen Beinen zu stehen. Sich unabhängig von anderen zu machen.“

Ina sah mich nur schweigend an.

„Okay. Ich werde über das Gespräch in diesem Raum erst einmal kein Wort verlieren. Ich erwarte als Gegenleistung, dass Sie sich intensiv Gedanken über Ihre berufliche Zukunft machen. Meine persönliche Meinung ist allerdings, dass sie genug Potenzial haben, eine wirklich gute Polizistin zu werden. Egal, zu welchem Ergebnis Sie kommen, überlegen Sie sich eine Taktik, wie Sie sich von Ihren Eltern und Ihrem Onkel unabhängig machen können. Und Sie werden sich den Kollegen gegenüber demnächst anständig verhalten. Ich werde Sie beobachten! Nächste Woche will ich von Ihnen einen Plan hören, wie Sie Ihr Leben in Zukunft gestalten wollen. Und jetzt ab an die Arbeit.“ Mir war es mit der Unterstützung für Ina überraschend ernst. Trotzdem ärgerte ich mich über dieses vermaledeite *Helferlein*, das nun breit grinsend auf meiner Schulter saß.

Im Foyer traf ich auf Markus Althaus. Von dem charismatischen, gut aussehenden Frauenschwarm schien nichts mehr übrig zu sein. Falls jemand ihn mit den Morden fertig machen wollte, dann war es ihm eindeutig gelungen. Ungekämmt, mit lila schimmernden Schatten unter den Augen und der Kleidung, die er bereits gestern getragen und anscheinend auch darin geschlafen hatte, sah er sich hilflos um.

„Herr Althaus, Sie wollen doch bestimmt zu Kommissar Gebhardt.“

Verwirrt sah er mich an. Dann tauchte er aus seiner Gedankenverlorenheit auf.

"Kommissarin Grothe. Guten Tag. Ja, ich bin mit Ihrem Chef verabredet."

„Kommen Sie. Ich bringe Sie in den Befragungsraum und dann sage ich Kommissar Gebhardt Bescheid, dass Sie da sind.“

Dankbar lächelte er mich an und ließ sich von mir wie an einer Schnur gezogen in das Verhörzimmer bringen.

„Bitte, setzten Sie sich doch. Sie sehen aus, als könnten Sie einen Kaffee vertragen.“

„Ja, sehr gern. Schwarz mit einem kleinen Schuss Milch, bitte, wenn es keine Mühe macht.“

Ich betrat die Kaffeeküche. Hans Beckmann saß an dem alten Resopaltisch, der genau wie der Rest des Mobiliars nicht dazu beitragen konnte, die Atmosphäre in dem kleinen Raum mit Gemütlichkeit zu füllen.

„Fenja! So ein Zufall! Habe gerade an dich gedacht.“ Er rutschte auf seinem Stuhl hin und her, sicher, um eine bequemere Sitzposition zu finden. „Ich muss etwas mit dir besprechen.“

„Du, das ist gerade ganz schlecht. Althaus ist gerade eingetroffen und ich habe ihm eine Tasse Kaffee versprochen.“ Ich drehte mich zum Hängeschrank und holte einen Kaffeebecher heraus.

„Kein Problem. Geht auch flott. Ich habe mich über Ina Wulf erkundigt."

Meine Hand schwebte einen Moment vor dem Griff der Kaffeekanne, bevor ich ihn energisch umfasste und das duftende Gebräu langsam in die Tasse fließen ließ.

„Und?“, fragte ich so gleichmütig, wie es mir möglich war.

„Sie wurde in den letzten drei Monaten von einem Präsidium zum anderen weitergereicht. Nicht, dass das in ihrem Ausbildungsplan vorgesehen wäre, sondern weil die Kollegen sie loswerden wollten.“

„Aha“, brachte ich nur heraus. Der Becher vor mir war bereits gefüllt, also griff ich nach einer zweiten Kaffeetasse. Ich wollte mich Hans nicht zudrehen. Er hätte mir sofort angesehen, dass meine gezeigte Gleichmütigkeit nur vorgeschoben war.

„Was die sich alles erlaubt hat, bis hin zum Denunziantentum.“

„Wir sind ja auch schon einiges von ihr gewohnt.“ Nun war der zweite Becher bis zum Rand voll. Langsam stellte ich die Kanne zurück in die Kaffeemaschine und öffnete bedächtig die Kühlschranktür.

„Das Problem ist“, fuhr Hans fort, „dass sie die Nichte von Hanno Schmieder ist und niemand sich trauen wird, sie an die Luft zu setzen.“

Ich schüttete vorsichtig Milch in die Becher und stellte die Tüte zurück. „Das wusste ich nicht.“

Ich öffnete die Besteckschublade und holte zwei Löffel heraus. „Dann müssen wir wohl mit ihr leben.“ Ich rührte den Kaffee mehrfach um.

„Es soll Leute geben, die schon mal ein Loch in die Tasse gerührt haben sollen“, reagierte Hans spitz. „Wie kannst du nur so gelassen bleiben? Du hast dich doch auch schon über Ina geärgert.“

Ich atmete einmal tief durch und schaltete mein Lächeln ein, bevor ich die Henkel der Tassen ergriff und mich meinem Chef zuwandte. „Schau, Hans, sie wird ihre Gründe haben, warum sie sich so verhält. Und solange wir die nicht kennen, sollten wir Ina auch nicht verurteilen. Und jetzt bringe ich Althaus den Kaffee und sag Stefan Bescheid."

Die Befragung von Althaus hatte bis zum frühen Nachmittag gedauert. Stefan hatte ihn gehen lassen, mit der Auflage, dass er im Kreisgebiet bliebe. Die Lage für Althaus sah nicht gut aus, denn ich bekam mit, dass Stefan, kaum, dass Althaus das Revier verlassen hatte, die richterlichen Beschlüsse für eine Hausdurchsuchung, die Auswertung aller digitaler Kommunikationsgeräte sowie die umfassende Einsicht in Althaus Finanzen beantragte.

Um halb drei versammelte sich das Team im Besprechungsraum.

Stefan, in gewohnter Haltung, informierte uns über den Verlauf der Befragung. Danach hatte Althaus tatsächlich zugegeben, dass Hannah Zimmermann ihm auf der Fähre das Alibi aus Gefälligkeit gegeben hätte. Er selbst hätte sich an die Nacht nicht mehr erinnern können. Irgendwann wäre ihm kurz nach dem Auslaufen schlecht geworden. Er wäre zu Bett gegangen und sofort eingeschlafen. Erst als es schon hell wurde, wäre er mit starken Kopfschmerzen aufgewacht und hätte dann bemerkt, dass Verena nicht da war. All ihre persönlichen Sachen hätten auf der unbenutzten Koje gelegen. Gefehlt hätten lediglich das Handy, die Zigaretten sowie die Kleidungsstücke, die sie wohl angehabt hatte, als sie zum Rauchen rausging.

„Wenn Althaus Kabine im Bereich einer Überwachungskamera gelegen hat, müssten die irischen Kollegen doch sehen können, ob und wann er die Kabine betreten und verlassen hatte. Soll ich mich mit Dublin in Verbindung setzen?", schlug ich vor. „Das ist eine Menge

Arbeit, aber Detective Feeney hat mir gesagt, dass sie den Fall eventuell wieder aufrollen würden."

„Gut Idee. Mach das", stimmte Stefan zu. „Dann wissen die, worauf sie achten müssen. Was die anderen beiden Alibis betrifft, hat er hoch und heilig geschworen, dass er bei einem Geschäftsessen war und von dort direkt nach Hause gefahren wäre, als Keela starb. Und Bonn hätte er in der betreffenden Nacht nicht verlassen."

„Das bedeutet jede Menge Arbeit für uns", meldete sich Hans zu Wort. „Wir müssen nachweisen, mithilfe von Überwachungskameras, Radarkontrollgeräten und eventuellen Zeugen, dass Althaus in den beiden Nächten in der Nähe der Tatorte war, ansonsten – in dubio pro reo!"

Ina, die neben mir saß und sich bis jetzt vorbildlich verhalten hatte, meldete sich zu Wort. Aus Nicolas Richtung hörte ich ein leises Aufstöhnen.

„Eins verstehe ich nicht. Der Mörder oder die Mörderin hat sorgfältig einen ausgeklügelten Plan entwickelt. Besonders die Sache auf der Fähre war so exzellent durchgeführt worden, dass die irischen Kollegen das Tötungsdelikt nicht erkannt hatten. Dahingegen wurden die Spuren, die uns zu Althaus führen sollten, nachlässig und durchschaubar gewählt. Als wäre Althaus so dumm, seinen eigenen Bootshaken zu verwenden, mit all seinen Fingerabdrücken darauf." Die Selbstherrlichkeit und Aggression, die normalerweise Inas Stimme durchzogen, waren Sachlichkeit gewichen. So hatte sie es geschafft, dass die Anwesenden ihr sichtbar verblüfft zuhörten.

Stefan warf mir einen fragenden Blick zu, doch ich zuckte kaum sichtbar mit den Schultern.

„Ich finde, dass Ina recht hat", stimmte ich zu. „Warum wurden die Spuren zu Althaus so offensichtlich hinterlassen? Eine Möglichkeit wäre allerdings, dass Althaus sie selbst gelegt hatte, um …"

„… uns glaubhaft zu versichern, dass er nie so dumm wäre, sich selbst dermaßen zu belasten. Die Spuren müssten von jemand anderem gelegt worden sein, um ihm die Morde unterzuschieben." Hans grinste mich an. „Genau das hat Althaus vorgebracht, als wir ihn mit dem Bootshaken konfrontierten. Eine riskante Taktik, falls er der Täter sein sollte – aber wenn wir nicht beweisen können, dass er an den Tatorten war, werden ihn dieser Bootshaken und die Verwendung des kleinen Segelbootes nicht in den Knast bringen. Da müssen wir schon Handfesteres vorweisen können."

Stefan nickte beipflichtend. „Übrigens gibt es noch etwas, was wir bisher nicht wussten. Althaus war beruflich nach Irland gefahren. Der Grund, warum Verena Althaus ihn begleitete, war, dass das Ehepaar Althaus eine Leihmutter in Irland engagieren wollte."

„In Irland?!", entfuhr es mir lauter als gewollt. „Die sind da doch alle so streng katholisch."

„Leihmutterschaft ist in Irland nicht erlaubt, aber auch nicht ausdrücklich verboten. Also eine Grauzone. Und die beiden wollten unbedingt ein Kind haben, doch Verena konnte Kinder nicht austragen, erklärte Althaus."

„Und dann stirbt sie, bevor sie Irland erreicht. Dafür hat sich dann Althaus eine schwangere Irin mitgebracht." Nicolas' Stimme troff nur so vor Zynismus.

Jemand kicherte.

„Wenn Althaus und seine Frau wegen eines Kinderwunsches nach Irland reisen, warum sollte er sie dann über Bord stoßen?", nahm ich das Thema auf.

„Genau!", unterstützte mich Ina. „Was wäre denn, wenn Susan diese gebuchte Leihmutter ist. Ich könnte mir vorstellen, dass Hannah Zimmermann sich selbst schon schwanger von Althaus sah. Sie muss vor Enttäuschung und Wut ausgerastet sein und nur eine Gelegenheit abgewartet haben, Susan ebenfalls zu töten."

„Das wäre ein Motiv für den Mord an Susan", gab Stefan zu, „Aber warum musste dann auch Keela sterben?"

„Wartet mal!" Ein Gedanke blitzte bei mir auf. „Ihr müsst mir mal eben helfen, etwas einzuordnen. Keela und Althaus hatten, noch bevor das Mädchen in Deutschland ankam, bereits regen Kontakt. Keela hatte einen festen Freund in Irland, der von der Beziehung zwischen den beiden vielleicht wusste. Hatte Keela eventuell Angst vor ihrem Freund, weil er eifersüchtig war, aggressiv wurde? Hatte Susan ihre Nichte nach Deutschland nachgeholt, um sie vor dem Freund zu schützen? Dazu kommt, dass Susan es strikt ablehnte, dass dieser Freund sowie Keelas Vater, also ihr Schwager, hier auftauchen. Hatte Susan ebenfalls Angst? Haben wir es vielleicht doch mit einer familiären Beziehungstat zu tun? Ich weiß zufällig, dass Sex vor der Ehe und uneheliche Kinder bei strenggläubigen Iren immer noch als Beschmutzung der Familienehre eingestuft werden. Was muss denn bei denen erst eine Leihmutterschaft auslösen."

„Mensch, wir sind doch nicht mehr im Mittelalter!", ereiferte sich Nicolas.

Ohne auf seine Bemerkung einzugehen, fuhr ich ungerührt fort: „Ist Althaus' Frau eigentlich schon für tot erklärt worden oder gilt er immer noch als verheiratet? Falls er noch verheiratet ist, dann hatten Keela und Susan eine Affäre mit einem verheirateten Mann – noch so ein No-Go bei strenggläubigen Iren und in ihrer Ehre verletzten irischen Männern."

„Darf ich einen Vorschlag machen?", fragte Ina in die Stille hinein, die meinen Ausführungen gefolgt war. „Wenn Fenja ohnehin gleich mit Inspektor Feeney spricht, könnte sie sie ja bitten, die Alibis der beiden Männer zu überprüfen."

Stefan zögerte, dann nickte er. „Gut. Wenn die beiden sich in Irland aufgehalten haben, könnten wir diese Hypothese streichen. Wir folgen ohnehin schon viel zu vielen Ansätzen, ohne etwas Brauchbares zu haben."

Auf Isleens Festnetzapparat meldete sich nach dem zehnten Klingeln Detective Sheehan, der mürrische Kollege, mit dem ich bereits das Vergnügen gehabt hatte.

„Sie schon wieder", begrüßte er mich unfreundlich, nachdem ich meinen Namen genannt hatte. Auch gab er sich keine Mühe, seinen irischen Akzent zu mildern. Mir schlugen lang gezogene Vokale und das normalerweise weiche *th* als hart ausgesprochenes *t* entgegen.

„Ihnen ebenfalls einen schönen, guten Tag, Detective Sheehan", reagierte ich ungerührt. „Könnte ich bitte mit Inspector Feeney sprechen?"

„Isleen ist in einem Verhör", antwortete er barsch. „Und hören Sie endlich auf, uns mit noch mehr Arbeit zuzuschütten, als wir ohnehin schon haben."

Im Hintergrund hörte ich eine weibliche Stimme. „Lass deinen Frust nicht an der deutschen Kommissarin aus,

Tyron!“, fuhr Isleen in grob an. „Sieh lieber zu, dass du endlich die Nachbarn befragst!“

Ein ungehaltenes Brummen folgte.

„Tut mir leid, Fenja. Aber bei uns herrscht leider ein sehr rauer Ton“, lachte Isleen in den Hörer. „Ich hätte dich ohnehin gleich angerufen. Wir haben diese Frau in dem komischen Mantel tatsächlich bis zu ihrer Kabine verfolgen können. Sie verließ sie mit einer kleinen Handtasche und einem Weekender, als die Fähre anlegte. Laut Buchungsunterlagen wurde die Kabine von einem gewissen Sean O‘Grey aus Galway gebucht. Doch dieser Mann existiert bedauerlicherweise nicht. Außerdem hatte die Frau sorgfältig darauf geachtet, ihr Gesicht vor den Kameras zu verbergen.“

„Und als sie von der Fähre fuhr, konntet ihr vielleicht ihren Wagen erkennen?“

„Sie hat über die Gangway, also zu Fuß, das Schiff verlassen und ward danach nicht mehr gesehen.“

„Gibt es denn Aufnahmen von ihr, als sie das Schiff betrat?“

„Nichts. Was sehr merkwürdig ist. Das erste Mal ist sie zu sehen, als sie zwei Stunden nach Abfahrt den Toilettenbereich bei den Shops und Restaurants verlässt. Ich denke, dass sie sich dort umgezogen hatte. Aber es waren über achtzig Frauen, die in diesen zwei Stunden die Toilette betreten hatten. Unmöglich, die alle zu identifizieren!“

„Die wusste genau, was sie tat. Und jemand, der sich so merkwürdig verhält, hat eindeutig etwas zu verbergen.“

„Da gebe ich dir vollkommen recht. Aber … warte mal eine Sekunde.“

Ich hörte das Klackern der Computertastatur, dann ein leise gezischtes *Verdammt noch mal!*

„Was ist?“

„Diese Hannah Zimmermann; als wir Althaus in Gewahrsam nahmen, hatten wir uns natürlich auch um seinen Wagen gekümmert. Aber dass diese Frau überhaupt existierte, haben wir erst erfahren, als sie am nächsten Morgen auftauchte und Althaus das Alibi gab. Und wir haben es damals wahrscheinlich verpasst, uns die Buchung der Überfahrt genauer anzuschauen. Das habe ich gerade gemacht. Über Althaus lief die Reservierung für zwei Doppelkabinen, eine davon zur Alleinbenutzung für Hannah Zimmermann. Und jetzt halte dich fest: Es wurde nur ein PKW gebucht, das hieße, dass die Zimmermann im Auto des Ehepaars Althaus gesessen haben musste. Und das bedeutet, dass Sie die Fähre zu Fuß verlassen haben muss.“

Mein Nacken begann zu kribbeln. „Dann könnte sie die Unbekannte sein.“

„Die Vermutung liegt jedenfalls nahe“, stimmte Isleen zu. „Ich würde an der Frau auf jeden Fall dranbleiben.“

„Das werden wir bestimmt tun. Schließlich hatte sie euch damals ein falsches Alibi gegeben.“

„Sie hatte uns angelogen?“

„Ja. Und sie hatte sich auf diese Weise auch selbst mit einem Alibi versorgt.“

„Shit! Warum ist uns das damals nicht aufgefallen!“, brummte Isleen verärgert in den Hörer. „Egal. Du hältst uns bitte auf dem Laufenden, ja. Ich habe nämlich das Okay, den Fall neu aufzurollen. Aber warum hast du eigentlich angerufen?“

Ich schilderte Isleen, warum wir die Überprüfung der Videos bezüglich Althaus‘ und Zimmermanns Bewegungen auf der Fähre benötigten. Dann erklärte ich kurz unseren

Ansatz, der den Freund und den Vater von Keela betraf. „Wir gehen also davon aus, dass die Morde eventuell so eine Art Ehrenmorde sind."

Isleen lachte erneut auf. „Du, wir sind hier nicht mehr im Mittelalter. Aber du hast schon recht. Es gibt tatsächlich einige Verpeilte, die für nicht verheiratete Schwangere so etwas wie Erziehungsheime fordern. Nicht ehelicher Geschlechtsverkehr wird bei einer bestimmten Gruppe immer noch als unverzeihliche Sünde eingestuft. Pass auf, heute Morgen habe ich den Mord an einer Prostituierten, in den auch ein hochrangiger Politiker verwickelt sein soll, auf den Tisch bekommen. Das hat Priorität eins. Also, mit der Durchforstung der Überwachungsbänder wird es ein wenig dauern, da ich keine Leute dafür habe. Aber die beiden Männer werde ich schnellstmöglich überprüfen und schick dir dann das Ergebnis."

Montag
Soest/Ostenhellweg

Else, die sich am anderen Ende des Balkongeländers niedergelassen hatte, beobachtete mit schief gelegtem Kopf interessiert meine Reaktion, als ich mir mit dem heißen Kaffee die Zunge verbrannte. Sie gab ein Keckern von sich, das sich verdächtig nach schadenfrohem Lachen anhörte.

„Pass mal auf, Fräulein, wenn du dich über mich lustig machst, kannst du gern wieder zurück auf deinen Ast fliegen."

Else plusterte sich auf. Sie dachte gar nicht daran, ihren Logenplatz zu verlassen.

„Vielleicht sollten wir beiden morgen gemeinsam hier draußen frühstücken?", schlug ich grinsend vor.

Sie schien sich dieses Angebot durch den Kopf gehen zu lassen. Dann bewegte sie die Schultern hin und her und deutete so etwas wie eine kurze Verbeugung an.

Wenn du nicht willst, dass der Tiger in die Küche kommt, dann füttere ihn nicht, fiel mir eine der Lebensweisheiten meiner Großmutter ein.

„Aber nur hier auf dem Balkon. Du kommst mir nicht in die Wohnung", ergänzte ich vorsichtshalber meine Einladung, was die Krähe mit einem weiteren Keckern kommentierte.

Gestern hatte Stefan uns alle mittags nach Hause geschickt. Seine Begründung: Überarbeitete Polizisten könnten nicht gescheit ermitteln. So hatte ich den Nachmittag dazu genutzt, einen weitläufigen Spaziergang über die Stadtmauern von Soest zu unternehmen, um abschließend einen Latte macchiato auf dem Marktplatz zu genießen.

Jetzt fühlte ich mich ausgeruht und voller Tatendrang. Stefan hatte mir gesagt, dass er mich bei der Befragung von Althaus Sohn, Chris, dabeihaben wollte. Ein Angebot, das ich mit Freude angenommen hatte.

Das leise Pling meines Handys kündigte eine neue Nachricht an. Isleen hatte geschrieben. Gespannt öffnete ich die SMS.

Hi Fenja, Freund und Sohn von Keela waren nachweislich **nicht** *in Deutschland. Slán Isleen*

Na gut, dann war der Ermittlungsansatz gestorben. Es war ja nicht so, dass wir keine anderen Theorien gehabt hätten, aber ich spürte trotzdem eine gewisse Enttäuschung. Stefan hingegen würde sich über diese Information freuen.

Ich schloss Isleens Nachricht. Ein weiteres *Pling* ertönte. Vera hatte sich gemeldet.

Liebes, 42% der DNA konnte ich von dem Haar am Seil extrahieren. Die DNA passt aber definitiv nicht zu dem Haar, das du mir gegeben hattest.

„Verdammte Scheiße", zischte ich wütend. Wie einfach wäre alles gewesen, wenn das Haar an Susans Leiche Hannah Zimmermann gehört hätte. Aber immerhin hatten wir wahrscheinlich ein Teilstück der DNA der mutmaßlichen Mörderin. Dieses war zwar nicht als Beweis geeignet, aber es könnte uns trotzdem weiterhelfen.

Mehrere Kollegen stürmten, unter anderem Dennis, an mir vorbei nach draußen, als ich das Revier betrat.

„Was ist passiert", rief ich ihm nach.

„Raubüberfall im Supermarkt", antwortete er über die Schulter, während er durch die gläserne Doppeltür verschwand.

Ich ging zu meinem Schreibtisch und sah Ina vor ihrem Computer hocken.

„Guten Morgen, Ina."

„Fenja! Hi!" Sie schaute mich an und der Hauch eines Lächelns zeigte sich auf ihrem Gesicht. „Die Täter sind noch im Gebäude", informierte sie mich ungefragt.

„Geiselnahme?"

„Ist bisher nicht ganz klar. Aber der Chef hat bereits Dortmund informiert.“

Es war das erste Mal, dass ich mit Ina ein ganz normales Gespräch unter Kollegen führte. Es fühlte sich ungewohnt an, nicht in ein missmutiges Gesicht zu schauen und herablassend gesprochene Sätze zu hören.

„Übrigens“, fuhr sie fast munter fort, „haben wir alle richterlichen Beschlüsse für Althaus. Ich werde nachher Tessa unterstützen, was Verbindungsnachweise und Bewegungsprofil betrifft. Hans kümmert sich um die Finanzen und du sollst am Yacht Club Althaus' Boot in Augenschein nehmen.“

„Okay.“ Ich war ehrlich verblüfft über Inas Gesprächigkeit. „Wo ist Stefan?“

„Der fährt gleich mit der Spusi zu Althaus. Müsste bei HK Beckmann im Büro sein.“

Immer noch über Inas neues Verhalten positiv verwirrt, klopfte ich an Hans Bürotür und trat ein. Stefan schob gerade seine Dienstwaffe in das Holster, bereit für die Hausdurchsuchung.

„Fenja, gut, dass du da bist. Du fährst gleich zusammen mit Nicolas zu Althaus' Boot.“

„Habe ich schon von Ina gehört. Ich habe aber drei Neuigkeiten. Dublin hat sich heute Morgen gemeldet. Keelas Freund und auch der Vater haben sich die letzten zwei Wochen in Irland aufgehalten.“

„Na prima. Dann kannst du das Ermittlungsboard, bevor du losfährst, noch aktualisieren.“ Stefan schlüpfte in seinen Lederblouson.

„Und Vera hat knapp die Hälfte der DNA von dem Haar an Susans Leiche extrahieren können.“

„Nicht viel, aber eventuell hilft es ja." Und schon war Stefan durch die Tür verschwunden.

Hans, der bis jetzt nichts gesagt hatte, schaute mich mit hochgezogenen Augenbrauen fragend an.

„Langsam wird der Junge wieder der Alte und Ina ist auch irgendwie anders. Weißt du zufällig Näheres über diese Verwandlungen?"

„Nein, ich bin selbst ganz überrascht", log ich, bemüht, eine unschuldige Miene aufzusetzen.

Hans musterte mich zweifelnd. „Aha, na gut. Und was ist die dritte Neuigkeit?"

Ich zog mir den Besucherstuhl heran.

„Das muss aber unter uns bleiben!"

„Ach, machen wir schon wieder Alleingänge. Hast wohl das letzte Mal nichts daraus gelernt, wie?" Eine steile Falte hatte sich auf seiner Stirn gebildet. „Und was hast du Interessantes erfahren, bei deiner One-Man-Show?"

„Dass das Haar, das wir bei Susans Leiche gefunden hatten, nicht Hannah Zimmermann gehört", antwortete ich leise.

Hans lehnte sich mit verschränkten Armen in seinem Stuhl zurück, ließ mich dabei nicht aus den Augen. „Und woher hattest du das Vergleichshaar?"

„Ich habe es nach dem Verhör auf dem Stuhl gefunden, auf dem Hannah gesessen hatte", gab ich kleinlaut zu.

„Und Vera hat bei dieser unsauberen Nummer natürlich mitgemacht", stellte Hans gelassen fest, um im nächsten Moment nach vorn zu schnellen und sein Gesicht so nah vor meines zu schieben, dass ich erschrocken zurückwich. „Lass die Finger von solchen Methoden. Du kannst dich und die Ermittlungen damit in Teufels Küche bringen."

Ich schloss kurz die Augen und sog gierig die milde Luft, die nach Sonne und Wasser duftete, ein. Nicolas, der bislang nicht an diesem besonderen Fleckchen Erde gewesen war, schaute sich interessiert um, als wir langsam den Weg hinunter zu den Clubgebäuden gingen.

„Nicht schlecht!" Er nickte anerkennend. „Vielleicht sollte ich mir Segeln als Hobby zulegen."

Die Terrasse war, bis auf Henrich, der an einem der Tische saß, den Rücken uns zugekehrt, menschenleer.

Gut so, dachte ich. Es musste nicht gleich der ganze Club erfahren, dass wir Althaus' Boot unter die Lupe nahmen.

Obwohl unsere weichen Sohlen keinen Laut auf dem sommerwarmen Teer zuließen, musste Henrich unsere Anwesenheit gespürt haben. Er erhob und drehte sich uns zu.

„Nee, nich! Hasse meine Käffken vermisst!", rief er freudestrahlend.

„Nicht ganz", wehrte ich lachend ab. „Aber jetzt einen Kaffee, der täte uns sicherlich gut. Das ist übrigens Polizeioberkommissar Nicolas Baur."

„Tach auch." Henrich streckte dem verdutzt dreinblickenden Nicolas seine prankenartige Hand entgegen. „Zwei Käffken, kommen sofort. Brauchen Se auch Kuh, junger Mann?"

Nicolas sagte nichts, aber seine Miene stieß gerade ein *Hä?* aus.

„Milch, Junge."

„Äh, gern."

Während Henrich im Haus verschwand, zog ich Nicolas energisch zu einem Tisch direkt am Wasser.

„Setz dich", forderte ich ihn lachend auf. „Und mach den Mund zu."

„Ist das dieser besagter Henrich?“

„Ja. Ein absolutes Original“, gab ich zu und steckte mir eine Zigarette an.

„So, meine Lieben.“ Schwungvoll setzte der Kastellan die Kaffeebecher auf dem Tisch ab, bevor er sich neben mir niederließ. „Tolles Wetter, woll? Und du wieder mit Fluppe?“

„Henrich, ich bin Genussraucherin. Wasser, Sonne, Aussicht, Kaffee – da gehört eine Zigarette einfach dazu.“

„Wennste meinst“, gab er lachend nach. „Abba das is ja woll nich der Grund, warum ihr gezz hier seid.“

„Wir müssen Althaus‘ Boot durchsuchen. Welches ist es denn?“

Henrich schüttelte missbilligend den Kopf. „Hömma, Markus hat die Frauen nich umgebracht.“

„Ich kenne deine Einstellung bereits, Henrich. Trotzdem müssen wir auf sein Boot.“

„Am Kopfsteg, das graue Folkeboot“, erklärt Henrich nach einem weiteren Kopfschütteln. „Könnte abba abgeschlossen sein.“

„Hast du einen Schlüssel?“

„Nee. Abba schaut mal in die Heckschublade.“

Als ich auf den Ausleger neben dem Segelboot trat, bemerkte ich, dass Nicolas auf dem Hauptsteg stehen geblieben war und die Konstruktion misstrauisch beäugte.

„Hast du Angst?“

Er kratzte sich verlegen am Kopf. „Ich hab’s nicht so mit Wasser.“

„Du sollst ja auch nicht schwimmen gehen.“ Rasch löste ich die Haken der Cockpit-Persenning. „Also los, hilf mir mal das Teil vom Boot zu bekommen." Übervorsichtig betrat er den Schwimmkörper. „Am besten, du hältst dich mit einer Hand am Boot fest. Zum Beispiel hier." Ich wies auf eine Griffleiste seitlich des Kajütendachs. Gemeinsam schoben wir den schweren Stoff zunächst ins Cockpit. Dann kletterte ich über die Backskisten an Bord und staute die Persenning unter Deck.

„So, du kannst reinkommen. Hier festhalten und den ersten Schritt hierhin", wies ich Nicolas an.

Als er endlich sicher im Cockpit stand, entdeckte ich Schweißperlen auf seiner Stirn. Wie konnte ein so durchtrainierter, erwachsener Mann so viel Angst davor haben, ins Wasser zu fallen.

„Woher weißt du, wie man das machen muss?", fragte er erstaunt.

„Ich habe als Jugendliche Segeln gelernt und als wir hier letztes Jahr wegen der Morde ermittelt hatten, habe ich mir noch einiges aneignen können." Ich öffnete die Heckschublade und tatsächlich, ganz hinten fand ich den Bootsschlüssel.

Nach einigem Ausprobieren schaffte ich es, die dreigliedrige Kajütentür zu öffnen. Gebückt betrat ich den gut zwanzig Zentimeter tiefergelegten Bereich. Die Kajüte war ein mit Teakholz ausgekleidetes Schmuckstück. An den Schapps und den Schranktüren glänzten Messinggriffe und die Polsterbänke, die gleichzeitig als Kojen dienten, waren mit dunkelblauem Samt bezogen und luden mit ihren weichen Kissen dazu ein, sich einfach hineinfallen zu lassen. Nicolas, der mir hinein gefolgt war, stieß sich an der niedrigen Kajütendecke heftig den Kopf und fluchte leise.

„Kopf immer unten halten. Wir sind hier nicht auf einem Kreuzfahrtschiff“, empfahl ich ihm grinsend. „Am besten, du setzt dich.“

Mit einem leisen Seufzer nahm er auf den Polstern Platz und schoss im nächsten Moment in die Höhe. Ein lauter Knall zeugte davon, dass sein Kopf erneut die Bekanntschaft mit der Deckenverkleidung gemacht hatte. Dieses Mal stieß er einen lauten Fluch aus. Die Hand auf die schmerzende Stelle an seinem Kopf gepresst, drehte er sich um und seine Augen flogen über das Polster. Dann bückte er sich und hob eines der Kissen an. Eine gewaltige Schere und gut zwei Meter rotweißes Tauwerk kamen zum Vorschein.

Ich schaffte es kaum, mir das Lachen zu verkneifen. Schnell wandte ich mich ab und kramte in meiner Tasche so lange nach Handschuhen und zwei Beweismittelbeuteln, bis ich mich wieder im Griff hatte. Zügig packte ich die beiden Gegenstände in die Tüten. Mir fiel auf, dass das eine Ende der Segelleine sorgfältig verschweißt war, während bei dem anderen Ende die einzelnen Fäden der Flechtung unterschiedlich lang nach allen Seiten abstanden. Hier hatte jemand sehr unprofessionell ein Stück Leine abgeschnitten und den Rest sowie das Werkzeug einfach liegengelassen. Etwas, was ein richtiger Segler nie getan hätte.

„Weißt du was, Nicolas, du schaust dich am besten im Cockpit um.“

Dankbar verschwand er nach draußen. Im nächsten Moment gab es einen heftigen Rums, dem ein unflätiger Ausruf folgte. Wahrscheinlich hatte Nicolas seinen Kopf mit dem Segelbaum bekannt gemacht. Ich blickte durch die Kajütentür. Nicolas hatte sich auf eine der Backskisten fallen lassen und rieb sich immer noch leise fluchend die Stirn.

„Na. Meinst du immer noch, dass Segeln für dich das richtige Hobby wäre?“ Ich konnte mir diesen blöden Spruch einfach nicht verkneifen.

Böse funkelte er mich an. „Wonach suchen wir eigentlich auf diesem scheiß Kahn!“

„Zum Beispiel nach einem Bootshaken? Wenn wir keinen finden, dann ist das ein weiteres Indiz dafür, dass der Bootshaken, an den Susan gefesselt war, Althaus gehört. Also ab auf die Knie und kontrolliere mal die verdeckten Innenwände. Hier gibt es überall Stauraum.“

Eine halbe Stunde später verließen wir das Boot wieder. Da ich befürchtete, dass Nicolas, mit seinem Frust und den ganzen Beulen am Kopf, vielleicht doch noch ins Wasser fallen würde, schickte ich ihn hinauf auf die Terrasse und kümmerte mich lieber allein um die schwere Persenning. Einen Bootshaken hatten wir nicht gefunden. Offen gestanden hatte ich es auch nicht erwartet.

Chris Althaus war das jüngere Abbild seines Vaters. Groß, durchtrainiert, glänzendes braunes Haar und wache graue Augen. Allerdings fehlte ihm der Charme seines Erzeugers. Mit zusammengekniffenen Lippen, die Augen zu Schlitzen verengt, blickte er Stefan und mir finster entgegen, als wir den Verhörraum betraten.

„Herr Althaus, danke, dass Sie sich die Zeit für uns genommen haben“, begrüßte Stefan den jungen Mann freundlich.

„Blieb mir wohl nichts anderes übrig“, knurrte dieser missgelaunt.

Stefan überhörte geflissentlich die Bemerkung.

„Herr Althaus, wie Sie sicher wissen, sind zwei Frauen, die mit Ihrem Vater in Verbindung standen, einem Mord zum Opfer gefallen. Wir haben Sie zu diesem Gespräch eingeladen, weil wir von verschiedenen Personen gehört hatten, dass Sie mit den Partnerinnen ihres Vaters nicht einverstanden waren. Können Sie uns etwas dazu sagen?“

„Partnerinnen! Guter Witz. Die wollten doch nur an sein Geld“, antwortete Chris aufgebracht.

Und du Bengel etwa nicht?, gestattete ich mir unprofessioneller Weise zu denken.

„Wie kommen Sie zu dieser Annahme?“, fragte Stefan mit einem Lächeln.

„Welche normale Frau lässt sich schon mit einem Weiberhelden ein. Die waren ausschließlich auf sein Geld scharf!“

„Sie schätzen Ihren Vater nicht besonders, oder habe ich etwas missverstanden?“

„Der Alte geht mir am Arsch vorbei!“

„Und darum tauchen Sie ab und an auf und beschimpfen ihn und seine aktuellen Partnerinnen. Das hört sich aber so gar nicht nach *am Arsch vorbei* an, sondern eher nach einem hochemotionalen Verhältnis.“

Ich riskierte einen kurzen Blick zu Stefan. Ja, er war eindeutig wieder der Alte.

„Der Sack hat meine Mutter umgebracht. Und dann auch noch ihr ganzes Geld eingesteckt. Und ich war ihm vollkommen egal. Ins Internat hatte er mich abgeschoben, um in Ruhe mit seinen Weibern herumzumachen. Da habe ich doch wohl alle Rechte der Welt, auf ihn sauer zu sein.“

Stefan griff nach dem Ordner, in dem die Ermittlungsunterlagen zum Tod von Chris‘ Mutter, Lara, abgeheftet waren. Er ließ sich Zeit mit dem Durchblättern der Seite.

„Hier haben wir es", stellte er schließlich fest, nahm ein Blatt aus dem Ordner und legte es vor Chris auf den Tisch. „Dies ist der Abschlussbericht der Ermittlungen an die Staatsanwaltschaft. Diese hat aufgrund mangelnder Beweise kein Verfahren gegen Ihren Vater eröffnet. Der Tod Ihrer Mutter wurde eindeutig als Unfall eingestuft. Er war die Folge des grob fahrlässigen Verhaltens Ihrer Mutter."

„Hätten die Bullen damals ihren Job richtig gemacht, säße der Alte jetzt im Knast."

Wir drehten uns im Kreis.

„Wie alt waren Sie, als Ihre Mutter starb?", fragte ich ruhig.

„Zwölf."

„Es war sicher schrecklich für Sie, in diesem Alter die Mutter auf so tragische Weise zu verlieren."

Misstrauisch musterte er mich. Ich musste vorsichtig sein. Er war nicht dumm.

„Hatten Sie damals den Beamten von Ihrer Vermutung erzählt?"

„Nein", gab er nach einer Weile zu. „Damals hatte ich noch nicht darüber nachgedacht, dass mein Vater sie ermordet haben könnte."

„Und wann begannen Sie darüber nachzudenken?"

„Als ich das erste Mal Ferien hatte und vom Internat nach Hause kam. Da hatte er schon was mit dieser Verena laufen. Und drei Monate später waren die beiden verheiratet. Meine Mutter war da gerade erst sechs Monate tot."

Ich war keine Psychologin, aber so viel war mir klar: Chris schleppte ein Trauma mit sich herum, das durch das spätere Verhalten des Vaters noch verstärkt worden war und ihn dazu brachte, sich seine eigene Wahrheit über den Tod der Mutter zu basteln. Mit anderen Worten: Er hatte ein starkes, durchaus nachvollziehbares Motiv, seinen Vater ins Gefängnis zu bringen. Aber reichte die damit verbundene Wut auf die Frauen seines Vaters aus, um diese zu töten?

Stefan hatte sich zurückgelehnt, ein Zeichen für mich, dass ich mit der Befragung fortfahren sollte.

„Sie waren in Spanien?", wechselte ich das Thema.

„Ähm, ja. Auf Menorca."

„Eine herrliche Insel!", rief ich begeistert aus. „Aber man benötigt schon etwas Zeit, um die ganze Schönheit dieser Insel zu erkunden. Ich war leider nur fünf Tage da. Viel zu wenig, finden Sie nicht auch?"

„Ähm, ja. Ich hatte leider nur das Wochenende zur Verfügung. Ich war beruflich dort."

„So einen Beruf hätte ich auch gern. Du nicht auch?", wandte ich mich an Stefan und gab ihm mit einem unauffälligen Nicken zu verstehen, dass er wieder übernehmen sollte.

„Von Freitag bis Sonntag nach Menorca, nicht schlecht", bestätigte Stefan lächelnd. Dann wurde er wieder ernst. Und den Mittwoch und Donnerstag verbrachten Sie in Hamm?"

Chris setzte schon zu einem Nicken an, dann ging ihm ein Licht auf.

„Ja, verdammt! Ich war in Hamm. Und nicht an der Möhne."

„Zeugen?"

„Meine Freundin. Ich war die ganze Nacht auf Donnerstag bei ihr."

„Wie kommen Sie darauf, dass Sie ausgerechnet für die Nacht ein Alibi benötigen? Der Mittwoch hat schließlich 24 Stunden."

Chris starrte Stefan sprachlos an. Dann fing er sich wieder. „Na, wenn die Tusse am Morgen gefunden wurde, muss es ja in der Nacht passiert sein."

Stefan nickte. „Sie fahren einen dunklen SUV?" Jetzt pokerte er. „Und ihre Freundin ist groß und schlank, mit langem blondem Haar?"

„Woher wissen Sie das? Spionieren Sie mir etwa nach. Dürfen Sie das überhaupt?"

„Also bestätigen Sie meine beiden Fragen mit *Ja*?"

„Warum sollte ich lügen?" Chris schien verwirrt. Ein leichter Schweißfilm hatte sich auf seiner Stirn gebildet.

„Herr Althaus, wo waren Sie in der Nacht von Sonntag auf Montag in der letzten Woche?"

„Das weiß ich nicht. Da muss ich erst in meinen Kalender schauen."

„Dann tun Sie das bitte. Sie haben Ihre Termine ja sicherlich auf Ihrem Smartphone."

Ohne den Blick von Stefan zu wenden, zog Chris sein Handy hervor. Ein kurzes Wischen über das Display und er berichtete, dass er mit seiner Freundin den Abend und die Nacht zu Hause gemeinsam verbracht hätte.

„Danke, Herr Althaus."

„Kann ich jetzt gehen?"

„Tut mir leid. Nein. Da sich durch das Gespräch mit Ihnen Verdachtsmomente bezüglich der Morde an Susan Connery und Keela McCanley gegen Sie ergeben haben, werde ich Sie jetzt über Ihre Rechte aufklären. Danach können Sie Kontakt mit einem Anwalt aufnehmen. Wenn Sie keinen kennen, dann besorgen wir Ihnen gern einen Pflichtverteidiger."

„Sie spinnen doch!" Chris Althaus sprang so heftig auf, dass sein Stuhl nach hinten kippte und mit lautem Knall auf den Boden aufschlug. Mit wenigen Schritten war er bei der Tür, riss sie auf und prallte gegen Nicolas, der breitbeinig, mit vor der Brust verschränkten Armen davor gestanden hatte.

„So. Jetzt heben wir den Stuhl wieder schön auf, setzen uns und beruhigen uns erst einmal." Nicolas beeindruckende Statur, sein tiefer Bass und seine gezeigte Gelassenheit bewirkten, dass Chris den Aufforderungen artig nachkam.

Stefan klärte, unbeeindruckt von dem, was geschehen war, Chris über seine Rechte auf. Danach erhoben wir uns, um den Raum zu verlassen. Im Türrahmen drehte ich mich noch einmal um.

„Möchten Sie gern einen Kaffee oder etwas anderes trinken?", fragte ich mit meinem vielfach erprobten Lächeln. Schließlich war ich die Gute in diesem Spiel, und das sollte bis zum Schluss auch so bleiben.

Zutiefst verwirrt starrte er mich einen Moment an, bevor er nickte. „Eine Cola wäre prima."

Die Zeit, bis Althaus' Anwalt eintraf, nutzte das gesamte Team, um so viele Informationen wie möglich über Chris und seine Freundin, Jenny Bach, zu sammeln. Von ihm wussten wir bereits, dass er aufgrund von leichter Körperverletzung in drei Fällen und verschiedenster Verkehrsdelikte aktenkundig war. Nun erfuhren wir, dass Jenny Bach ebenfalls kein unbeschriebenes Blatt war. Sie hatte bereits mehrere Anzeigen wegen Pöbeleien und Beleidigung sowie Ladendiebstählen gesammelt. Bilder von ihr fanden sich reichlich in den sozialen Medien. Ein für uns besonders interessantes Foto zeigte sie leicht bekleidet auf der Motorhaube eines schwarzen SUV, der der Marke entsprach, nach der wir suchten. Ihr langes blondes Haar zu einer Mähne aufgebauscht und die knallroten Lippen zum Kussmund geformt, hätte sie als Pin-up-Girl durchgehen können.

„Na, das ist ein feines Früchtchen", kommentierte Ina herablassend diesen Internetauftritt. „Die hat ja *dumm* schon auf der Stirn tätowiert."

„Ina, hüte dich davor, Menschen zu unterschätzen! Sie ist nicht dumm. Wenn die beiden tatsächlich die Morde geplant und durchgeführt haben sollten, dann ist sie verdammt clever. Und ich kann dir jetzt schon verraten, dass das Verhör mit ihr kein Spaziergang werden wird. Dafür haben Menschen wie sie einen viel zu starken Selbsterhaltungstrieb."

„Na, wenn du meinst."

„Ich meine nicht, ich weiß das. Ich habe schon viele von dieser Sorte Frauen kennengelernt. Die sind schwerer zu knacken als eine Macadamianuss."

Unser Computerwunder Tessa fand heraus, dass Chris bereits zwei Start-ups in den Sand gesetzt und eine Privatinsolvenz hinter sich hatte. Im Augenblick hielt er sich mit einem Job als Hotelscout bei einem Reiseunternehmen über Wasser, während Jenny nach mehreren Jahren Arbeitslosigkeit als Nageldesignerin arbeitete. Die Vermutung lag nahe, dass die beiden dringend Geld benötigten.

Später, in der kurzen Teambesprechung, die Stefan vor der Fortsetzung des Verhörs angesetzt hatte, kam mir plötzlich eine Idee.

„Vielleicht will Chris Althaus seinen Vater gar nicht im Knast sehen. Falls die beiden tatsächlich die Schuldigen sind, könnte es da nicht sein, dass sie vorhatten, nachdem sie alle eventuell Erbberechtigten aus dem Weg geräumt hatten, Althaus als nächstes Opfer ins Visier zu nehmen?"

Stefan wiegte den Kopf. „Keela war nicht erbberechtigt. Und Susan ebenfalls nicht."

„Aber Susans ungeborenes Kind wäre erbberechtigt gewesen", verteidigte ich meine Vermutung.

„Und Keela?"

„Kollateralschaden. Ein Trick, damit wir nicht das wahre Motiv erkennen - Geld." Ich überlegte einen kurzen Moment. „Und noch etwas. Kurz bevor Verena starb, ging Chris mit seinem zweiten Start-up pleite. Er bekommt mit, dass Verena und Markus Althaus in Irland eine Leihmutter finden wollten. Konkurrenz für das Erbe drohte ihm. Also sorgt er erst einmal dafür, dass Verena verschwand, um Markus zu einem geeigneten Zeitpunkt ebenfalls zu töten."

„Wenn Chris und Jenny auf der Fähre waren, dann müsste das doch nachweisbar sein", hakte Ina ein.

Hans räusperte sich. „Problematisch. Wenn die beiden nämlich unter falschem Namen gebucht hatten und als Fußpassagiere auf die Fähre kamen, dann wird das die Suche nach der berühmten Nadel im Heuhaufen. Ohne die offizielle Unterstützung der irischen Kollegen haben wir keine Chance."

„Hatte die Frau in dem komischen Mantel nicht eine Buchung, die unter falschem Namen erfolgt war?", warf Tessa ein. „Könnte es sich bei dieser Frau vielleicht um den verkleideten Chris Althaus oder Jenny Bach handeln?"

„Stopp!" Stefan erhob sich und sah uns eindringlich an. „Bis jetzt haben wir keinen Beweis dafür, dass Verena überhaupt einem Mord zum Opfer gefallen ist. Ich gebe gern zu, dass das alles merkwürdige Zufälle sind. Doch ohne Beweise werden Ermittlungen dahin gehend zu einem Herumstochern im Nebel. Und bevor wir uns verzetteln, werden wir uns auf die Klärung der aktuellen Mordfälle konzentrieren und das Verhör von Chris Althaus abwarten. Übrigens versuchen die Hammer Kollegen gerade Jenny Bach aufzustöbern und zu uns zu bringen."

„Was hat eigentlich die Hausdurchsuchung bei Markus Althaus ergeben?", wechselte Hans das Thema.

„Nichts offensichtlich Auffälliges. Veras Team ist noch bei den Auswertungen. Übrigens – nichts für ungut, Tessa, aber um Althaus digitale Geräte wird sich Vera kümmern. Sie haben bereits genug um die Ohren; insbesondere, wenn wir Zugriff auf das digitale Equipment von Chris Althaus bekommen, landet neue Arbeit auf Ihrem Schreibtisch. Und wir sollten noch einmal alle Videos der Überwachungskameras an der Möhne durchsehen. Vielleicht lässt sich doch nachweisen, dass Chris Althaus in der Nähe der Tatorte war. Dennis und Ina werden Sie unterstützen. Dann würde ich sagen, ab an die Arbeit."

„Und was ist mit der Sekretärin, Hannah Zimmermann?", meldete sich Ina. „Die dürfen wir auf keinen Fall aus den Augen verlieren. Denn sie hat eines der stärksten Motive. Rache aus verschmähter Liebe."

Das Verhör von Chris Althaus verlief ergebnislos. Doch weder Stefan noch ich hatten auf einen schnellen Erfolg gehofft. Chris ritt auf seinem Alibi herum und reagierte auf andere Fragen, wahrscheinlich weil sein Anwalt es ihm geraten hatte, immer mit der gleichen Antwort: Kein Kommentar. Stefan brach schließlich ab und nahm Chris vorläufig in Gewahrsam.

Am späten Nachmittag tauchten dann endlich die Kollegen aus Hamm mit Jenny Bach auf. Chris Althaus' Anwalt übernahm ihr Mandat ebenfalls. Die Tatsache, dass sie als mutmaßliche Mittäterin bei zwei Morden vernommen wurde, ließ sie vollkommen kalt. Kaugummi kauend und provozierend grinsend saß sie uns gegenüber, bestätigte das Alibi ihres Freundes und versteifte sich ebenfalls auf die Kein-Kommentar-Formel. Trotz massiven Protests des Anwalts und unerträglichem Keifen von Jenny durfte diese schließlich ebenfalls unsere staatliche Übernachtungsmöglichkeit mit Vollpension kennenlernen.

Um kurz vor neun druckte ich die Protokolle der Verhöre aus. Es war ein langer Tag gewesen, der meinem Gefühl nach, unsere Ermittlungen vorangebracht hatte, auch wenn wir die vielen neuen Puzzleteile noch nicht richtig einordnen konnten. Ich loggte mich aus und packte meine Sachen zusammen. Dann ging ich in Hans' Büro, um mich bei Stefan abzumelden.

„Ich mache mich dann auf den Weg."

Stefan sah von den Papieren auf, an denen er gerade arbeitete.

„Du, ich muss nur noch die Anträge für die Hausdurchsuchungen unterschreiben. Wenn du magst, lade ich dich zu einer Pizza ein."

„Zu Enrico?"

„Ja klar. Wohin denn sonst? Du brauchst doch deine Vegetaria mit Anchovis", erwiderte er lachend. Rasch setzte er seine Unterschriften unter mehrere Formulare und schlüpfte dann in seinen Lederblouson. „Also los!"

„Sorry, wenn ich euch störe, aber ich habe da etwas entdeckt.“ Tessa stand im Türrahmen. „Wenn ihr euch das noch schnell ansehen könntet?“

Wir folgten der jungen Kollegin an ihren Schreibtisch. Auf dem Computerbildschirm flimmerte ein Standbild.

"Ina und ich haben überlegt, wenn Susan zwischen halb zwölf und halb eins ermordet wurde und der Fundort nicht der Tatort war, hatte der Täter oder die Täterin etwa drei Stunden Zeit, um die Leiche bis zur Morgendämmerung zum Ausgleichsweiher zu bringen. Also haben wir uns zunächst die Videos ab 2.30 Uhr angeschaut. Dieses Video zeigt den Großparkplatz an der Sperrmauer.“

Sie drückte eine Taste. Im oberen rechten Bereich zeigte sich ein Lichtstreifen, der zügig nach links driftete und dann verschwand. „Das ist das Licht eines Scheinwerfers. Jemand hat sein Auto knapp außerhalb des Sichtfeldes der Kamera geparkt“, erklärte Tessa. „Und jetzt kommt das Interessante.“ Sie spulte eine halbe Minute vor. Im oberen mittleren Bereich der Aufnahme erschien das untere Drittel eines Kreises. Zehn Sekunden später bewegte es sich, was immer es auch war, seitlich aus dem Bild.

„Was ist das?“, fragte ich erstaunt.

„Die Aufnahmequalität ist grottenschlecht. Darum habe ich mal ein wenig herumgespielt.“ Tessa bediente erneut eine Taste und wir konnten erkennen, dass es sich in Wirklichkeit um zwei Kreise handelte, aus denen Striche zentrisch nach oben ausliefen.

„Ein Fahrradreifen?“, fragte Stefan.

„Nicht ganz“, grinste Tessa. „Ich habe dann noch ein KI-Programm darüber laufen lassen und tata!“

Auf dem Bildschirm erschien ein Rollstuhl.

„Der Mörder hat Susans Leiche mit einem Rollstuhl bis zu der Bank gebracht." Ina hatte sich zu uns gesellt. „Das heißt, dass selbst eine nicht ganz so kräftige Frau ohne Probleme den Leichnam transportieren konnte."

„Und das Beste ist, dass wir jetzt genau wissen, in welcher Zeit sich der Täter oder die Täterin an der Sperrmauer aufgehalten haben musste. Denn um 3.13 Uhr verlässt der Wagen wieder den Parkplatz. Wir können jetzt viel gezielter die anderen Videos überprüfen und mit ein bisschen Glück herausfinden, wohin der Wagen gefahren ist."

„Ich habe mir noch einmal die Straßenkarte vorgenommen. Wenn es unser Superpärchen war, werden sie unter Garantie ein Stück die A44 entlanggefahren sein und dann auf B63. Da gibt es mit Sicherheit Überwachungskameras", ergänzte Ina.

„Das habt ihr toll gemacht!", lobte Stefan die beiden. „Aber jetzt macht ihr Schluss, damit ihr morgen fit seid!"

Hannah

Dienstag
Möhne/Delecker Brücke

„**N**un komm schon, sei kein Frosch!" Christian griff nach Jessicas Hand und zog sie den von dichtem Gebüsch abgeschirmten, betonierten Weg hinunter zum Wasser.

„Aber, wenn uns einer sieht?"

„Liebling!" Er nahm ihr Gesicht zwischen seine Hände und küsste sie sacht auf den Mund. „Erstens ist es mitten in der Nacht und zweitens kann man weder von der Brücke noch vom Gehweg aus dieses Fleckchen Erde einsehen."

Das Fleckchen Erde, das er meinte, war eine alte Sliprampe am Fuß der Delecker Brücker, die im Sommer lediglich von Sub- und Kajakbesitzern als Ausgangspunkt für ihre Paddeltouren benutzt wurde. Dichtwachsendes Gebüsch und alter Baumbestand sorgten dafür, dass dieser Platz lediglich von der Wasserseite aus eingesehen werden konnte. Es war der perfekte Ort für ein nächtliches Schäferstündchen.

„Eine solche Chance haben wir nie wieder", flüsterte Christian heiser in Jessicas Ohr. „Vertrau mir."

Er nahm ihren Ellbogen und führte sie auf ein kleines, in Dunkelheit liegendes Rasenstück zwischen den Büschen. Langsam, sich immer wieder küssend, die Hände nicht voneinander lassend, ließen sich auf dem von weichem Moos durchwachsenen Gras nieder.

Später lagen die beiden glücklich und zufrieden Arm in Arm auf dem nach Sommer duftenden Rasen und blickten zum Sternenhimmel auf.

„Du, ich glaube, wir sollten uns wieder anziehen. Es wird Zeit für mich, zurück nach Hause zu gehen."

„Noch fünf Minuten. Bitte, Jessi."

Sie schüttelte den Kopf und stützte sich auf den Ellbogen. Zärtlich fuhr sie mit dem Zeigefinger durch sein dunkles Brusthaar. „Nein. Ich brauche noch ein paar Stunden Schlaf."

„Dann schlaf doch hier, in meinem Arm", bot er lächelnd an.

„Du Kindskopf!", lachte sie und stand auf. „Ich ziehe mich jetzt an und werde nach Hause gehen. Und du solltest ebenfalls zurückfahren."

Ihr Blick glitt über den Boden, doch im tiefen Schatten der Bäume konnte sie ihre auf dem Rasen verteilte Kleidung kaum erkennen. „Leuchte mal bitte mit deinem Handy, ich sehe ja gar nichts."

Mit einem Seufzer tastete Christian nach seiner Hose und holte das Gerät heraus. Das kalte Weiß des Handylichts flammte auf und Jessicas Schrei hallte über den stillen See.

Ich war so tief in einem Traum gefangen, dass mein Gehirn Mühe hatte, das Klingeln meines Handys richtig zuzuordnen und mich wach werden zu lassen. Mit wild klopfendem Herzen schlug ich die Augen in dem Moment auf, als das Display dunkel wurde und das Klingeln erstarb. Doch nur wenige Sekunden später meldete sich das Gerät erneut; fordernder, ungeduldiger, hatte ich den Eindruck.

Ich griff danach. Stefan!

„Sorry, wenn ich dich aus deinen Träumen reiße."

„Geschenkt", antwortete ich, noch immer nicht ganz wach.

„Es gibt wieder eine Tote. Ich hole dich in zehn Minuten ab."

„Aber ..." Doch Stefan hatte bereits aufgelegt.

Ich sah auf die Uhr. 1.13 Uhr. Wie hasste ich diesen Teil meines Jobs. Im Badezimmer spritzte ich mir kaltes Wasser ins Gesicht, gurgelte kurz mit einer Zahnspülung, zog meine Bürste mit wenigen Strichen durch die wild abstehenden Locken, um danach in meine Klamotten vom Vortag zu schlüpfen. Stefan traf mit einem der zivilen Dienstwagen ein, als ich durch die Haustür trat.

„Na, munter?", begrüßte er mich, als ich auf den Beifahrersitz rutschte. „Bist ja ganz schön flott, wenn man bedenkt, dass du eine Frau bist."

„Und du bist ja ganz schön lustig, wenn man bedenkt, wie muffelig du noch vor ein paar Tagen warst", rutschte es mir ärgerlich heraus. Im selben Moment wusste ich, dass diese Bemerkung blöder nicht hätte sein können. Dieser Tag fing wirklich super an.

„Weißt du schon Näheres?", fügte ich schnell hinzu, um das Gesagte zu überspielen.

Stefan blickte mich mit zusammengekniffenen Augen an. Dann startete er wortlos den Motor und fuhr in Richtung B229.

Erst als wir auf die Arnsberger Straße auffuhren, bequemte er sich, meine Frage zu beantworten.

„Eine Frau mittleren Alters, die jemand an einem Baum aufrecht stehend fixiert hat. Vera hat sich bereits gemeldet, dass sie und ihr Team in Delecke eingetroffen sind. Und Oderpohl scheint auch schon da zu sein."

„Delecke? Also wieder an der Möhne?"

„Ja."

„Offen gesagt weiß ich gerade nicht, ob ich mir wünschen soll, dass diese Tote mit unseren anderen Fällen in Verbindung steht oder einen ganz eigenständigen Fall darstellt.“

„Ich glaube kaum, dass deine Wünsche einen Einfluss auf die Situation nehmen werden“, bemerkte er ironisch. Er war also immer noch sauer auf meine Bemerkung.

Wir erreichten den Bismarckturm und vor uns öffnete sich der Blick auf den dunklen Arnsberger Wald und den See, der im Mondlicht wie mit einer silbernen Folie überzogen vor uns lag.

„Tut mir leid, wegen meiner blöden Bemerkung von vorhin“, versuchte ich einzulenken.

„Hattest du was damit zu tun, dass Ina ganz plötzlich mit dem Kopf unter dem Arm bei mir auftaucht und sich entschuldigt?“, fragte er argwöhnisch.

„Nein. Wie kommst du darauf?“, log ich, dankbar, dass Stefan aufgrund der Dunkelheit nicht sehen konnte, dass ich rot geworden war.

„Weil ich dich zu gut kenne, um dich nicht damit in Verbindung zu bringen.“

„Wofür hatte sie sich denn bei dir entschuldigt?“, fragte ich so ahnungslos wie möglich und richtete meinen Blick auf die vorbeiziehende Landschaft. Ich spürte, dass er mich von der Seite prüfend betrachtete.

„Egal“, antwortete er schließlich. „Da unten muss es sein.“

Die Leuchtballone der Spusi und wild zuckende Blaulichter schafften eine unwirkliche Szenerie, in der sich eine große Gruppe Schaulustiger wie Figuren in einem Schattentheater bewegten. Stefan stellte den Wagen einige Meter entfernt auf einem Parkstreifen ab. Wir stiegen aus und wurden gleich von

Hauptmeister Frieling in Empfang genommen. Ich registrierte innerlich schmunzelnd, dass er sich, vermutlich schlaftrunken und in Eile, sein Oberhemd falsch zugeknöpft hatte.

„Morgen, Frieling“, grüßte Stefan den Kollegen. „Wer hat die Frau gefunden?“

„Ein Pärchen. Sitzen unten am See. Wollte sie von den Gaffern hier oben fernhalten.“

„Gut gemacht, Frieling. Fenja, du kümmerst dich um die beiden und ich schaue mir schon mal unser Opfer an.“

Ich fand die beiden Zeugen, eng aneinander geschmiegt auf einem großen Stein sitzend, am Fuß der Delecker Brücke. Ich schätzte die beiden auf Mitte dreißig. Der Mann hatte seinen Arm um die völlig aufgelöst scheinende Frau gelegt und sprach leise auf sie ein.

„Guten Morgen“, grüßte ich das Paar, unsicher, ob dies die richtige Tageszeit war, die ich nannte. „Mein Name ist Fenja Grothe. Ich bin Oberkommissarin bei der Kripo Soest. Sie haben die Tote gefunden?“

Der Mann nickte und die Frau gab ein undefinierbares Geräusch von sich.

„Ich würde Ihnen gern ein paar Fragen stellen“, fuhr ich fort, setzte mich auf den umgedrehten Rumpf eines kleinen Ruderboots ihnen gegenüber und zog meinen Notizblock aus der Tasche.

Nachdem ich die Personalien der beiden aufgenommen hatte, Christian Lutz aus Soost und Jessica Burkhardt aus Delecke, bat ich sie, mir zu schildern, was sie erlebt hatten. Ich war mir sicher, dass sie mir nicht alles erzählten, denn vor jedem Satz, den einer von ihnen formulierte, wechselten sie einen kurzen Blick miteinander.

„Sie sagten, dass Sie kurz nach Mitternacht hierhergekommen sind. Ist Ihnen jemand aufgefallen, der sich hier herumgetrieben hatte oder ist Ihnen ein Wagen aufgefallen, dessen Fahrer sich komisch verhalten hatte?“

Beide verneinten zunächst kopfschüttelnd. Dann fiel dem Mann etwas ein.

„Jessi, da war doch so eine alte Frau mit Hund. Die, vor der wir in Deckung gegangen waren.“

„Das war nur die olle Schmittsche. Die hat der Frau das mit Sicherheit nicht angetan.“

„Wer genau ist die olle Schmittsche?“, fragte ich interessiert.

„Anneliese Schmitt. Wenn die nachts nicht schlafen kann, dann geht die immer mit ihrem blöden Köter raus“, erklärte Jessica.

„Und wo kann ich Frau Schmitt finden?“

„Na, die Arnsberger hoch und dann das fünfte Haus auf der linken Seite.“

„Danke. Darf ich fragen, warum Sie sich vor ihr versteckt haben?“

„Na, weil sie ‘ne olle Tratsche ist.“

„Und es wäre Ihnen unangenehm gewesen, wenn sie Sie beiden zusammen gesehen hätte?“

Jessica starrte mich an, die Lippen fest aufeinandergepresst. Doch Christian schien sich verpflichtet zu fühlen, die Situation zu erklären.

„Wir sind verheiratet, aber nicht miteinander“, brachte er schließlich zögernd heraus. „Und es wäre gut, wenn das alles hier unter uns bleiben würde.“

„Also so ganz unter uns wird das nicht bleiben können. Ich sehe zwar im Moment keine Notwendigkeit, Ihre Partner einzubeziehen, aber Sie müssen spätestens heute Nachmittag im Revier erscheinen, um eine offizielle Aussage zu machen, die wir protokollieren werden. Und wir benötigen eine DNA-Probe von Ihnen."

„Habe ich dir nicht gesagt, dass wir einfach abhauen sollen." Anklagend sah Jessica ihren Liebhaber an.

„Frau Burkhardt, es gibt verschiedene Gründe, von den moralischen gar nicht zu sprechen, warum man eine leblose Person melden sollte", erwiderte ich, sie streng anblickend. „Zum einen könnte es sein, dass die Person gar nicht tot ist und Hilfe benötigt. Dann könnten Sie eine Anzeige wegen unterlassener Hilfeleistung erwarten. Zum anderen haben Sie bei Ihrem Stelldichein reichlich Spuren in der Nähe der Leiche hinterlassen." Ich ließ der Frau einen Moment Zeit, um das Gesagte sacken zu lassen. „Jetzt haben wir die Möglichkeit, Ihre Spuren von den Ermittlungen auszuschließen, was uns viel Zeit erspart. Das heißt, wenn Sie die Tote nicht gemeldet und wir Sie aufgrund der Spuren identifiziert hätten, wären Sie als Verdächtige in Betracht gekommen. Was glauben Sie, was das alles nach sich gezogen hätte?"

Jessica senkte den Blick, während Christian zustimmend nickte.

„Ich denke, dass das erst einmal alles war. Falls Ihnen noch etwas einfällt, melden Sie sich bitte sofort." Ich reichte ihnen meine Karte.

Unruhe, die oben auf der Sliprampe aufgekommen war, ließ mich hinaufblicken. Frieling diskutierte heftig mit einer Frau und einem Mann mit Fotoapparat. *Presse*, schoss es mir durch den Kopf.

Ich wandte mich wieder dem Pärchen zu. „Sie können jetzt gehen. Allerdings ist die Presse eingetroffen. Kennen Sie einen anderen Weg, um zur Straße hinaufzugelangen?"

„Ja. Direkt an der Brücke hoch und dann auf den Fahrradweg", erklärte Jessica und erhob sich, während mein *Helferlein* vor Lachen fast von meiner Schulter fiel.

Ich schaute den beiden noch so lange hinterher, bis sie ihm dichten Gebüsch verschwunden waren. Meinen Blick über das schwarze Wasser gleiten lassend, entdeckte ich einen Schatten zwischen den Brückenpfeilern, der langsam, aber stetig näherkam. Ein Gaffer in einem Kajak, der die Dunkelheit für einen Blick auf den vom Wasser einsehbaren Tatort nutzte.

„Hey, Sie!", rief ich zu ihm hinüber. „Wenn Sie nicht sofort verschwinden, werden sich die Kollegen um sie kümmern." Noch nie hatte ich jemanden so schnell paddeln sehen.

Dann stieg ich langsam den betonierten Weg hinauf bis zu der Stelle, an der das forensische Team eifrig den Boden nach Verwertbarem absuchte. Ich sprach einen von ihnen an und erklärte ihm, dass eine Sichtwand aufgestellt werden musste.

Vera und Stefan entdeckte ich ein Stück entfernt, in ein Gespräch vertieft und gesellte mich zu ihnen. Meine Augen glitten zu der Frau, die barfuß, bekleidet mit einer weißen, mit folkloristischen Ornamenten bestickten Bluse und einer hellen Marlene-Hose aufrecht an einem Baum stand. Mit weit aufgerissenen Augen starrte sie mich fast anklagend an.

„Das gibt es doch nicht", flüsterte ich bestürzt.

„Leider ja", reagiert Stefan.

„Und jetzt?"

Stefan zuckte mit den Schultern. "Chris Althaus und diese Jenny sind also raus. Und Hannah Zimmermann müssen wir ebenfalls streichen."

„Tja, ihr beiden Hübschen. Jetzt könnt ihr wieder von vorn anfangen", bemerkte Vera gewohnt munter. „Baldur, kannst du mal kommen und den Kollegen das Wichtigste erzählen?"

Miesepetrig drehte sich der Doktor zu uns um. „Todeszeitpunkt zwischen neun und elf. Garrotte", war alles, was er uns mitteilte, bevor er seine Aufmerksamkeit wieder der Tote widmete.

„Und genau wie in den anderen Fällen ist der Fundort nicht der Tatort", fügte Vera bei. "Es weist also alles auf den gleichen Täter hin."

Dann hielt sie uns einen Beweismittelbeutel, in dem sich ein Schlüsselbund befand, vor die Nase. „Sie hatte nur die dabei. Spurentechnisch uninteressant. Jemand hat alle Schlüssel sorgfältig abgewischt."

Ich nahm den Beutel entgegen. „Wie wurde sie denn fixiert?"

„Kommt mit", forderte uns Vera auf und ging zu dem Baum. „Hier. Ihre Arme wurden nach hinten geführt und dann die Hände mit diesem Seil zusammengebunden. Bedingt durch die sehr raue Rinde des Baums konnte der Leichnam nicht nach unten rutschen."

Ich starrte auf die verwendete Leine. Eines ihrer Enden war ausgefranst und das andere sorgfältig verschweißt.

„Vera, ich hatte dir doch gestern eine Schere und eine Segelleine gegeben. Es würde mich wundern, wenn diese Handfessel nicht ein Stück dieser Segelleine ist."

In betroffenem Schweigen fuhren Stefan und ich zurück nach Soest. Er hatte bereits Anweisung gegeben, Chris Althaus und Jenny Bach aus dem Gewahrsam zu entlassen. Allerdings sollte sich Chris weiterhin als Zeuge bereithalten.

Ich hatte keine Idee, wie wir jetzt weitermachen sollten. Der neue Mord stellte vieles auf den Kopf, was wir bis jetzt vermutet hatten.

Im Revier empfing uns zu dieser frühen Stunde eine ungewohnte Stille. Keine Touristen, die nach dem Weg fragten, keine Zeugen im Wartebereich, die zu Befragungen geladen waren, keine laut krakeelenden Typen, die sich ihrer Festnahme widersetzten und keine empörten Bürger, die eine Anzeige machen wollten. Die Kollegen der Nachtschicht standen, sich leise unterhaltend, in Grüppchen zusammen oder saßen entspannt vor ihren Computern. Ein Ort des friedlichen Miteinanders.

Nach einer kurzen Begrüßung und dem Austausch der neuesten Informationen gingen Stefan und ich direkt in den verwaisten Besprechungsraum. Stefan schaltete lediglich die Lampe, die das Ermittlungsboard erhellte, ein und ließ sich dann neben mir auf einem der Stühle nieder.

„Hast du schon eine Idee?", fragte ich in das Halbdunkel.

„Jetzt, wo uns zwei Drittel unserer Theorien weggebrochen sind?", fragte er mit einem unglücklichen Lachen zurück. „Es gibt nur noch eine Person, auf die wir uns konzentrieren können. Aber es wird sehr schwierig, dieser Person etwas nachzuweisen."

Ich wusste genau, wovon er sprach. Wir hatten jetzt, nachdem auch Hannah Zimmermann tot war, kaum eine Chance, die Alibis von Althaus zu erschüttern.

„Wir müssen beweisen, dass Althaus sich zu den entsprechenden Zeiten in der Nähe der Tatorte aufgehalten hatte." Natürlich waren wir in dieser Richtung nicht untätig gewesen, doch unsere Hoffnung hatten wir in erster Linie daraufgesetzt, dass wir Hannah Zimmermann dazu brächten, ihre Aussagen bezüglich der Alibis zu revidieren. Nun war sie tot.

„Oder gibt es noch jemanden, den wir bis jetzt nicht auf dem Radar haben?", schlug ich deshalb vor.

„Damit wären wir dann genau dort, wo Vera uns vorhin verortet hatte – ganz an den Anfang. Aber du hast vollkommen recht. Dann müssen wir erneut sämtliche Zeugen befragen oder neue Zeugen ausfindig machen. Wenn es da noch jemand anderen geben sollte, der die Morde begangen hat, dann müsste doch jemand, verdammt noch mal, etwas wissen, worüber er bis jetzt nicht gesprochen hat, weil er vielleicht davon ausging, dass es nicht relevant sei."

„Was schlägst du vor?"

„Das gewohnte Prozedere. Wir werden uns als erstes Althaus vornehmen. Mal sehen, was für ein Alibi er für heute parat hat. Und dann befragen wir alle Kollegen, Nachbarn, Verwandte und Bekannten von Hannah Zimmermann."

Nachdem der Rest des Teams eingetrudelt war, setzte Stefan eine erste Fallbesprechung an. Wie zu erwarten, reagierten die Kollegen bestürzt auf die neuesten Entwicklungen. Besonders für Ina, die fest von der Schuld Hannah Zimmermanns überzeugt gewesen war, schien für einen Moment eine Welt zusammenzubrechen. Doch sie wäre nicht Ina Wulf gewesen, wenn sie nicht sofort eine Erklärung zur Hand gehabt hätte.

„Hannah Zimmermann wusste zu viel. Darum musste sie sterben. Außerdem war sie für Althaus eine tickende Bombe. Wenn sie die Alibis widerrufen hätte, wäre Althaus am Arsch gewesen", führte sie energisch aus. „Wir hätten sie schon längst massiv in die Zange nehmen müssen. Dann wäre sie jetzt vielleicht noch am Leben."

„Ina, vielleicht haben Sie recht", mischte sich Hans gütlich ein. „Aber bis jetzt haben wir keinen Beweis dafür, dass Zimmermann und Althaus gemeinsame Sache gemacht haben."

„Wir haben ja mal nicht einen Beweis dafür, dass Althaus an den Morden beteiligt war", ergänzte ich.

„Und das falsche Alibi bei Verena Althaus' Tod?", erwiderte sie aufgebracht.

„Das kann eine einmalige Sache gewesen sein. Vielleicht war er tatsächlich am Tod seiner Frau unschuldig und Hannah Zimmermann hat ihn deshalb unterstützt. Und die anderen Alibis konnten wir, trotz unserer Bemühungen, bis jetzt nicht widerlegen", reagierte Hans ruhig.

„Sie wollen mir doch nicht erzählen, dass wir den Kerl nicht drankriegen können?" Ina war nun richtig in Fahrt.

„Stopp!", ging Stefan endlich dazwischen. „Zunächst müssen wir ihm beweisen, dass er Hannah Zimmermann getötet hat. Und dann haben wir vielleicht die Chance, ihm auch die anderen Morde nachzuweisen. Vielleicht hat die Durchsuchung seines Hauses etwas erbracht. Warten wir die Ergebnisse ab. Wir lassen ihn ja nicht vom Haken, Ina, aber wir müssen uns an die rechtlichen Möglichkeiten halten."

„Was, wenn Hannah Zimmermann einen Komplizen hatte, der nicht Althaus war, sondern jemand ganz anderes?", warf Nicolas in den Raum. „Oder, wenn die Zimmermann tatsächlich nichts mit den Morden zu tun hatte?"

„Dann können wir unsere Ermittlungen auf Reset stellen", antwortete Tessa mit ernster Miene.

„Ja. Aber etwas wüssten wir bereits über diese unbekannte Person: Egal, ob sie nun mit Hannahs Hilfe oder allein agiert hat. Sie muss sich in Markus Althaus näheren Umfeld bewegen. Dieser Hass, der solche Taten erst möglich macht, kommt nicht von ungefähr. Irgendwem muss Althaus, falls er nicht unser Mörder ist, furchtbar auf die Füße getreten sein. Auch besitzt diese unbekannte Person sehr viel Wissen über Althaus und sein Leben. Diese Person rächt sich nun an ihm und wir wissen nicht, ob dieser Wunsch nach Rache bereits befriedigt ist", gab ich zu bedenken. „Wir können auch nicht abschätzen, ob diese Person Althaus nur im Knast oder tot sehen will. Wenn wir uns nur auf Althaus konzentrieren und er tatsächlich unschuldig ist, schwebt er vielleicht gerade in Lebensgefahr."

Nun hatten wir vier Theorien, denen wir unsere Ermittlungen zunächst anpassen würden:

- Althaus ist der Täter und hat allein agiert. (Motive bis jetzt unbekannt)
- Althaus ist der Mörder (Mord an Verena?, Keela, Susan / Motiv bis jetzt unbekannt; Mord an Hannah / Motiv Hannah wusste zu viel) und wurde von Hannah Zimmermann unterstützt. (Motiv Liebe zu Althaus)
- Hannah Zimmermann tötet die Frauen (Motiv Rache für verschmähte Liebe) und wird von einer unbekannten Person unterstützt (Motiv Hass auf Althaus). Die unbekannte Person tötet Hannah (Motiv Hannah wusste zu viel)

- Eine unbekannte Person agiert allein. (Mord an Verena?, Keela, Susan, Hannah / Motiv Hass auf Althaus.) Gefahr, dass Althaus das nächste Opfer sein könnte oder noch weitere Frauen sterben.

Das hieß, dass wir Althaus noch einmal sorgfältig durchleuchten mussten. Auch mussten wir all seine Bekannten, Nachbarn, Verwandten, Freunde, aktuellen und ehemaligen Mitarbeiter und Kollegen, auch von seinen früheren Arbeitsstellen, sowie seine Geschäftspartner ausfindig machen und befragen. Dagegen wäre die Nadel im Heuhaufen zu finden, ein Kinderspiel.

Bevor ich mich mit Stefan auf den Weg machte, Althaus über den Tod von Hannah Zimmermann zu informieren, rief ich bei Isleen Feeney an, um ihr von den neusten Entwicklungen zu berichten. Für sie bedeutete es, dass sie einen großen Teil der zeitraubenden Ermittlungen einstellen konnte und sich nur noch auf die unbekannte Frau in dem auffälligen Mantel konzentrieren musste. Dankbar bat sie mich, sie weiterhin auf dem Laufenden zu halten.

Da Stefan unseren Besuch angemeldet hatte, wussten wir, dass wir Althaus in seiner Firma antreffen würden. Wir fuhren in das südwestlich von Soest liegende Industriegebiet und hielten vor einem zweistöckigen, schlichten Zweckbau mit großen Glasfronten im Eingangsbereich und einem Flachdach, auf dem sich eine Truppe Solarpanels tummelte. Rechts neben dem Haupthaus schloss sich ein langer, grau verklinkerter Bau mit roten, schmalen Fenstern an. Auf einem sich durch Rabatten und Büschen schlängelnden, gepflasterten

Weg gelangten wir zum Haupteingang. Eine Glastür schwebte lautlos zur Seite, als deren Bewegungsmelder uns erfasste. Wir betraten ein helles, hohes Foyer, dessen Boden und Wände mit honiggelbem Holz ausgekleidet waren. Mehrere gläserne Vitrinen präsentierten luxuriös arrangierte Leckereien, die Markus Althaus' Firma herstellte. Das einzige Möbel war eine feuerrote, lederne Loungegarnitur. Suchend sahen wir uns um, wohin wir uns wenden sollten. Dann hörten wir das Klackern hoher Absätze auf der geschwungenen Holztreppe und eine junge Frau, mit dem Gesicht einer Madonna und bekleidet in einem adretten Kostüm, erschien.

„Guten Tag. Ich bin Alicia Wegner. Sie sind sicher die Herrschaften von der Polizei", begrüßte sie uns mit einem umwerfenden, wenn auch leicht distanzierten Lächeln. „Herr Althaus erwartet Sie bereits. Wenn Sie mir bitte folgen."

Sie führte uns die Treppe hinauf und dann einen Flur entlang bis zu einer Tür aus satiniertem Glas. Ohne anzuklopfen, öffnete die Frau diese und ging einen Schritt zur Seite, damit wir eintreten konnten.

Althaus erhob sich von seinem Bürosessel und kam uns mit ausgestreckter Hand entgegen. Er wirkte müde. Dunkle Ringe unter seinen Augen und eine gräuliche Gesichtsfarbe ließen mich vermuten, dass er in letzter Zeit nicht besonders viel geschlafen hatte.

„Ich grüße Sie." Er reichte mir zuerst, dann Stefan lächelnd die Hand. Doch sein Lächeln wirkte angestrengt, ausschließlich dem Begrüßungsritual geschuldet. Mit einer einladenden Geste wies er auf eine kleine Polstergruppe vor einem bodentiefen Fenster.

„Ich hoffe, Sie bringen keine schlechten Nachrichten. Davon hatte ich in letzter Zeit wirklich genug. Kann ich Ihnen einen Kaffee oder etwas anderes zu trinken anbieten?“, fragt er, während wir uns setzten.

„Nein, danke, Herr Althaus“, lehnte Stefan höflich ab. „Leider können wir Ihnen eine schlechte Nachricht nicht ersparen. Wir haben heute Nacht Hannah Zimmermann tot aufgefunden.“

Althaus‘ Mienenspiel begann mit Verwirrung, dann zeigte sich Ungläubigkeit und schließlich Entsetzen. Er beugte sich vor, die Ellbogen auf den Oberschenkeln aufgestützt, und vergrub sein Gesicht in den Händen. Eine Weile saß er uns reglos gegenüber. Dann erhob er sich, ging hinüber zu einer Kommode, öffnete eine Tür, nahm eine Flasche Whisky heraus und schüttete zwei Fingerbreit der goldenen Flüssigkeit in einen kristallenen Tumbler.

„Den benötige ich jetzt“, erklärt er mit einem unglücklichen Grinsen und trank das Glas in einem Zug leer, bevor er sich zurück in seinen Sessel setzte.

„Wie ist sie gestorben?“

„Auf die gleiche Art wie Keela und Susan“, antwortete ich sanft, mir selbst nicht im Klaren darüber, ob wir gerade einem perfiden Schauspiel beiwohnten oder Althaus tatsächlich vollkommen fassungslos und aus dem Gleichgewicht gebracht war.

„Und aus diesem Grund müssen wir Ihnen jetzt leider ein paar Fragen stellen“, schaltete sich Stefan ein.

„Ich habe für den gestrigen Abend kein Alibi“, kam Althaus Stefan zuvor. „Ich war den ganzen Abend und die Nacht allein zu Hause und habe mich der Trauer um zwei liebe Menschen hingegeben.“ Seine Stimme zitterte leicht. „Da draußen läuft irgendwer herum, der mich zerstören will, indem er Frauen, die mir nahestehen, ermordet. Selbst vor der Tötung meines ungeborenen Kindes schreckt er nicht zurück. Und Sie fallen auch noch auf diesen bösartigen Plan herein und verdächtigen mich."

„Als Sie zu Hause waren, hatte Sie vielleicht jemand angerufen, bei Ihnen geklingelt oder wurden Sie von einem Ihren Nachbarn gesehen?", fragte Stefan, ungerührt von Althaus' ausgesprochenem Vorwurf.

„Da müssen Sie meine Nachbarn fragen. Besuch oder einen Anruf habe ich nicht erhalten", erwiderte dieser trotzig.

„Das werden wir ganz gewiss tun", erklärte Stefan. „Sie sagten gerade, dass Sie jemand zerstören will. Haben Sie eine Vermutung, wer gegen Sie einen solch starken Hass hegen könnte, um zum Mörder an Unschuldigen zu werden?"

„Ja, glauben Sie, ich hätte mir nicht schon den Kopf darüber zermartert", brauste Althaus auf. „Wenn ich einen Verdacht hätte, hätte ich Ihnen den bereits mitgeteilt!"

„Herr Althaus." Ich zog die Aufmerksamkeit des Mannes nun auf mich, um Stefan Zeit zu verschaffen, das weitere Vorgehen zu überdenken. Aber auch, um Althaus von seinen starken Emotionen abzulenken. „Es ist so, dass wir unter anderem ebenfalls der Theorie folgen, dass Ihnen jemand Schaden zufügen will. Sollte es tatsächlich diese Person geben, dann gibt sie Ihnen die Schuld daran, dass ihr etwas Schreckliches, vielleicht sogar Traumatisches zugestoßen ist. Es kann sein, dass diese Person über Jahre hinweg ihren Hass gepflegt hatte und schließlich diesen perfiden Plan entwickelte. Denken Sie in Ruhe nach, wen Sie vielleicht schon vor Jahren, sogar Jahrzehnten so verletzt haben könnten, dass er sich jetzt entschloss, seine Rachevisionen gegen Sie in die Tat umzusetzen. Vielleicht ein schrecklicher Unfall oder eine Situation, in der jemand seinen sozialen Status oder viel Geld verloren hatte und danach nicht wieder auf die Beine kam?"

Althaus betrachtete mich nachdenklich. Dann lehnte er sich zurück und schloss die Augen. Ich riskierte einen Blick zu Stefan, der mir zustimmend zunickte. Geduldig warteten wir, bis Althaus aus seinem Eintauchen in die Vergangenheit zurückkehrte.

„Vor rund vier Jahren, ich hatte gerade die Leitung der Finanzabteilung in meiner damaligen Firma übertragen bekommen, stellte ich sehr schnell fest, dass ein älterer Mitarbeiter ein massives Alkoholproblem hatte, das von seinen Kollegen, auch von meinem Vorgänger, wie ein Geheimnis gehütet worden war. Der Mann, Heribert Kiesel, hatte noch drei Jahre bis zur Rente, also zog man ihn aus Mitleid mit durch. Die eklatanten Fehler, die er bei seiner Arbeit machte, wurden stets sorgfältig von den anderen korrigiert, sodass das Wissen um seine Unzuverlässigkeit nie über die Abteilung hinaus bekannt wurde. Und dann kam ich und deckte den ganzen Schmu auf. Der Mann wurde gefeuert. Einen Monat später hatte er sich erhängt. Seine Witwe ließ mich danach nicht in Ruhe. Stundenlang stand sie vor meinem Haus. Sie beschmierte mehrfach mein Garagentor mit dem Wort *Mörder*. Sie verfolgte mich. Sogar im Urlaub und auf Geschäftsreisen stellte sie mir nach. Keine Ahnung, woher sie wusste, wohin ich reiste. Jedenfalls beobachtete sie mich nicht nur in stummer Anklage, sondern verunglimpfte mich bei den Hotelleitungen und dem Hotelpersonal. Als ich schließlich von einem Hoteldirektor angewiesen wurde, mein Zimmer sofort zu räumen, hatte ich die Nase endgültig voll und erstattete Anzeige gegen sie wegen Stalkings. Das war vor drei Jahren. Sie wurde zu einer Geldstrafe verurteilt. Da sie aber nur hohe

Schulden vorweisen konnte, musste sie ein Jahr im Gefängnis abbüßen. Ich habe nie wieder etwas von ihr gehört, obwohl sie seit eineinhalb Jahren wieder auf freiem Fuß sein müsste."

Als wir das Revier betraten, trafen wir auf Hans, der stark humpelnd das Foyer durchquerte.

„Gut, dass ihr da seid", begrüßte er uns erfreut. „Ina und ich haben etwas sehr Interessantes zu Althaus ausgegraben."

„Seine Anzeige gegen Renate Kiesel wegen Stalkings?", fragte Stefan lächelnd.

„Woher weißt du das!"

„Weil Althaus uns gerade davon berichtet hat." Kurz fasste Stefan die Aussage von Althaus zusammen.

„Der Mann hatte sich erhängt und unsere Opfer wurden stranguliert." Hans wiegte den Kopf. „Das könnte die Wahl der Tatwaffe erklären. Auch der Zeitraum würde passen. Und durch Althaus' Vorgehen den Ehemann zu verlieren und auch noch eine Haftstrafe seinetwegen verbüßen zu müssen, sind verdammt gute Motive."

„Ja. Wir müssen diese Frau auf jeden Fall finden. Fenja und ich waren bereits bei ihrer alten gemeldeten Adresse, aber dort wohnt sie schon lange nicht mehr."

Aufgrund der neuesten Informationen und der damit verbundenen Notwendigkeit, Aufgaben neu zu formulieren und zu verteilen, trommelte Stefan das Team für eine kurze Besprechung zusammen.

Hans würde sich um das Auffinden von Renate Kiesel kümmern; sie zur Not sogar zur Fahndung ausschreiben lassen.

Nicolas, der angesichts der Festnahme von Chris Althaus und seiner Freundin, die Suche nach dem SUV eingestellt hatte, sollte sich jetzt wieder intensiv mit den Listen, die die Zulassungsstellen in Soest und den benachbarten Kreisen und Städten geschickt hatten, befassen. Es galt, mit rund fünfhundert Eigentümern von dunklen SUVs der gesuchten Marke Kontakt aufzunehmen. Darum stellte Stefan ihm Dennis zur Seite und versprach, Revierleiter Dieter Winter um Unterstützung durch weitere uniformierte Kollegen zu bitten.

Tessa war weiterhin für das Sichten des Videomaterials rund um die Möhne zuständig. Stefan kündigte aber vorsichtshalber an, dass die digitalen Kommunikationsgeräte von Hannah Zimmermann ebenfalls auf ihrem Schreibtisch landen würden.

Die Befragung von Althaus' Nachbarn sollte durch die Körbecker Kollegen erfolgen.

Blieben also noch die Durchsuchung von Hannah Zimmermanns Wohnung, die Befragung ihrer Nachbarn und Kollegen sowie die Kontaktaufnahme mit ihren Angehörigen übrig. Stefan druckse ein wenig herum. Ich nahm an, dass er Probleme damit hatte, Ina eine dieser Aufgaben, die eine gewisse Sensibilität erforderten, zu übertragen.

„Was hältst du davon, wenn Ina und ich uns Hannahs Wohnung anschauen und danach ihre Nachbarn befragen?", schlug ich deshalb vor.

Dankbar sah Stefan mich an. „Das ist eine gute Idee. Dann werde ich ihre Angehörigen informieren, ihre Kollegen befragen und alle notwendigen richterlichen Beschlüsse beantragen. Und die Autopsie um sechs werde ich ebenfalls übernehmen."

Ich bog in das Belgische Viertel ein, ein ehemaliges Kasernengelände, das sich allmählich zu einem dicht bebauten Neubauviertel, mit schmucken Eigenheimen und Wohnblocks mit Eigentumswohnungen gemausert hatte. Wir parkten vor einem der Mehrfamilienhäuser im Quartier 6 und stiegen aus.

„Wolltest du in einem dieser Karnickelställe wohnen?“, fragte Ina in dem für sie typischen, abwertenden Ton.

„Nein. Aber wenn ich keine Alternativen hätte, bliebe mir ja nichts anderes übrig“, erwiderte ich gelassen. Innerlich schmunzelnd musste ich an Else denken. Ob es hier wohl auch Krähen gab, die morgens mit den Bewohnern kommunizierten? Ich konnte es mir allerdings nicht vorstellen. Die kubische Bauweise und fehlender Baumbestand hätten einer anspruchsvollen Krähe, wie Else, sicherlich nicht zugesagt.

Wir gingen zur Eingangstür. Unschlüssig, welcher der sechs Schlüssel uns die Tür öffnen würde, probierten wir sie der Reihe nach aus.

„Kann ich Ihnen irgendwie weiterhelfen?“ Hinter uns war eine junge Frau mit einem Kleinkind im Buggy aufgetaucht und musterte uns misstrauisch.

„Nun, wir wissen nicht, welcher der Schlüssel passt“, antwortete ich gleichmütig.

Das Misstrauen der Frau verstärkte sich. „Sie wohnen hier doch überhaupt nicht!“, stieß sie hervor.

„Stimmt“, reagierte ich lächelnd und zog meinen Dienstausweis hervor. „Wir würden uns gern nachher mit Ihnen über einen Ihrer Nachbarn unterhalten, Frau ...?“

Selbst das sorgfältig aufgetragene Make-up konnte die Röte, die in die Wangen der Frau geschossen war, nicht überdecken. „Schreiner. Amelie Schreiner. Aber die Kleine macht gleich ihren Mittagsschlaf", wehrte sie ab.

„Gut, dass Sie es sagen. Dann werden wir nicht klingeln, sondern bei Ihnen leise klopfen."

Die Wohnung von Hannah Zimmermann lag im zweiten Stock. Wir betraten die Diele. Links erstreckte sich ein Wohnzimmer mit offenem Küchenbereich, von dem aus man auf eine großzügige Loggia gelangen konnte. Rechts befanden sich ein Schlafzimmer sowie ein kleinerer Raum, den Hannah Zimmermann anscheinend als Büro genutzt hatte. Ein Bad, ein separates WC und ein Abstellraum komplettierten die Wohnraumaufteilung. Die Einrichtung konnte als minimalistisch beschrieben werden. Von einer Farbskala dominiert, die sich zwischen Weiß und verschiedenen Grautönen bewegte, zogen lediglich einige geschickt platzierte Dekorationsobjekte in kräftigen Farben die Aufmerksamkeit des Betrachters auf sich. Es gab nichts, was einfach nur herumlag, keine Staubfussel auf dem glänzenden Parkett oder Krümel in der Küche. Selbst die knallrote Wohndecke auf dem hellgrauen Sofa war so exakt gefaltet, dass man ein Lineal daran hätte ausrichten können.

Ina sah sich kritisch um.

„Sieht aus, wie bei meiner Mutter", stellte sie schließlich mit kraus gezogener Nase fest. „Das hat natürlich den Vorteil, dass man Dinge schneller findet als in vollgestopften Räumen."

„Ganz genau", erwiderte ich grinsend. „Apropos, wusstest du eigentlich, dass vollgemüllte Pkws Autodiebe abschrecken?"

„Gut zu wissen! Aber ich wusste schon immer, dass Aufräumen überbewertet wird." Ina lachte laut auf. Ich hatte sie noch nie lachen gehört. Ihre zur Schau getragene hochmütige Miene und ihr stets distanzierter Blick machten einer Weichheit Platz, die ihr Gesicht strahlen ließ.

„Na dann, lass uns mal diese klinische Ordnung durchforsten. Ich nehme mir den Wohnraum mit der Küche vor und du das Schlafzimmer und die Sanitärbereiche. Den Rest machen wir dann gemeinsam."

„Wonach suchen wir eigentlich?"

„Das weiß ich auch nicht so genau", gab ich lächelnd zu. „Erst einmal nach allem, was mit dem Mord an ihr in Verbindung gebracht werden könnte. Und dann nach Dingen, die ungewöhnlich oder auffällig sind, die vielleicht einer weiteren Erklärung bedürfen. Folge einfach deinem Instinkt."

Das weitläufige Wohnzimmer mit einer fast durchgängigen, bodentiefen Glasfront bot nicht viele Möglichkeiten, etwas zu entdecken. Neben der Couchgarnitur und einem schlichten Tisch befanden sich lediglich ein großer Fernseher auf einem Lowboard und eine kleine, dazu passende Kommode in dem Raum. Das TV-Möbel bestand bis auf eine breite Schublade aus offenen Fächern, in denen vorrangig Zeitschriften ordentlich verstaut waren. Auch die Schublade enthielt nichts, das für mich von Interesse zu sein schien. Hinter den beiden Türen der Kommode stapelte sich eine kleine Auswahl an exquisiter Tischwäsche sowie einige alte Fotoalben. Ich nahm die Alben heraus und verstaute sie in der mitgebrachten Plastikbox, bevor ich mich dem Küchenbereich zuwandte. Nach und nach öffnete ich die ordentlich befüllten Schränke, kontrollierte die hinteren Bereiche und öffnete verschlossene

Vorratsdosen. Die Spülmaschine war leer und entließ beim Öffnen der Tür einen intensiven Duft nach Zitrone. Der Kühlschrank war einem Ein-Personen-Haushalt entsprechend gefüllt und der Gefrierbereich mit wenigen, hochwertigen Fertiggerichten bestückt. Das Einzige, das mich bei dieser ganzen Makellosigkeit stutzig machte, waren zwei Kaffeebecher, die ausgespült, mit der Öffnung nach unten auf dem Abtropfbrett standen.

Zwei Becher – zwei Personen? überlegte ich. Eine Hannah Zimmermann würde doch sicherlich gespültes Geschirr sorgfältig abtrocknen und in den Schrank stellen.

Ich schob die Becher in einen Beweismittelbeutel und legte sie zu den Fotoalben. Dann setzte ich mich auf das Sofa, um den Raum auf mich wirken zu lassen. Keine gerahmten Fotos oder herumliegende persönliche Dinge. Ich beugte mich hinunter zu dem Ablagefach unter der Couchtischplatte, als mir ein schwarzer, etwa einen halben Zentimeter breiter Streifen direkt neben dem blütenweißen Teppich auf dem Parkett auffiel. Eindeutig der Abrieb einer dunklen Schuhsohle.

„Ina, kannst du bitte mal herkommen?", rief ich hinaus in die Diele.

„Was ist denn?"

„Hier, schau dir das mal an", forderte ich sie auf.

„Sohlenabrieb", entschied Ina ohne zu zögern. „In dieser blitzblanken Bude?"

Ich zog mein Handy hervor und scrollte die Fundortfotos, die ich heute Morgen gemacht hatte, durch. Hannah Zimmermann hatte keine Schuhe getragen.

„Weißt du, wo sie ihre Schuhe stehen hat?"

„Die eine Hälfte des Kleiderschranks ist in Wirklichkeit ein Schuhschrank", antwortete Ina. Ich folgte ihr ins

Schlafzimmer. Ich hatte in meinem Leben als Polizistin schon eine Menge Schranksysteme gesehen, aber das, was ich hier zu sehen bekam, übertraf alles. Hinter zehn Türen reihten sich Schuhe, Handtaschen, Unterwäsche und Oberbekleidung in raffinierten Ordnungs- und Hängesystemen aneinander. Meine Augen glitten über die unendlich vielen Schuhe. Doch es gab nur ein Paar mit einer dunklen Gummisohle. Schwarze Pantoletten von Tod's.

„Komm, wir gehen noch mal ins Wohnzimmer", forderte ich Ina auf und wies sie dort an, sich auf das Sofa zusetzten. Dann stellte ich mich hinter sie und legte ihr die Hände um den Hals. „Wenn ich dich erdrosseln wollte und deinen Hals fest im Griff hätte, wie würdest du reagieren?"

Sie fasste nach meinen Händen, streckte die Beine aus und rutschte das Sofapolster nach vorn. Ihre Füße schrappten dabei nah an dem dunklen Sohlenabrieb vorbei.

Ich ließ Ina los, fingerte nach meinem Handy und rief Vera an.

Während Ina auf das Eintreffen von Vera und ihrem Team vor der Haustür wartete, begann ich mit den Befragungen der fünf Nachbarn. In den beiden Wohnungen im Untergeschoss öffnete niemand. Also ging ich in den ersten Stock und klopfte sachte bei Amelie Schreiner an, die direkt unter Hannah Zimmermann wohnte. Die junge Frau öffnete mit dem Zeigefinger an den Lippen und wies in das Wohnzimmer. Leise schloss sie die Tür hinter uns.

„Ich habe mir gerade Kaffee aufgebrüht. Möchten Sie auch einen?"

„Gern. Bitte mit einem kleinen Schuss normaler Milch." Ich schaute mich um. Die Wohnung entsprach zwar vom

Schnitt her genau der Wohnung von Hannah Zimmermann, doch Einrichtung und Zustand hätten nicht unterschiedlicher sein können. Günstige, nicht zusammenpassende Selbstbaumöbel bevölkerten den Raum. Ein Korb mit gewaschener Wäsche stand neben dem Sofa, gleich neben einer bunten Krabbeldecke, auf der reichlich Babyspielzeug verteilt war. In einer Zimmerecke hatte es sich eine Wollmäusefamilie bequem gemacht, und die Hälfte des Couchtisches war mit alten Tageszeitungen bedeckt. Auch die Küche war mit Hannah Zimmermanns klinischer Ordnung nicht zu vergleichen. Eine Batterie Babyflaschen tummelte sich neben schmutzigem Geschirr und allerlei bunten Läppchen mit unterschiedlich farbigen Flecken. Es war eine Wohnung, in der gelebt wurde. Nicht aufgeräumt, aber gemütlich.

„Bitte, nehmen Sie doch Platz", forderte mich Amelie auf, stellte zwei Kaffeebecher auf den Tisch und zog eine zusammengeknüllte Wohndecke vom Sofa.

„Sie waren oben bei Frau Zimmermann? Ist ihr etwas zugestoßen?" Ob es Nervosität oder Neugier geschuldet war, dass Amelie das Gespräch begann, konnte ich nicht einschätzen.

„Leider ja. Wir haben Frau Zimmermann tot aufgefunden."

„Was, oben in der Wohnung! Wie gruselig!"

„Nein, nicht in der Wohnung. Haben Sie uns denn hören können? Ist das Haus so hellhörig?", fragte ich interessiert und nahm meine Tasse zu Hand.

„Nein. Aber wenn jemand sich oben mit klackernden Schuhen bewegt, dann bekommen wir das schon mit." Sie warf einen prüfenden Blick auf meine weichen Sneaker.

Klar, Ina mit ihren schwarzen Cowboystiefeln, überlegte ich innerlich schmunzelnd.

„Aber Frau Zimmermann war eine sehr ruhige Mitbewohnerin. Wir hörten sie fast nie. Wahrscheinlich ist sie immer barfuß oder in Pantoffeln gelaufen“, plapperte Amelie munter weiter.

Oder mit schwarzen Pantoletten, ging es mir durch den Kopf.

„Wann haben Sie Frau Zimmermann das letzte Mal gesehen?“

„Gestern. Das muss gegen halb acht gewesen sein. Ich hatte gerade Emma ins Bett gebracht. Dann bin ich runter zu den Mülltonnen. Und da kam Frau Zimmermann mit ihrem SUV aufs Grundstück gefahren, hatte mir kurz zugewinkt und ist in die Tiefgarage runter.“

„War sie allein?“

„Ja.“

„Wie kommt man in die Tiefgarage? Mit einem Schlüssel oder einem Code?“

„Mit einer Karte.“

„Und später haben Sie Frau Zimmermann nicht mehr gesehen oder gehört?“

Amelie schüttelte den Kopf. Dann fiel ihr noch etwas ein. „Warten Sie. Mein Mann und ich waren hier im Wohnzimmer. Gegen halb zehn war das. Da hörte es sich an, als ob sie oben Möbel verrücken würde. Dann rumorte es noch eine Zeit lang, als würde sie putzen oder so. Und danach war Ruhe.“

„Und Sie haben später auch niemanden mehr im Treppenhaus bemerkt oder den Aufzug gehört?“

„Den Aufzug können wir nicht hören. Und im Treppenhaus muss schon einer richtig laut sein, damit wir etwas mitbekommen. Tut mir leid.“

Ich trank den letzten Schluck Kaffee. „Unten im Erdgeschoss hat mir niemand die Tür geöffnet. Sind die Bewohner bei der Arbeit?"

„Blocks, direkt unter uns, sind im Urlaub und die andere Wohnung steht im Moment leer. Und gegenüber bei Matthis brauchen Sie auch nicht zu klingeln. Die arbeiten beide ganztags. Normalerweise sind tagsüber nur ich und die alte Frau Sulzmann im 2. Stock da.

„Danke, Frau Schreiner." Ich erhob mich und legte meine Visitenkarte auf den Couchtisch. Sollte Ihnen oder Ihrem Mann noch etwas einfallen, dann melden Sie sich bitte sofort bei mir."

Zurück im Hausflur überlegte ich einen Augenblick, ging dann zum Aufzug und fuhr mit ihm hinunter in das Kellergeschoss. Als die Türen auseinander glitten und ich ausstieg, fiel mir direkt gegenüber eine Brandschutztür mit der Aufschrift *Garage* ins Auge. Einen Kartenscanner konnte ich nicht entdecken, also drückte ich die Klinke versuchsweise hinunter und die Tür öffnete sich. Im selben Moment flammte die Beleuchtung auf und gab den Blick auf acht Stellplätze frei. Drei davon waren belegt. Doch keiner der abgestellten Wagen war ein SUV.

Im zweiten Stock traf ich auf Ina, die die kleine Karawane des forensischen Teams die Treppe hinauf anführte und ihnen die Wohnungstür aufschloss. Vera war dieses Mal nicht mit dabei.

„Ina, zeigst du bitte den Kollegen, was uns aufgefallen ist. Vor allem sollen sie nach einem Autoschlüssel Ausschau halten. Und sie sollten sich später auch die Tür im Keller, die zur Tiefgarage führt, genau anschauen. Bitte informiere Hans, dass Zimmermanns SUV verschwunden ist. Ich befrage die letzte Zeugin und wir treffen uns später im Café des Supermarkts gegenüber."

Noch bevor ich den Klingelknopf drücken konnte, öffnete sich die Tür und neugierig funkelnden Augen musterten mich. Die Augen gehörten zu einer weißhaarigen Frau, die die Achtzig mit Sicherheit längst überschritten hatte. Ein karamellfarbener Rock, der ihr fast bis zu den Knöcheln reichte, robuste Schnürschuhe, eine mit Blümchen bedruckte Bluse und eine frisch gebügelte Halbschürze verstärkte bei mir noch den Eindruck, einer Frau gegenüberzustehen, die einer vollkommen anderen Generation zugehörte als ich. Trotz ihrer gebückten Haltung wirkte sie sehr agil.

„Sie sind von der Polizei, nicht wahr? Kommen Sie bitte herein!"

Mit einer Behändigkeit, die ich ihr gar nicht zugetraut hätte, schlurfte sie in den Wohnbereich und überließ es mir, die Tür zu schließen.

Außer der modernen Küchenzeile bestach der Raum durch eine gediegene Einrichtung aus rustikalen Eichenmöbeln. Auf dem Couchtisch warteten bereits eine Kaffeekanne mit silberner Isolierhaube, zwei Sammelgedecke mit üppiger Goldstaffage und eine silberne Anbietplatte mit selbst gebackenen Plätzchen.

Die Frau hatte also bereits auf mich gewartet.

Ich setzte mich auf das Polstersofa mit geprägtem Blumenmuster, hinter dem an der Wand ein großes Gobelinbild mit einer wilden Hatz auf einen panisch dreinblickenden Fuchs zu bewundern war.

Ungefragt schüttete mir Frau Sulzmann Kaffee in die filigrane Tasse.

„Bitte, bedienen Sie sich." Sie schob mir die Platte mit den Plätzchen und das Milchkännchen in Reichweite, bevor sie sich mir gegenüber in einem der Sessel niederließ.

„Herzlichen Dank, Frau Sulzmann."

„Aber gern, Kindchen. Hab nicht mehr so oft Besuch. Da freue ich mich über jeden Gast." Sie strahlte mich an. „Der Frau Zimmermann ist wohl etwas zugestoßen, nicht wahr?"

„Ja. Wir haben Sie in der Nacht tot aufgefunden."

„So, so. Ermordet, nicht wahr?" Als sie meine hochgezogenen Augenbrauen bemerkte, fuhr sie erklärend fort: „Na, wenn die Kripo mit einem weiß gekleideten Trupp hier auftaucht, wird's doch nicht ein Unfall oder ein natürlicher Tod sein. Ich bin nämlich eine ausgesprochene Krimitante, müssen Sie wissen." Sie gab ein keckerndes Lachen von sich.

„Da haben Sie natürlich recht. Es handelt sich um ein Tötungsdelikt. Und deshalb ist es für uns wichtig zu erfahren, wo, wie und mit wem Frau Zimmermann ihre letzten Stunden verbracht hatte. Wann haben Sie sie denn das letzte Mal gesehen oder mit ihr gesprochen?"

„Na, gestern Abend, als sie von der Arbeit kam. Ich war zufällig im Flur, als sie aus dem Aufzug stieg."

Zufällig! dachte ich amüsiert. Wahrscheinlich hatte Frau Sulzmann unserem Opfer aufgelauert, um ein kurzes Schwätzchen zu halten. Doch ich nahm es ihr nicht übel. Schließlich waren diese hoch interessierten Menschen, genau wie Hundehalter, die besten Zeugen für die Polizei. Sie waren sprudelnde Informationsquellen mit einer außergewöhnlich guten Beobachtungsgabe.

„Wann war das?"

„Kurz nach halb acht. Und sie war wie immer. Freundlich. Vielleicht ein wenig müde. Ihre Ringe unter den Augen, wissen Sie, konnte selbst das Make-up nicht überdecken."

„Und danach haben Sie sie nicht mehr gesehen oder mitbekommen, dass sie vielleicht das Haus verließ?"

„Leider nein. Das ist hier alles so gedämmt, nicht wahr? Man hört nichts, man sieht nichts – wenn man es nicht darauf anlegt." Sie nahm einen Schluck von ihrem Kaffee. „Außerdem kam nach den Nachrichten ein alter Film mit Peter Alexander. Da hätte ich ohnehin keine Zeit gehabt, um auf etwas anderes zu achten."

Ich musste mir ein Schmunzeln verkneifen. Hatte doch meine Mutter bei diesem Altstar ebenso alles andere um sich herum vergessen.

„Und später ist Ihnen auch nichts aufgefallen?"

„Doch, jetzt, wo Sie fragen. Nachdem ich mich bettfertig gemacht hatte, bin ich noch in den Abstellraum, um mir Mineralwasser für die Nacht zu holen. Das ist der einzige Raum, in dem man den Aufzug hören kann. Und ich habe ihn gehört. Ich habe dann durch den Spion geschaut, aber der Flur war leer. Man muss ja immer aufpassen, wer sich im Haus herumtreibt, nicht wahr?"

„Ja, das haben Sie vollkommen richtig gemacht", lobte ich sie. Diese Nachbarn, die ständig auf Beobachtungsposten standen, waren für uns Polizisten Gold wert, allerdings für die Mitbewohner eher eine Last.

„Wann war das denn?"

„Na, so gegen halb elf, vielleicht etwas früher."

„Danke schön, Frau Sulzmann. Auch für den hervorragenden Kaffee und die leckeren Kekse. Sie haben mir sehr weitergeholfen." Ich erhob mich. „Wenn Ihnen noch etwas einfällt, melden Sie sich bitte bei mir." Ich gab ihr meine Karte.

„Ach, wissen Sie, ob Frau Zimmermann einen Freund hatte?"

„Bis vor einem Jahr kam abends häufig ein Mann vorbei. So eine richtige Sahneschnitte." Frau Sulzmann zwinkerte mir zu.

Ich holte mein Handy heraus. „War es vielleicht dieser Mann?"

„Ja, genau, das ist er. Aber wie gesagt, ich habe ihn schon lange nicht mehr gesehen."

Also hatte Hannah Zimmermann nicht gelogen, als sie sagte, dass ihre Affäre mit Althaus nach dem Tod von Verena beendet war.

„Bekam Frau Zimmermann häufig Besuch?"

„Nein. Jedenfalls nicht, dass ich wüsste."

In dem Supermarkt-Café gönnten Ina und ich uns eine kurze Mittagspause, bevor wir zurück ins Revier fuhren.

Stefan war noch unterwegs, also setzte ich mich an den Computer und schrieb die Befragungsvermerke, während Ina sich zu Tessa gesellte und ihr bei der Durchsicht der Videoaufnahmen half.

Kurz vor vier meldete sich Hauptmeister Frieling und teilte uns die Ergebnisse der Nachbarschaftsbefragung im Eibenweg mit. Alle Befragten hatten ausgesagt, dass Althaus' Wagen gestern Abend vor der Garage gestanden hatte und im Haus Licht brannte. Ein Nachbar, der mit dem Hund auf

Gassi-Tour gewesen war, bestätigte, dass das Auto gegen halb elf immer noch vor der Garage stand.

Damit war Althaus Alibi zwar weiterhin nicht wasserdicht, doch für uns würde es jetzt ungleich schwerer, seine Aussage zu erschüttern.

Um fünf erschien ein seltener Gast, Vera Johannpeter, munter und vergnügt wie stets.

„Na, Liebes, wie läuft es bei euch?" Sie setzte sich auf den Besucherstuhl vor meinen Schreibtisch.

„Wir werden wieder mit Hunderten Puzzleteilchen zugeschüttet. Dabei haben wir nichts, woran wir sie anlegen könnten."

„Tja, so ist das, Fenja. Und dann – plötzlich – fügen sie sich wie von Zauberhand zusammen." Vera zog einen dicken, braunen Umschlag aus ihrer Aktentasche.

„Hier, noch mehr Puzzleteilchen. Das sind die vorläufigen Ergebnisse von Althaus' Hausdurchsuchung und die Auswertung seiner digitalen Geräte. Alles unauffällig, bis auf drei Dinge. Meine Jungs sind ja keine Finanzexperten, aber soweit sie das beurteilen konnten, steht Althaus mit seiner Firma kurz vor der Insolvenz. Lasst das noch einmal von jemandem überprüfen, der Ahnung von solchen Sachen hat. Punkt zwei: Auf Althaus' Handy haben wir verdammt heiße Videos mit wechselnden Hauptdarstellerinnen gefunden. Eine davon ist Keela McCanley."

„Also hatte er tatsächlich etwas mit der jungen Irin!"

„Wenn nicht, dann hätte er schon ein Heiliger sein müssen."

„Und Nummer drei?"

„Die Auswertung des GPS seines Wagens und seines Handys unterstützt seine Alibis."

„Verdammt!“ Ich stöhnte auf und fuhr mir frustriert mit beiden Händen durch die Locken. „Selbst wenn er der Täter ist, wüsste ich jetzt nicht, wie wir ihn drankriegen sollten.“

„Tja, Liebes, genau das ist der Grund, warum ich Forensikerin und nicht Kripobeamtin geworden bin. Ich drücke euch die Daumen. Was die Wohnung von der Zimmermann betrifft, da sind wir noch nicht so weit. Nur so viel: Ich gehe bis jetzt davon aus, dass die Wohnung tatsächlich der Tatort ist. Geld, Papiere, Kreditkarten haben wir in ihrer Handtasche gefunden. Die Zweitschlüssel fürs Auto und die Wohnung hingen im Schlüsselkasten. Der Autoschlüssel, den sie wahrscheinlich normalerweise benutzt hatte, fehlte. Und warum sie ausgerechnet den Wohnungsschlüssel in der Hosentasche dabeihatte, erschließt sich mir nicht. Aber das herauszufinden, ist euer Job.“ Vera erhob sich. „Übrigens kannst du mir tragen helfen. Ich habe noch einige Sachen aus Zimmermanns Wohnung im Wagen, die euch mehr interessieren werden als uns. Und die digitalen Geräte sowie die persönlichen Papiere von Althaus habe ich gleich mitgebracht. Könnt ihr ihm zurückgeben. Wir haben alles kopiert.“

Da Stefan immer noch nicht aufgetaucht war, nahm ich mir einen der Ordner vor, die Vera aus Hannah Zimmermanns Wohnung mitgebracht hatte. Ich erfuhr, dass sie die Wohnung vor zwei Jahren gekauft hatte und keinen Kredit dafür aufnehmen musste. Es war eine stolze Summe, die Hannah bar auf den Tisch gelegt hatte. Die Frage war: Woher hatte sie so viel Geld?

Neben verschiedenen Versicherungspolicen sowie Verträgen und Abrechnungen, die die Wohnung betrafen, fand ich in dem sorgfältig geführten Ordner, hinter dem letzten

Registerblatt, eine Versicherungspolice, die thematisch nicht zum Rest des Inhalts passte. Es handelte sich um die Police einer Kapital-Lebensversicherung in Höhe von 750.000 €. Vollkommen entgeistert starrte ich auf die monatlich vereinbarten Raten. Mir hätten diese Abschläge innerhalb eines Jahres mein finanzielles Genick gebrochen. Was hatte die Frau, auch wenn sie als Assistentin der Geschäftsführung angestellt war, verdient! Ich suchte den Ordner mit den Gehaltsabrechnungen heraus. Die monatlichen Beträge, die ausgewiesen wurden, waren nicht klein, aber auch nicht so riesig, dass die vierstelligen Raten monatlich so einfach aus dem Ärmel geschüttelt werden konnten. Ich griff erneut nach der Police und las sie aufmerksam durch. Als ich beim Punkt Begünstigter/Begünstigte im Todesfall anlangte, musste ich den Namen zweimal lesen, bevor ich verstand, worauf ich da gerade gestoßen war.

Rasch schob ich die Unterlagen zusammen und ging damit in Hans Beckmanns Büro. Er telefonierte gerade, gab mir jedoch ein Zeichen, mich zu setzen.

„Alles klar. Dann werde ich den anderen Bescheid geben. Wir sehen uns dann morgen." Er legte den Hörer auf. „In der Rechtsmedizin war der Strom ausgefallen und Oderpohl hätte sich aufgeführt wie ein Derwisch." Hans lachte laut auf. „Das hätte ich gerne erlebt. Darum fangen sie jetzt erst mit der Autopsie an. Stefan wird heute nicht mehr ins Büro kommen."

„Mist!", war alles, was ich darauf antworten konnte; brannten mir doch die neuen Informationen unter den Nägeln.

„Stefan hat gesagt, dass wir alle spätestens um halb acht Feierabend machen sollen. Die Teambesprechung verlegen wir auf morgen früh. Und was hast du Schönes gefunden?"

Ich erzählte Hans von dem Gespräch mit Vera, dann reichte ich ihm wortlos die Versicherungspolice.

Er las sie konzentriert. Schließlich lehnte er sich zurück und grinste mich an. „Wenn das nicht ein lehrbuchmäßiges Motiv ist! Hast du heute Abend schon etwas vor?"

„Ähm, nein."

„Prima. Schick, bis auf Tessa, alle nach Hause. Und dann machen wir drei uns an die Arbeit."

Tessa, ganz die professionelle Computer-Flüsterin, zeigte eine Begeisterung, die ich nur bedingt nachvollziehen konnte. Seit heute Morgen hatte sie nichts anderes gemacht, als vor ihrem Bildschirm zu sitzen. Und nun, in Windeseile, arrangierte sie ihren Schreibtisch neu. An zwei zusätzlichen Monitoren, die sie von den Arbeitsplätzen ihrer Kollegen ausgeliehen hatte, schloss sie die Laptops von Althaus und Hannah Zimmermann an und machte sich auf die Suche nach Beweisen, die unsere Theorie, dass Althaus der Mörder von Hannah sein könnte, unterstützen sollten.

Markus Althaus war insolvent und es wartete eine dreiviertel Million auf ihn. Das einzige Hindernis, das ihn von dem Geld bis jetzt getrennt hatte: die lebende Hannah Zimmermann. Jetzt war sie tot. Welch glückliche Fügung.

Die Versicherungspolice wurde vor drei Jahren, als Althaus und Zimmermann noch in ihrer alten Firma angestellt waren, mit einer Auszahlungsvereinbarung von 15 Jahren abgeschlossen. Daraus resultierten auch die gewaltigen monatlichen Raten. Hatte Althaus diese Raten übernommen? Vielleicht Schwarzgeld, das gewaschen werden musste? Schwarzgeld, das ihm von Lieferanten zugesteckt wurde, um bessere Verträge zu kommen? Korruption? Wenn dem so war, hätte er kein besseres Investment tätigen können. Bei einer Rendite von tausend Prozent – nicht schlecht. Es gab wahrlich schlechtere Mordmotive als die Rettung eines finanziell angeschlagenen Unternehmens. Oder hatte er den vorzeitigen Tod von Hannah Zimmermann sogar eingeplant? Keela und Susan getötet, um das eigentliche Motiv zu vertuschen?

Während Hans und ich uns um die Sichtung von Althaus' und Hannahs Unterlagen kümmerten, begleitete uns das stakkatoartige Klackern von Tessas Computertastatur, gelegentlich unterbrochen von einem Seufzer oder einem euphorischen *Ja*.

Mittwoch
Soest/Ostenhellweg

Dicke Regentropfen, die an die Fensterscheiben schlugen, weckte mich. Ich hatte schlecht geschlafen. Erst gegen zwei Uhr hatte ich endlich in mein Bett schlüpfen können. Doch an erholsamen Schlaf war nicht zu denken gewesen. Zu viele Dinge waren mir durch den Kopf gegangen.

Übermüdet schälte ich mich aus der Bettdecke und schlurfte ins Badezimmer. Ein kurzer Blick aus dem Fenster sagte mir, dass es heute Morgen kein gemeinsames Frühstück mit Else auf dem Balkon geben würde. Ich kochte mir einen starken Kaffee und öffnete die Balkontür. Geschützt unter dem Sturz steckte ich mir meine Morgenzigarette an.

Die späte, gestrige Arbeit hatte sich gelohnt. Stefan würde Augen machen über das, was wir ihm in der Teambesprechung vorlegen würden.

Wir hatten gestern Abend tatsächlich den Beweis dafür gefunden, dass Althaus die Raten für die Lebensversicherung übernommen hatte. Geholfen hatte uns die ausgeprägte Korrektheit von Hannah Zimmermann. In einer verschlüsselten Datei war eine Liste aufgetaucht, in der Hannah penibel alle Zahlungen an sie, die genau den Versicherungsabschlägen entsprachen, mit Datum notiert hatte. Der Zahlende wurde mit dem Kürzel *MA* bezeichnet. Tessa hatte weiter herausgefunden, wie, wussten Hans und ich nicht und wollten es auch gar nicht wissen, dass die Zahlungen weder über Bankkonten, Bezahldienste noch Kreditkarten abgewickelt worden waren. Übrig blieb also nur noch, dass Althaus Hannah das Geld bar gegeben hatte. Ein Indiz dafür, dass es sich um Gelder handeln könnte, die am Finanzamt vorbeigeschleust oder illegal beschafft wurden. Und schließlich fand Tessa noch eine weitere verschlüsselte Datei. Die letzte Aktualisierung

Bei der Durchsicht von Althaus' Aktenordnern waren mir Dokumente aufgefallen, deren Thematik für unsere Ermittlungen bis jetzt keine Rolle gespielt hatten. Es handelte sich um zwei Bescheide des Amtsgerichts Soest, in denen der Antrag, Verena Althaus für tot zu erklären, abgelehnt wurde.

„Wie, Althaus hat zweimal kurz hintereinander einen Antrag auf Todeserklärung gestellt?", hatte Hans verwundert gefragt.

„Ja. Zwei ablehnende Bescheide. Und vergangene Woche hat er erneut einen Antrag gestellt. Dazu liegt noch kein Bescheid vor."

„Der Kerl braucht Geld", hatte Tessa eingeworfen und hinter den Bildschirmen hervorgelugt. „Ohne Totenschein, kein Zaster. Ich schaue mal, wie die finanziellen Verhältnisse von Verena Althaus waren."

Während ich eine Zigarette rauchen gegangen war, hatte Tessa recherchiert, dass Verena äußerst betucht gewesen war. Aktien, Investments und Spareinlagen konnten auf eine hohe sechsstellige Summe beziffert werden. Aber Tessa, die sich einem Terrier gleich durch die digitale Welt schnüffelte, wäre nicht Tessa, wenn sie nicht auch eine Ungereimtheit gefunden hätte. Vor gut fünf Jahren hatte Verena ein Konto eröffnet, das 150.000 € auswies. Das Geld kam von ihrem Girokonto, auf dem sie zuvor über einen Zeitraum von zwei Jahren regelmäßig hohe Bareinzahlungen, die steuerrechtlich unter der Höchstgrenze lagen, getätigt hatte. Vor anderthalb Jahren wurde das Konto aufgelöst, ohne dass Tessa eine Spur finden konnte, wohin das Geld gegangen war.

„Dann hat Althaus nicht nur die Zimmermann als Strohmann für seine Finanztricksereien benutzt, sondern wahrscheinlich auch seine Frau Verena", war es Hans in den Sinn gekommen.

„Und die hat sich das Geld dann unter den Nagel gerissen und gut versteckt. was für ein Motiv!" Auf Tessas Gesicht war ein breites Grinsen erschienen.

„Auch hatte er keine rechtliche Möglichkeit, das Geld zurückzufordern, ohne mächtigen Ärger mit den Steuerbehörden zu bekommen", hatte ich schließlich Hans Theorie abgerundet.

Im Licht des trüben Morgens betrachtet, hatte unser Ermittlungserfolg einen Teil meiner Euphorie eingebüßt. Erst einmal mussten wir auf legalem Wege beweisen, dass Althaus das Geld für die Raten bar bezahlt hatte und Hannah lediglich als Strohmann diente. Ebenso mussten wir ihm nachweisen, dass er die Verfügung in der Versicherungspolice bezüglich der Begünstigung kannte. Erst dann hätten wir ein stichhaltiges Motiv für den Mord an Hannah Zimmermann. Doch um ihm den Mord an ihr nachzuweisen, brauchte es weitere Ermittlungen. Ein nachprüfbares Alibi hatte er zwar nicht, aber es gab auch keine Anhaltspunkte dafür, dass er am Tatort war. Und sollte es uns tatsächlich gelingen, ihn als Mörder zu überführen, dann blieben immer noch die Morde an Keela und Susan. Wir müssten belegen, dass seine Alibis für die beiden Morde Augenwischerei waren. Doch die einzige Zeugin, die uns hätte helfen können, war tot. Frustriert drückte ich die Zigarette im Ascher aus.

„Du siehst ganz schön scheiße aus“, begrüßte mich Ina, als ich das Revier betrat.

„Danke, Ina. Nach so einer netten Begrüßung heute Morgen habe ich mich förmlich gesehnt“, antwortete ich verschnupft. Klar sah ich nicht wie das blühende Leben aus. Und ich fühlte mich auch nicht so.

„Ich wollte nur ein wenig emphatisch sein“, maulte sie.

„Du, das ist mir schon klar, aber vielleicht solltest du noch an deiner Wortwahl feilen.“ Ich schüttelte lächelnd den Kopf. „Wie hast du dich eigentlich entschieden? Willst du weiterhin Polizistin bleiben? Und hast du dir schon überlegt, wie du in Zukunft mit deiner Familie umgehen wirst?“

Ina rollte genervt mit den Augen. „Hab mich schon gefragt, wann du nachhakst. Also, ich bleibe erst mal Anwärterin und schließe die Ausbildung ab. Und meiner Mischpoke habe ich gesagt, dass sie mir den Buckel runterrutschen kann."

"Was?“, brauste sie auf, als sie mein entsetztes Gesicht sah.

„Hast du denen das tatsächlich so gesagt?!“

„Klar. Meine Mutter hat gleich einen ihrer hysterischen An-
fälle bekommen. Da habe ich aufgelegt. Und als ich es meinem lieben Onkel erzählte, hat er aufgelegt.“

„Du hast das per Telefon gemacht?“ Ich konnte es nicht fassen.

„Wieso? Hab im Moment doch keine Zeit, nach Düsseldorf
zu fahren.“

Nach einer kurzen Begrüßung informierte uns Stefan
zunächst über die Ergebnisse der Autopsie. Oderpohl hatte
bestätigt, dass Hannah Zimmermann genau wie die anderen
Frauen mit einer Garrotte stranguliert worden war und der
Tod zwischen 21.30 und 22.30 Uhr eintrat. Allerdings waren
ihr vor dem Tod keine K.-o.-Tropfen verabreicht worden. Die
sich daraus ergebende Frage, warum der Mörder von seinem
sonstigen Vorgehen abgewichen war, notierte Stefan an dem
Ermittlungsboard. Danach teilte er uns mit, dass der SUV der
Zimmermann von den Kollegen aus Körbecke auf einem
Waldweg an der Schweinebucht aufgefunden wurde. Die
Wagenschlüssel steckten. Das Fahrzeug war bereits auf dem
Weg in die Forensik.

Schließlich erklärte er, dass er mit Vera gesprochen hätte.
Er hatte, genau wie ich, von ihr erfahren, dass Althaus kurz
vor der Insolvenz stand, die Auswertung seiner digitalen
Geräte seine Alibis unterstützte und er ein intimes Verhältnis
mit Keela hatte.

„Stefan, wir haben, was Althaus finanzielle Situation
betrifft, einige neue Informationen.“ Hans erhob sich,
humpelte zum Ermittlungsboard und pinnte die
Versicherungspolice an. Dann berichtete er von unseren
nächtlichen Nachforschungen und unserer neuen Theorie,

dass Althaus sich in seinem alten Unternhemen möglicherweise von Lieferanten korumpieren ließ. Dieses Schwarzgeld hatte er dann von Hannah Zimmermann und eventuell auch Verena Althaus reinwaschen lassen.

„Also hätten beide Frauen mit ihrem Wissen eine Gefahr für ihn dargestellt. Außerdem kam er nur an das Geld, wenn die beiden Frauen tot waren“, schloss Stefan.

„Ganz genau. Außer natürlich, er hätte bis zur Fälligkeit der Versicherungssummegewartet.“, mischte ich mich nun in das Gespräch. „Bei Verena hatte er sich allerdings verrechnet, da die deutschen Behörden sich bis jetzt weigern, sie für tot zu erklären. Also musste Hannah Zimmermann sterben, damit er wenigstens an das Geld aus der Lebensversicherung kam. Und Keela und Susan hat er getötet, um das wahre Motiv zu verschleiern.“

„Und wenn er ein Trittbrettfahrer ist?“, warf Ina in den Raum.

„Wie meinst du das?“

„Na, er schubst Verena vom Schiff und hat das Glück, dass die irische Polizei es als Unfall einstuft. Doch an ihr Geld kommt er nicht. Dann werden Susan und Keela von wem auch immer getötet. Althaus sieht in den Morden die Chance, wenigstens das Geld von der Zimmermann zu kassieren. Er weiß, dass die Leichen der beiden Irinnen vom Täter auffällig präsenticrt wurden und sie durch eine Garrotte starben. Was er nicht weiß, weil es sich um Täterwissen handelt, ist, dass die beiden vorher mit Liquid Ecstasy betäubt wurden. Könnte ein Indiz sein, warum man bei der Zimmermann keine Spuren davon fand. Außerdem kennt er sich in dem Gebäude, in dem die Zimmermann wohnt, aus. Er weiß von dem Aufzug und der Tiefgarage. Und die Zimmermann hätte ihn ganz arglos in die Wohnung gelassen."

„Du meinst, dass es zwei Täter sind?"

Ina zuckte mit den Schultern. „Warum nicht? Für Verena Althaus und Hannah Zimmermann hat er keine Alibis, für Susan und Keela schon. Und damit wären auch dieser Chris Althaus und seine Tussi wieder im Rennen. Was ist denn mit dieser Renate Kiesel? Althaus nimmt ihr den Mann und sie ihm seine Frauen.

„Renate Kiesel soll nach der Haftentlassung nach Hamburg gezogen sein. Sie ist dort jedoch nicht gemeldet. Aber keine Angst, ich bin dran. Es gibt ja noch andere Möglichkeiten, einen Menschen aufzuspüren", erwiderte Hans gelassen.

„So, jetzt werden wir das Ganze mal strukturieren", unterbrach Stefan, heftig an seinem Ohrläppchen ziehend. „Ich blicke nämlich langsam nicht mehr durch."

Den restlichen Tag verbrachten wir mit Recherchen, dem Aufspüren und Befragen von Hannah Zimmermanns Freunden und Bekannten, Ermittlungen in Bezug auf die Finanzaktivitäten von Althaus und einer erneuten Befragung von Althaus' Mitarbeitern. Stefan hatte entschieden, Althaus so lange in Ruhe zu lassen, bis ausreichend sichere Informationen über ihn vorhanden waren, um ihn in einem Verhör in die Zange nehmen zu können.

Aber je mehr ich über unsere neuen Theorien nachdachte, umso stärker meldeten sich bei mir Zweifel, ob Althaus tatsächlich unser Täter war. Mein Bauchgefühl sagte mir plötzlich, dass wir etwas übersehen hatten. Waren wir bei unseren Gedankengängen irgendwo falsch abgebogen? Hatten wir uns die falschen Fragen gestellt? War unser

Horizont zu eng? Hatten wir Informationen nicht richtig interpretiert? Hatten wir uns von angeblichen Fakten irreführen lassen?

Ich wusste, dass die Phase des Zweifelns normal war, wenn Ermittlungen begannen, sich im Kreis zu drehen. Trotzdem ließ sich das Gefühl nicht vertreiben, dass es etwas an diesem Fall gab, dem wir – sicherlich aus nachvollziehbaren Gründen – keine Beachtung geschenkt hatten. Und dieses Gefühl machte mich ganz kribbelig. Ich verspürte das Bedürfnis, mich mit jemandem auszutauschen, der nicht in den Fall involviert war. Jemanden, der von unseren Vermutungen und Theorien noch nicht infiziert war und darum einen freien Blick auf das Große und Ganze werfen konnte. Mir fiel nur eine Person ein: Polizeirat Hannes Tegeler, mein früherer Ausbilder und Mentor.

„Fenja, das ist ja eine Überraschung!", begrüßte mich Hannes Tegeler durch den Telefonhörer. „Wie geht es dir? Hab schon von deiner Beförderung gehört. Herzlichen Glückwunsch."

„Danke, Hannes. Ich hoffe, ich störe dich nicht."

„Nein. Bin mit Waltraud im Urlaub und genieße gerade den warmen Sand unter meinen Füßen."

„Oh, dann melde ich mich lieber später noch einmal."

„Quatsch! Was hast du auf dem Herzen?"

„Also, ich habe da ein Problem. Irgendwie haben sich meine Gedanken verhakt und ich würde gern mit jemandem sprechen, der ganz unvoreingenommen ist", erklärte ich vage.

„Worum geht es?"

„Das möchte ich lieber nicht am Telefon sagen." Ich wusste, dass Hannes sofort ablehnen würde, wenn er erfuhr, dass es sich um einen aktuellen Fall handelte, in den er offiziell nicht eingebunden war.

Wie von mir erwartet, zögerte er einen Moment. „Okay. Wir kommen am Samstag aus dem Urlaub zurück. Wenn du magst, kannst du am Sonntagabend bei uns vorbeischauen. Wir essen zusammen zu Abend und danach bin ich ganz Ohr." Eine kurze Pause entstand. „Waltraud macht mir gerade ein Zeichen, dass sie sich auf dich freut."

Freitag
Soest/Ostenhellweg

Else saß auf dem Balkongeländer und beobachtete mich aus ihren schwarzglänzenden Knopfaugen. Ich hatte heute Morgen eine Rosine aus meinem Müsli gefischt und auf dem Balkongeländer abgelegt. Die Krähe focht mit sich einen Kampf aus, ob sie es wagen konnte, sich das Leckerchen zu holen oder doch lieber Vorsicht walten zu lassen, bis ich zurück in die Wohnung ging.

„Else, du kannst mir vertrauen!", sprach ich sie zwischen zwei Löffeln meines Frühstücks an. „Ich bin nämlich von der Polizei."

Sie legte den Kopf schief und gab einen Laut von sich, der sich nach einem Brummen anhörte. Dann schob sie langsam ihren rechten Krähenfuß in Richtung der Rosine, zog den linken nach und rutschte dann mit dem Rechten noch ein Stückchen weiter.

„Na, geht doch. Noch fünf Zentimeter und du hast es geschafft."

Mit einer schnellen Bewegung reckte sich der gesamte Vogelkörper nach vorn, der Schnabel schnappte die Rosine und die Flügel weit ausgestreckt schoss Else durch die Luft auf ihren Schlafbaum zu.

In der Nacht hatte ich mich mit wirren Träumen, meinen Zweifeln an unseren Ermittlungstheorien und meinem schlechten Gewissen, einen Außenstehenden in meine Gedankengänge einbeziehen zu wollen, herumgeschlagen. Erholsam war mein Schlaf jedenfalls nicht gewesen und ich dachte mit einem unguten Vorgefühl an den heutigen Tag und das, was er uns bringen würde.

Unsere derzeitige Situation erinnerte mich an Sisyphos und den Stein, der ihm immer wieder aus den Händen glitt und erneut den steilen Hügel hinauf befördert werden musste. Wie oft hatten wir in den vergangenen Tagen schon gedacht, endlich den Täter identifiziert zu haben. Dann passierte etwas Unerwartetes und unser Verdacht löste sich in Luft auf. Und erneut galt es wieder von vorn anzufangen, eine neue Theorie zu finden und uns abermals auf die Suche nach Indizien und Beweisen zu machen. Falls mein Vorgefühl mich nicht täuschte, würde es nicht mehr lange dauern und wir ständen erneut mit unserem riesigen Stein am Fuß des Hügels und die zeit- und energieraubenden Tätigkeiten würden für uns von vorn beginnen.

Wenn wir es nicht schafften, Althaus dazu zu bringen, ein Geständnis abzulegen, dann blieben uns nur unsere Vermutungen. Und auf Basis dieser Vermutungen würde kein Richter der Welt Anklage erheben. Lediglich unsere Ermittlungen bezüglich Althaus' Finanztricksereien konnten ihm gefährlich werden. Stichhaltige Beweise dafür zu finden, würden unseren Kollegen von der Wirtschaftskriminalität keine allzu großen Schwierigkeiten bereiten. Doch Althaus kriminelle Energie, bezogen auf die Geldwäsche, war kein Beweis dafür, dass er drei, vielleicht sogar vier Frauen getötet hatte. Und was unsere neue Verdächtige, Renate Kiesel betraf, mussten wir sie zunächst aufspüren.

Der neue Arbeitstag begann genau dort, wo der Letzte aufgehört hatte – mit Recherche. Um kurz vor neun trommelte Stefan das Team zusammen. Vera hatte sich gemeldet und uns vorab die ersten Ergebnisse zur Durchsuchung von Hannahs Wohnung gefaxt.

„Die Forensik ist sich sicher, dass die Wohnung der Tatort ist. Die Tatsache, dass Hannah Zimmermann zu den Putz-Junkies gehört hatte, hat in unserem Fall enorm weitergeholfen", erklärte Stefan. „Fasern von der Hose, die sie bei ihrem Tod getragen hatte, finden sich nämlich ausschließlich auf dem Teil der Couch, vor dem die schwarzen Abriebspuren gefunden wurden. Der Täter oder die Täterin hatte Hannah Zimmermann vermutlich genau an dieser Stelle die Garrotte um den Hals gelegt. Die anderen Spuren, die Veras Team in der Wohnung gefunden hatte, werden noch untersucht. Ach ja, der Abrieb auf dem Boden ist tatsächlich von den schwarzen Pantoletten. Das heißt, dass der Täter Hannah die Schuhe ausgezogen und in den Schrank zurückgestellt hatte, bevor er sie aus der Wohnung brachte."

„Dann wollen wir hoffen, dass die Forensik noch mehr findet", bemerkte Hans. „Bis jetzt haben die lediglich unsere Vermutungen bestätigt."

„Ganz entspannt, Hans. Das haben sie bereits“, erwiderte Stefan grinsend. „In dem Wagen der Zimmermann wurden verschiedene, wenn auch sehr wenige, DNA-Spuren sichergestellt. Die müssen sie halt noch auswerten. Aber auf dem Lenkrad, obwohl jemand versucht hatte, es zu säubern, wurde das Teilstück eines Abdrucks des kleinen Fingers der rechten Hand entdeckt. Und dieses Teilstück passt genau zu Althaus Fingerabdruck.“

„Ja, war der Kerl denn so blöd, keine Handschuhe zu tragen?“, platzte es aus Ina heraus.

„Sicherlich wird er die getragen haben, aber vielleicht gab es einen Grund, warum er seinen rechten Handschuh für einen Moment ausgezogen hatte. Wollte sich vielleicht die Nase putzen oder etwas auf seinem Handy nachschauen“, gab ich zu bedenken.

„Oder der Fingerabdruck ist nicht von Dienstagnacht, sondern schon früher entstanden“, überlegte Ina weiter.

„Ina, dann erkundige dich doch bitte in der Firma, ob Althaus gelegentlich mit dem Wagen der Zimmermann gefahren ist“, schlug Stefan grinsend vor. „Und wenn du damit fertig bist, wirst du von Tessa die Durchforstung der Überwachungsbänder übernehmen. Tessa muss sich nämlich auf die Auswertung der digitalen Geräte von der Zimmermann konzentrieren."

Einen Augenblick befürchtete ich, dass Ina ausrasten würde. Mir war klar, dass sie diese Arbeit eindeutig als unter ihrer Würde sah. Ich warf ihr einen kurzen, warnenden Blick zu. Sie verstand sofort. Mit einem unwilligen Brummen ließ sie sich gegen die Stuhllehne fallen und verschränkte trotzig die Arme vor der Brust.

„Und du, Fenja, nimmst Kontakt zu Althaus früherer Firma auf. Ich will wissen, ob dort Unregelmäßigkeiten aufgefallen sind und was der Grund dafür war, dass Althaus dort nicht mehr arbeitet. Du kümmerst dich ebenfalls um die Freunde und Bekannten, die Tessa bei ihrer Recherche aufspürt. So, und jetzt wünsche ich uns allen gutes Gelingen."

Da Althaus' Arbeitgeber seine Hauptverwaltung in Düsseldorf hatte, blieb mir nichts anderes übrig, als die Firma zunächst telefonisch zu kontaktieren. Es dauerte eine Weile, bis ich endlich jemanden am Hörer hatte, der mir Auskunft geben konnte und vor allen Dingen auch wollte.

Detlef Fischer, der stellvertretende Leiter der Personalabteilung und von der Stimme her ein sehr junger Mann, hatte zunächst gezögert. Doch ich hatte bereits, als ich ihm meine Anliegen vortrug, das unbestimmte Gefühl, dass Althaus nicht zu den Lieblingsmenschen von Fischer zählte. So bedurfte es meinerseits nur einiger motivierender Worte und Fischer begann zu erzählen. Es handelte sich mehr um kryptisch formulierte Aussagen, so als wolle er vermeiden, dass jemand ihm aus dem, was er sagte, einen Strick drehen könnte. Jedoch die Art und Weise, wie er die Inhalte sprachlich betonte, machte mir klar, dass Althaus Unregelmäßigkeiten nachzuweisen wurden und er das Unternehmen nicht freiwillig verlassen hatte. Dass dort bald die bereits informierten Kollegen der Wirtschaftskriminalität auftauchen würden, behielt ich natürlich für mich. Doch ich konnte mir lebhaft, von einer gewissen Schadenfreude begleitet, die Schweißperlen auf der Stirn der Verantwortlichen vorstellen, wenn die Kripo dort erscheinen würde. Abschließend bat mich Fischer, das Ganze vertraulich zu behandeln. Ein Beweis dafür, dass seine Lebenserfahrung noch in den Kinderschuhen steckte. Ich versprach es ihm.

Nach einer Mittagspause, die lediglich aus einem Apfel und einer Tasse Kaffee bestand, nahm ich mir die Liste mit Namen und Kontaktdaten von Hannah Zimmermanns Bekannten vor, die mir Tessa übermittelt hatte. Hans hatte sich aufgrund starker Schmerzen verabschiedet, während Stefan nach Dortmund gefahren war, um mit den Kollegen der Wirtschaftskriminalität eine gemeinsame Ermittlungsstrategie abzusprechen.

Meine eigenen Ermittlungen gingen nur schleppend voran. Bei denen, die Hannah gut gekannt hatten, erschwerte deren persönliche Betroffenheit die Befragung. Andere Kontaktdaten wiederum gehörten zu Personen, die Hannah kaum kannten, also auch nichts zu berichten hatten. Etwas, das für uns wichtig sein könnte, erfuhr ich nicht.

Ich hatte mich gerade dazu entschlossen, an meinem Geheimplatz eine Zigarette zu genießen, als Dennis zu mir kam.

„Da ist eine Frau, die etwas aussagen möchte. Aber Hans und Stefan sind ja nicht da."

Innerlich verdrehte ich bereits die Augen. „Was ist das für eine Frau?"

„Becker. Sabine Becker."

„Und wozu möchte sie eine Aussage machen?"

„Na, zu dem Mord."

„Zu welchem genau?"

„Ähm, dem Mord an Verena Althaus. Aber das war doch ein Unfall, oder?"

„Hat sie tatsächlich von dem Mord an Verena Althaus gesprochen?" Mein Herzschlag beschleunigte sich.

„Ja. Komisch, oder?"

Nachdem ich Dennis angewiesen hatte, Sabine Becker in die *Kemenate* zu bringen und sie mit einem Kaffee zu versorgen, verschwand ich nach draußen hinter die Hecke am Parkplatz.

Nervös steckte ich eine Zigarette an und sog tief den Rauch ein. Dann versuchte ich, Stefan zu erreichen, doch es reagierte lediglich die Mailbox. Bei Hans war es das Gleiche.

Als ranghöchstes, greifbares Mitglied unseres Teams lag es nun bei mir, eine Entscheidung zu treffen – abwarten, bis Stefan wieder auftauchte oder die Befragung allein durchzuführen. Nach einer zweiten Zigarette entschloss ich mich, das Gespräch allein mit ihr zu führen. Ich besorgte mir einen Kaffee, bewaffnete mich mit Notizblock und Stift und betrat den kleinen Raum. Die stark geschminkte Frau, mit einer scheinbar nicht zu bändigenden, rotblonden Lockenpracht, einer Harry-Potter-Brille auf der Nase und einem leuchtend roten Schal mit einem extravaganten Muster um den Hals, schätzte ich auf Mitte vierzig. Mit ihren grünbraunen Augen betrachtete sie mich interessiert, ihre auffällig schmalen Lippen zu einem leichten Lächeln geformt.

Ich begrüßte sie und stellte mich vor. Dann nahm ich ihr gegenüber Platz.

„Frau Becker, mein Kollege sagte mir, dass Sie zum Mord an Verena Althaus eine Aussage machen möchten? Unseres Wissens handelte es sich bei dem Tod von Frau Althaus um einen Unfall. Sie sehen mich also ein wenig verwirrt, zumal dieser Unfall bereits über ein Jahr her ist. Können Sie mir Ihre Beweggründe, warum Sie jetzt mit uns sprechen möchten, bitte erklären?"

„Weil ich bis jetzt ebenfalls geglaubt habe, dass Verena einem Unfall zum Opfer fiel." Sie räusperte sich, schlug die Beine übereinander und lehnte sich zurück. „Aber lassen Sie mich am besten von ganz vorn anfangen. Verena und ich waren sehr enge Freundinnen, bis zu dem Tag, als sie Markus heiratete. Ich hatte sofort das Schweinchen am Gang erkannt. Markus war ein Frauenheld. Ich vermutete bei ihm sogar so etwas, wie eine Sucht nach Sex. Ich hatte Verena vor ihm gewarnt, aber sie dachte tatsächlich, dass sie diesen Bad-Boy zu einem Good-Boy erziehen könne. Leider hatte ich den Fehler begangen, zu viel und zu schlecht über ihn zu sprechen, und Verena begann, sich immer mehr von mir zu distanzieren. Verena konnte keine Kinder bekommen, in meinen Augen ein Glück bei diesem Ehepartner. Das hatte ich ihr auch ganz offen gesagt. Als sie mir dann bei einem unserer sehr seltenen Treffen vor ungefähr einem Einvierteljahr mit einer gewissen Genugtuung erklärte, dass ihr großartiger Markus mit ihr gemeinsam eine Leihmutter suchen wollte, war mir klar, dass ihr nicht zu helfen war. Wir haben uns schließlich im Streit getrennt. Es gab keinen Kontakt mehr.“

„Wusste Frau Althaus von den Affären, die ihr Mann hatte?“

„Natürlich wusste sie davon. Sie war ja nicht blöd. Doch sie hielt daran fest, zu glauben, dass sie ihn umerziehen könnten. Und als dann dieser Vorschlag von Markus wegen der Leihmutter kam, war sie tatsächlich davon überzeugt, dass dies der erste Erfolg ihrer Erziehungsmaßnahmen war.“

„Was ist denn passiert, dass Sie jetzt glauben, dass Verena ermordet wurde?“

„Ich bin beruflich sehr viel im Ausland unterwegs. Darum habe ich von Verenas Tod erst einen Monat später erfahren. Ich habe mich daraufhin sofort mit den irischen Behörden in Verbindung gesetzt. Ich wusste nämlich, dass Markus ihr sein Schwarzgeld anvertraut hatte. Und Verena, wieder so eine Erziehungsmaßnahme, gelang es, das Geld vor ihm zu verstecken. Mir war sofort klar, dass Markus, sobald er es erfuhr, sich Verenas Vorgehen nicht bieten lassen würde. Zumal Markus, als ihm gekündigt wurde, für sein eigenes Projekt Geld benötigte. Also lag es für mich nahe, dass er Verena tötete, um an ihr Erbe zu kommen und damit auch an sein Schwarzgeld. Doch die irische Kriminalpolizei erklärte mir, dass es sich um einen Unfall gehandelt hätte. Schließlich musste ich diese Aussage akzeptieren.“

„Wissen Sie etwas darüber, woher dieses Schwarzgeld stammte?", unterbrach ich Sabine Beckers Ausführungen.

„Er war Leiter der Abteilung Einkauf. Was glauben Sie wohl, was Lieferanten alles tun würden, um einen Vertrag bei solch einem großen Konzern zu bekommen?", entgegnete sie zynisch.

„Also Korruption?"

„Bingo. Und zwar im ganz großen Stil. Als sein Tun schließlich aufflog, haben alle dichtgehalten. Schön unter den Teppich gekehrt, damit ja nicht das Image der Firma beschädigt wird. Markus, der Glückspilz, durfte darum auch das Geld behalten, aber er musste natürlich die Firma verlassen und machte sich, mit dem Wissen, dass er genug Geld hatte, selbstständig. Und dann versteckte Verena den ganzen, schönen Mammon vor ihm."

„Und Sie trauen ihm zu, dass er Verena wegen des Geldes getötet hat?"

„Zumindest hatte er Verena mehrfach verprügelt."

„Woher wissen Sie das? Hat sie Ihnen das erzählt?", fragte ich überrascht. Hätte ich Althaus doch nie in die Kategorie Schläger eingeordnet.

„Nein. Sie hatte sich wohl nicht getraut, weil sie wusste, was für einen Aufstand ich machen würde." Sabine schüttelte den Kopf, so als könne sie es immer noch nicht verstehen. „Ich hatte sie besucht. Als sie eine Tasse Kaffee vor mir abstellte, verrutschte ihr Pulloverausschnitt und ein riesiger Bluterguss zeigte sich in Höhe des Schlüsselbeins. Ich fragte sie natürlich danach. Erst erzählte sie, sie sei vor eine Tür gelaufen. Doch ich ließ nicht locker. Und dann berichtete sie, dass er sie geschlagen hätte, damit sie das Geld rausrückt. Und das dumme Mädchen hatte ihm dann, damit er sie in Ruhe ließ, gesagt, dass das Geld nicht mehr da wäre. Sie hätte das Geld anonym an mehrere soziale Organisationen gespendet. Er ist dann wohl vollkommen ausgerastet. Ich bat sie, mir ihre Verletzungen zu zeigen. Sie schob ihren Pullover hoch. Mir wäre fast das Herz stehen geblieben. Im Bereich der Nieren hatte sie mehrere faustgroße Hämatome, genau wie im Brustbereich. Ich habe ihr gesagt, sie solle Markus sofort verlassen, bevor er sie totschlägt." Sabine Beckers Stimme wurde emotionaler, eindringlicher, verzweifelter. „Ich hatte sie fast so weit, dass sie zur Polizei gehen wollte. Und dann kommt dieser Kerl ein paar Tage später und schlägt ihr diese Leihmutterschaft vor. Sie rief mich danach an und behauptete tatsächlich, dass ich sie manipulieren wolle, weil ich eifersüchtig auf sie sei. Und die letzten Worte, die sie zu mir sagte, waren *Du hast mit allem Unrecht, was Markus betrifft. Er liebt mich von ganzem Herzen.*"

„Hatte sie das Geld wirklich gespendet?"

„Nein. Es war nur eine Ausrede, damit er endlich aufhört, sie zu schlagen." Sabine Becker strich sich über die Stirn. Ich sah Tränen in ihren Augen. „Warum habe ich mich zurückgezogen? Ich hätte weiterkämpfen müssen. Dann würde Verena wahrscheinlich noch leben und die anderen Frauen ebenfalls." Sie verstummte, senkte den Blick auf ihre gefalteten Hände.

„Frau Becker, Sie tragen keine Schuld an dem, was passiert ist", antworte ich sanft, aber bestimmt.

„Und warum fühlt es sich für mich so an?", flüsterte sie, bevor sie zu weinen begann.

Ich ließ ihr Zeit, sich zu fassen. Das, was ich gerade gehört hatte, löste meine Zweifel an Althaus' Schuld wie Nebel in der Sonne auf. Wenn er tatsächlich so viel Gewaltpotenzial besaß, dann waren ihm die Morde an Verena, Keela, Susan und Hannah zuzutrauen. Auch der Tod von seiner ersten Frau, Lara, rückte in ein ganz neues Licht. Sollte Chris Althaus recht mit seinem Mordverdacht haben?

Als Sabine Becker sich die Nase putzte, sich aufrecht hinsetzte und anscheinend wieder gesprächsbereit war, fragte ich sie, ob sie Markus erste Frau gekannt hätte.

„Nicht persönlich, nur aus Verenas Erzählungen."

„Was hatte Verena Ihnen erzählt?"

„Sie muss wohl sehr nett gewesen sein. Jedenfalls war sie äußerst beliebt. Und sie soll ein recht ansehnliches, eigenes Vermögen gehabt haben. Doch sie soll auch sorgfältig darauf geachtet haben, dass Markus davon nichts in die Finger bekam. Als sie starb und Markus erfuhr, dass sein Sohn, Chris, Alleinerbe war, hatte er sofort seinen Pflichtanteil eingeklagt. Er hatte damit wohl auch Erfolg, aber das Gericht, das davon ausging, dass er sich auch das Geld seines Sohnes unter den Nagel reißen würde, hatte Chris' Anwalt als Vermögensverwalter des Jungen offiziell bestimmt. Leider hatte Chris dann wohl, als er endlich volljährig war, das Geld sinnlos auf den Kopf gehauen, bis nichts mehr da war."

Sabine Becker ahnte nicht, dass sie mit dieser Aussage die Erklärung für die unüberwindlichen Differenzen zwischen Vater und Sohn geliefert hatte. Da war aber noch etwas, das mir in den Sinn kam.

„Eine Frage habe ich noch. Hatte Althaus auch Ihnen Avancen gemacht?"

Sabine lachte laut auf. „Was glauben Sie denn?! In der Woche vor ihrer Hochzeit mit Markus habe ich ihr bei den letzten Vorbereitungen geholfen. Einmal passte er mich ab, stellte sich ganz dicht vor mich und machte mir ein eindeutig sexuelles Angebot. Ich habe ihn angelächelt und dann habe ich mein Knie in sein Gemächt gestoßen. Von da an hat er mich gemieden wie die Pest."

„Frau Becker, ich danke Ihnen ganz herzlich. Sie haben uns sehr weitergeholfen. Ich würde gern Ihre Aussage protokollieren. Könnten Sie wohl morgen früh ins Revier kommen, um das Protokoll zu unterschreiben?"

„Tut mir leid. Morgen muss ich wieder in Berlin sein. Wie lange benötigen Sie denn, um alles zu verschriftlichen?"

„Zwei Stunden."

„Gut. Ich habe noch etwas in der Stadt zu erledigen. Ich bin in zwei Stunden wieder zurück."

„Ach, ich benötige noch Ihren Personalausweis."

Sabine Becker nickte und kramte in ihrer Tasche. „Ach, verflixt. Meine Papiere liegen im Safe meines Hotelzimmers." Dann reichte sie mir eine Visitenkarte. „Das ist meine private Karte mit allen persönlichen Daten, die Sie wahrscheinlich benötigen. Ich bin in Berlin offiziell gemeldet."

„Danke. Das sollte für den Moment reichen."

Das Befragungsprotokoll ging mir überraschend leicht von der Hand. Frau Becker hatte ihre Aussage so strukturiert vorgetragen, dass sich meine Sätze fast von allein formten. Vorsichtshalber befragte ich noch den Computer, ob die Daten auf der Visitenkarte korrekt waren. Er spuckte mir sofort *Sabine Becker, Ulmenstraße 113, Berlin* aus. Sie war Jahrgang 1977. Da hatte ich mit meiner Schätzung gar nicht so schlecht gelegen.

Sabine Becker erschien pünktlich und ließ sich für das Lesen des Protokolls Zeit. Schließlich nickte sie, griff nach einem Kuli und unterschrieb.

Lächelnd reichte sie mir zum Abschied ihre Hand. „Und falls es zu einem Prozess kommt, bin ich bereit, vor Gericht auszusagen."

Fünf Minuten, nachdem sie das Revier verlassen hatte, kam Stefan aus Dortmund zurück. Er sah erschöpft aus, ließ sich mit einem leisen Seufzer auf den Besucherstuhl vor meinem Schreibtisch fallen.

„Und wie war es?", fragte ich. „Du siehst mitgenommen aus."

„Wie wohl! Du weißt ja, was die Zusammenarbeit zweier Abteilungen für ein Kompetenzgerangel auslösen kann. Erst als mein Chef mit der Faust auf den Tisch geschlagen hatte, kamen wir endlich zu einem Konsens. Außerdem habe ich seit heute Morgen nichts mehr gegessen."

„Dito. Dann lade ich dich mal auf eine Pizza ein", schlug ich munter vor und meldete mich am Computer ab.

„Super Idee! Hast du jemanden in Althaus' ehemaliger Firma erreichen können?"

„Habe ich." Ich griff nach der Abschrift von Sabine Beckers Zeugenaussage und hielt sie ihm grinsend entgegen. „Aber ich habe noch etwas viel Interessanteres für dich."

Die Aussage von Sabine Becker sorgte im Team für reichlich Wirbel. Niemand glaubte mehr an die Unschuld von Markus Althaus. Doch trotz aller Euphorie wussten alle, dass wir uns jetzt noch mehr anstrengen mussten, um ihm die Taten beweisen zu können. Auch war allen klar, dass das nicht einfach werden würde. Wir hatten lediglich Indizien, die ihn zum Hauptverdächtigen machten. Und wenn er sich in den anstehenden Verhören nicht verplapperte und wir es nicht schafften, seine Alibis zu erschüttern, dann würden wir eine bittere Enttäuschung erleben.

Hans kam kurz vor fünf zurück. Er stützte sich schwer auf zwei Krücken und sah alles andere als glücklich aus.

„Mensch, Hans. Was ist denn passiert?"

„So ein Scheiß!", zischte er und blieb vor meinem Schreibtisch stehen. „Es hat sich so stark entzündet, dass ich morgen früh ins Krankenhaus muss und dort so lange bleiben werde, bis die Entzündung weg ist. Und danach geht es gleich unters Messer.“

„Ja, warum kommst du dann noch hier vorbei? Ein Anruf hätte es doch auch getan. Soll ich dich nach Hause bringen?“ Ich stand auf und griff nach meiner Tasche.

„Nee, lass mal. So weit habe ich es ja nicht“, winkte er ab. „Ich wollte dir nur schnell meine Unterlagen zur Suche von Renate Kiesel bringen, damit du das übernehmen kannst. Hatte die noch zu Hause liegen.“ Er reichte mir einen Aktendeckel.

„Danke. Aber kann sein, dass wir den gar nicht mehr benötigen.“ Ich schilderte ihm rasch die neuen Erkenntnisse von Sabine Beckers Besuch.

Hans hörte mir ungläubig zu.

„Hätte nicht gedacht, dass Althaus tatsächlich unser Mann ist. Irgendwie fühlt sich das für mich nicht rund an“, bemerkte er zweifelnd, nachdem ich geendet hatte. „Trotzdem, sieh zu, dass du diese Kiesel auftreibst. Wer weiß, wenn sie ihn gestalkt hatte, dann hat sie ihn auf jeden Fall auch beobachtet. Vielleicht war ihr damals etwas aufgefallen, das uns weiterhilft.“

Unschlüssig betrachtete ich den Aktendeckel auf meinem Schreibtisch. Es gab so vieles, was ich noch zu tun hatte, aber Hans' gezeigte Eindringlichkeit und seine Zweifel ließen mich schließlich nach dem schmalen Pappordner greifen. Ich überflog die wenigen Informationen, die Hans niedergeschrieben hatte. Dann lehnte ich mich zurück und versuchte, mich in diese Frau hineinzuversetzen.

Wenn ich bedachte, wie viel Zeit, Energie und sicher auch Geld sie in die Rache an Althaus investiert hatte, konnte ich mir nicht vorstellen, dass ihr jetzt, nach einem Jahr Haft, Althaus völlig egal sein sollte. Sie stammte aus Hamm und hatte bis zu ihrer Inhaftierung ihr ganzes Leben dort verbracht. Was sollte sie denn in Hamburg? Hans war wohl auf die gleiche Idee gekommen, aber in Hamm und Umgebung war keine Renate Kiesel gemeldet. Ich las die wenigen Seiten erneut durch und plötzlich schoss mir eine Idee durch den Kopf.

Eilig flogen meine Finger über die Computertastatur. Ein einziger Treffer erschien auf dem Monitor. Ich verglich ihn mit Renate Kiesels persönlichen Daten. Bis auf den Nachnamen, der Hauptmann lautete, war alles identisch. Renate Kiesel hatte ihren Mädchennamen angenommen und ihre Meldeadresse ließ mich ein *Das gibt es doch gar nicht!* ausstoßen.

„Was gibt es nicht?" Ich hatte gar nicht bemerkt, dass Stefan vor meinem Schreibtisch stand.

„Ich habe Renate Kiesel aufgespürt. Und jetzt rate mal, wo sie gemeldet ist!"

„Hamm?"

„Fast richtig." Ich lehnte mich grinsend in meinem Stuhl zurück. „Keine drei Kilometer Luftlinie von Markus Althaus entfernt. In einem Mehrfamilienhaus in Günne."

„Also los, auf nach Günne!"

„Was, jetzt noch?", fragte ich überrascht und sah auf die Uhr. „Es ist kurz nach acht."

„Ja und?"

Günne/Veilchenweg
Wir hielten vor einem dieser typischen Sechziger-Jahre-Häuser: Acht Wohneinheiten, Dachgeschossausbau, in einem

undefinierbaren Beige gestrichen. Ich kannte diese Art Häuser zur Genüge. Hinter den schmalen, rechteckigen Fenstern verbargen sich ein so winziges Bad, dass man es ohne blaue Flecken zu bekommen nicht benutzen konnte. Ebenso vermutete ich eine kleine Küche, ein Miniaturschlafzimmer und ein zwergenhaftes Wohnzimmer mit einem Balkon, der auf die Straße hinausging. Der perfekte Ort, um nicht aufzufallen oder erkannt zu werden.

Über den aus uraltem Waschbeton bestehenden Weg erreichten wir die Haustür, alt, aus Aluminium und Drahtglas gefertigt. Die Tür war lediglich angelehnt. Wenn wir das Klingelbrett richtig gedeutet hatten, würden wir die Wohnung von Renate Hauptmann alias Kiesel im zweiten Stock finden. Das Treppenhaus war so eng, dass wir hintereinander die mit rotem Linoleum ausgelegten Stufen hinaufgehen mussten. Die Wohnung fanden wir schließlich auf der rechten Seite.

Stefan klingelte. Kurz darauf hörten wir Schritte aus dem Inneren. Wahrscheinlich wurden wir gerade durch den Spion taxiert.

„Wer ist da?", fragte eine Frauenstimme.

„Kripo Soest." Stefan hielt seinen Dienstausweis vor das Guckloch.

Das Klirren einer Vorlegekette folgte und die Tür öffnete sich nur so weit, dass eine Nase und ein Auge sichtbar wurden.

„Was wollen Sie?"

„Wir würden Sie gern als Zeugin befragen", antwortete Stefan schlicht.

„Na gut. Kommen Sie rein."

Ich schätzte die Frau, die nun hinter der Tür sichtbar wurde, auf Mitte sechzig. Ihre zierliche Figur steckte in einem sauberen, jedoch viel zu großen Jogginganzug. Das graue Haar hatte sie zu einem strengen Zopf nach hinten gebunden. Ihre Gesichtshaut war überraschend glatt, doch der liebe Gott hatte bei der Modellierung ihres Gesichts ein schlechtes Händchen bewiesen. Die brauen Knopfaugen standen zu weit auseinander, der Mund erschien wie ein roter, dicker Klecks, den jemand unter ihre leicht nach rechts gekrümmte, knubbelige Nase gemalt hatte und die Augenbrauen waren so farblos, dass man sie höchstens erahnen konnte.

Wir folgten ihr durch einen schmalen, dunklen Flur. Auf der Garderobe entdeckte ich ein altes Herrenjackett, ordentlich auf einem Bügel aufgehängt, daneben, auf dem winzigen Schuhschrank, unter dem ein Paar Männerpantoffeln hervorlugten, stand das silbergerahmte Foto eines älteren Herren mit rundem Gesicht und Halbglatze. Auch im Wohnzimmer empfingen uns die von Renate Hauptmann bewahrten Erinnerungen an ihren Mann. Fotos, sorgfältig gerahmt, eine komplette Wand einnehmend, zeigten einen Heribert Kiesel in verschiedenen Lebensphasen und Situationen. Auf einer kleinen Kommode davor stand eine Vase mit frischen Blumen und eine dicke, angezündete Altarkerze. Der gesamte Raum machte auf mich den Eindruck eines sorgsam gehegten Totenschreins.

Wir setzten uns auf das alte, ein wenig abgewetzte, aber gepflegte Sofa. Renate Hauptmann ließ sich uns gegenüber in einem der dazugehörigen Sessel nieder. Ihr Blick, mit dem sie uns musterte, war nicht feindselig, jedoch wachsam.

„Dann spucken Sie schon aus, was Sie von mir wollen", forderte sie uns barsch auf, ohne jegliche Regung ihrer Mimik.

„Frau Hauptmann, wir möchten Sie gern als Zeugin zu den Frauenmorden in den vergangenen zwei Wochen befragen“, begann Stefan.

„Hören Sie. Ich habe mit Althaus nichts mehr zu schaffen. Woher soll ich dann etwas über die Morde wissen?“

Interessant, ging es mir durch den Kopf. Dass Althaus in die Morde verwickelt war, war bis jetzt in der Presse nicht veröffentlicht worden.

„Woher wissen Sie, dass die Morde etwas mit Markus Althaus zu tun haben?“, fragte ich.

Sie gab ein leises Schnauben von sich. „Dies hier ist ein kleines Dorf, da bleibt nichts geheim“, erwiderte sie schlicht. „Und mir war klar, dass Sie früher oder später hier auftauchen würden.“

Ich nickte verstehend. „Nun, dann gibt es sicherlich Meinungen zu den Morden, die in diesem kleinen Dorf ausgetauscht werden. Vielleicht könnte das, was Sie gehört haben, helfen, die Morde aufzuklären.“ Ich schenkte ihr mein eingeübtes Lächeln.

„Warum soll ich der Polizei helfen?“

Ich blickte kurz zu Stefan, der sich in die Polster zurückgelehnt hatte. Er nickte als Zeichen, dass ich fortfahren sollte.

„Nun, Sie helfen mit den Informationen nicht nur uns. Wenn ich mich hier umschaue, spüre ich, wie viel Ihnen Ihr Mann bedeutet hatte und noch bedeutet. Vielleicht könnte eine hilfreiche Information dazu führen, dass sich Ihr Wunsch, Ihrem Mann Gerechtigkeit widerfahren zu lassen, endlich erfüllt und Althaus für Jahre ins Gefängnis geht.“

Renate Hauptmann hatte die ganze Zeit über starr wie eine Statuette auf ihrem Platz gesessen. Jetzt bemerkte ich, dass sich in den weichen Pantoffeln ihre Zehen in einem unruhigen Rhythmus hoben und senkten. Sie war nervös, unentschlossen. Ich war mir sicher, dass sie etwas vor uns verbarg. Dass sie die Mörderin, zumindest von Keela und Susan sein sollte, konnte ich mir jedoch nicht vorstellen. Nicht nur, dass sie rein körperlich so gar nicht in unser Profil passte. Woher hätte sie das Geld für den SUV und die Verkleidung, insbesondere den teuren Mantel nehmen sollen? Auch fehlte ihr, nahm ich an, der Zugang zu dem Yacht Club und Althaus' Segelboot.

„Im Dorf vermutet man, dass Althaus die Frauen umgebracht hat. Und nicht nur die drei, sondern auch seine beiden Ehefrauen.“

„Sind das reinen Spekulationen oder gibt es eventuell einen Zeugen, der uns mehr erzählen kann?“

„Weiß ich nicht“, erwiderte sie schnell, zu schnell. Die zunehmende Unruhe ihrer Zehen strafte sie Lügen.

Stefan lehnte sich vor und übernahm. „Frau Hauptmann. Wie lautet Ihr Annäherungsverbot für Althaus?“

„Das wissen Sie doch ganz genau“, erwiderte sie gelassen.

„Frau Hauptmann, uns interessiert es nicht, ob sie die 300-Meter-Grenze überschritten haben. Uns interessiert lediglich, was Sie beobachtet haben“, hakte ich freundlich nach.

„Ich habe nichts überschritten!“

„Doch. Man hat Sie gesehen.“

Ich wunderte mich nicht zum ersten Mal, wie leicht es Stefan fiel, zu pokern und damit auch noch ins Schwarze zu treffen. Renate Hauptmannes Augen weiteten sich erschrocken.

„Also, wie häufig waren Sie an seinem Haus? Und was können Sie uns darüber erzählen?“, bohrte er weiter.

Renate Hauptmann senkte den Kopf. Wir ließen ihr Zeit, ihre Entscheidung zu treffen. Schließlich blickte sie auf.

„Zwei bis dreimal die Woche. Je nach Wetter. Ich besitze nämlich nur ein Fahrrad."

„Von wo aus haben Sie das Haus beobachtet?"

„Vom Garten aus. Da gibt es im Gebüsch eine alte Laube, die nicht mehr benutzt wird. Von dort aus konnte ich durch die großen Fenster das gesamte Erdgeschoss sehen."

„Waren Sie Sonntagabend auch dort?"

Die Frau nickte.

„Haben Sie Althaus gesehen?"

„Ja. Er kam kurz vor acht. Dann hat er sich etwas zu essen gemacht und eine Zeit lang im Wohnzimmer gesessen. Um halb neun ist er dann nach oben gegangen, hatte aber unten das Licht angelassen. Also habe ich gewartet. Und um Viertel vor tauchte er wieder auf. Er hatte sich umgezogen. Er trug dunkle Fahrradkleidung. Dann ist er runter in den Keller, kam kurz danach mit einem Rennrad und einem Rucksack auf dem Rücken aus dem Kellerhals und ist bis zum unteren Gartentor gegangen. Das führt direkt auf die Hauptstraße. Das Licht im Erdgeschoss hatte er angelassen."

„Sind Sie ihm gefolgt?"

„Ich habe es versucht, aber bis ich unten auf der Straße war, sah ich ihn bereits am Ende der Körbecker Brücke. Und mit meinem alten Drahtesel …" Sie zuckte mit den Schultern. „Ich bin dann nach Hause gefahren."

Stefan und ich sahen uns an. Althaus hatte bei seinem Alibi für Hannah gelogen, falls Renate Hauptmann die Wahrheit sagte. Gut trainiert, hätte er es bis zu Hannahs Wohnung leicht in dreißig Minuten schaffen können.

„Waren Sie auch letzten Mittwochabend da?"

„Nein. Da war Regen angesagt."

„Und was ist mit dem Abend, als das junge Mädchen, Keela McCanley, getötet wurde. Das war in der Nacht von vorletztem Sonntag auf Montag“, übernahm ich das Gespräch.

„Da war ich da. Musste aber lange warten, bis Althaus auftauchte. War so gegen 1.00 Uhr. Er hat dann mit seiner Freundin noch auf dem Sofa zusammengesessen. Um kurz vor zwei sind die beiden schließlich nach oben gegangen und ich habe mich auf den Heimweg gemacht.“

Hätte Renate Hauptmann gewusst, dass sie mit ihrer Aussage Althaus' Alibi bestätigte, hätte sie uns sicherlich nicht davon berichtet. Innerlich schüttelte ich den Kopf. Was war das, was diese Frau antrieb, in der Nacht in einem fremden Garten zu hocken und dann noch mit dem Fahrrad nach Günne zurückzufahren?

„Welchen Weg nehmen Sie, um nach Hause zu kommen?“

„Über die Körbecker Brücke bis zur Dorfmitte und dann weiter über Nebenstraßen nach Günne.“

„Als Sie in dieser Nacht auf der Brücke waren, haben Sie irgendetwas Ungewöhnliches gesehen oder ist Ihnen eine Person aufgefallen?“ Renate Hauptmann musste genau zu der Zeit auf der Brücke gewesen sein, als sich dort auch der Täter oder die Täterin herumgetrieben hatte.

Sie schüttelte den Kopf.

„Oder haben Sie vielleicht etwas gehört?“

Sie zögerte einen Moment, dachte nach. „Doch, jetzt, wo Sie es sagen. Als ich die Brückenstraße hochfuhr, hörte ich eine Autotür zuschlagen.“

„Den Wagen haben Sie aber nicht gesehen?“

„Nein. Da ist ja das dichte Gebüsch zum Parkplatz hin.“ Sie überlegte erneut. „Aber als ich in Höhe der Feuerwehr war, da fuhr so ein dicker SUV an mir vorbei.“

„Kannten Sie den Wagen oder haben Sie das Nummernschild gesehen?“

„Tut mir leid. Habe ich nicht drauf geachtet. Ich war müde und wollte nur noch nach Hause.“

„Danke. Sie haben uns sehr weitergeholfen.“ Stefan bereitete schon unseren Abgang vor, doch ich hatte noch zwei Fragen.

„Als Verena Althaus starb, waren Sie da ebenfalls auf der Fähre?“

Sie gab ein verächtliches Lachen von sich. „Da war ich zu Gast bei Ihnen in der JVA Iserlohn.“

Blöder Fehler von mir. Ihr musste klar sein, dass ich meine Hausaufgaben nicht richtig gemacht hatte. Ich hatte eine Schwäche gezeigt, die jedem, der einschlägige Erfahrungen mit der Polizei hatte, die Aussagefreudigkeit verscheuchte. Einen Moment überlegte ich, ob meine letzte Frage noch Erfolg bringen würde.

„Frau Hauptmann, dies ist eine Frage aus meiner ganz persönlichen Neugier heraus. Warum beobachten Sie Althaus? Warum tun Sie sich diese Fahrt mit dem Fahrrad durch die Dunkelheit an? Das lange Ausharren, bis Althaus endlich erscheint. Wind, Regen, Kälte. Was versprechen Sie sich davon, seinen Alltag durch die Fensterscheibe mitzuerleben? Es muss sie doch fürchterlich schmerzen, wenn Sie sehen, dass er glücklich und zufrieden sein Leben weiterlebt, wären Sie Ihr eigenes Leben als zerstört wahrnehmen.“

Ihr Blick schien mir plötzlich von Boshaftigkeit verschleiert. „Althaus hat kein glückliches Leben mehr und ich erfreue mich daran. Und jetzt möchte ich, dass Sie gehen.“

„Nun, was hältst du von ihr?“ Stefan startete den Wagen.

„Im Hinblick auf unsere Theorien oder mein ganz persönliches Bauchgefühl?"

Befremdet sah er mich an. „Warum in Gottes-Namen musst du immer alles so aufdröseln?"

„Weil ich deine Frage nur dann richtig beantworten kann, wenn ich genau weiß, was du wissen willst", gab ich lachend zurück.

„Hm, okay, dann zuerst dein Bauchgefühl."

„Sie hat mit den Morden nichts zu tun. Ich glaube, dass sie sich in der Fantasie so einiges Schreckliches für Althaus ausgedacht hatte, aber ich habe sie nicht als proaktiven Menschen wahrgenommen. Sie gefällt sich in der Rolle der Zuschauerin. Vor den Morden hatte ihr das Beobachten eines glücklichen Althaus den Schmerz gegeben, den sie für ihre Opferrolle benötigte. Nach den Morden, die für sie einen wahren Glücksfall bedeutet haben müssen, waren es die Schadenfreude und die Genugtuung über Althaus' Leid, die ihr Bedürfnisbefriedigung brachten."

„Hört sich logisch an, vorausgesetzt, du schätzt ihre Psyche richtig ein. Und was ist im Hinblick auf unsere Theorien?"

„Unsere erste Theorie, dass Althaus alle Morde begangen hat und allein agierte, können wir streichen. Renate Hauptmann hat ihm, völlig ahnungslos, ein Alibi für den Mord an Keela gegeben."

„Und damit hat sie sich aber auch selbst ein Alibi verschafft", gab Stefan zu bedenken.

„Ich glaube nicht, dass sie so weit gedacht hat", gab ich zurück. „Auf jeden Fall hat sie mit den Angaben bezüglich der zuschlagenden Autotür und dem SUV unsere angenommene Zeitleiste bestätigt." Stefan nickte zustimmend. „Unsere zweite Vermutung hingegen", fuhr ich fort, „dass

Althaus mit Unterstützung durch Hannah Zimmermann die Morde begangen hat, ist immer noch aktuell. Die Zimmermann übernimmt Keela, Althaus übernimmt Susan. Zum Schluss tötet er seine Sekretärin, weil sie zu viel weiß. Hier hat Renate Hauptmann sein angegebenes Alibi zerschossen."

„Aber was ist mit unserer dritten Annahme?", hakte Stefan ein. „Die Zimmermann tötet die Frauen mit der Hilfe einer unbekannten Person. Könnte diese unbekannte Person nicht Frau Hauptmann sein?"

„Nein!"

Überrascht über die Entschiedenheit, die ich in dieses einfache Wort gelegt hatte, blickte mich Stefan von der Seite an.

„Und warum nicht?"

„Weil sie, falls die von ihr angegebenen Uhrzeiten stimmen sollten, es mit einem altersschwachen Fahrrad nie im Leben geschafft hätte, um halb zehn, als die Nachbarn die Geräusche hörten, in Hannahs Wohnung zu sein, um diese zu töten. Althaus hingegen hätte es bequem schaffen können, was uns zu unserer zweiten Vermutung zurückbringt. Außerdem", überlegte ich laut weiter, „kann man ein Rennrad in ein handliches Päckchen zerlegen. Er tötet Hannah, packt sie und das Rennrad in den SUV und fährt an die Möhne. Nachdem er die Leiche arrangiert hat, fährt er den Wagen in den Waldweg. Er hat einen Rucksack dabei, in dem sich vielleicht frische Kleidung befindet. Er zieht sich also um, baut sein Fahrrad zusammen und fährt ganz entspannt nach Hause. Seine Fahrradbekleidung vernichtet er später."

„Hört sich gut an", bemerkte Stefan und bog auf den Stadtring ein. „Und Nummer vier?"

„Tja, dazu hat uns Renate Hauptmann keinerlei Informationen geliefert. Doch dass es noch jemanden geben könnte, den wir bis heute nicht auf dem Schirm haben, wird uns wohl weiterhin interessieren müssen."

Samstag

Auf meinem Stuhl sitzend, die Beine auf das Balkongeländer hochgelegt, beobachtete ich Else, die keinen Meter von mir entfernt ein irgendwo ergattertes Stück Brot genüsslich verspeiste. Als sie fertig war, legte sie ihren Kopf schief und musterte mich, während ich den letzten Rest meines Müslis in den Mund schob.

„Na, hat's geschmeckt?", sprach ich sie an, bevor ich aus meiner Hosentasche eine Walnuss zog und direkt neben meine Füße auf dem Geländer ablegte.

Ihr Interesse an der Leckerei war geweckt. Langsam, wie in Zeitlupe, schob sie eines ihrer dürren Beine nach vorn, dann das andere. Dabei ließ sie weder die Nuss noch mich aus den Augen. Praktisch, wenn man die Augen seitlich am Kopf trug und alles sah, was sowohl rechts als auch links vor sich ging, ohne sich umblicken zu müssen. Für einen Polizisten wäre dies eine optimale anatomische Anordnung.

Mittlerweile hatte sich Else so nah an die Nuss angepirscht, dass sie nur noch den Hals strecken musste, um an das Objekt der Begierde zu gelangen. Sie zögerte, musterte mich eindringlich mit ihrem dunkelglänzenden Auge. Vielleicht überlegte sie, ob es eine Falle war. Schließlich waren Krähen hochintelligent. Dann schnappte sie zu, schwang sich hoch in die Luft, ließ die Nuss auf den Zugangsweg zum Haus fallen, um dann steil nach unten zu schießen. Ich beugte mich vor und konnte erkennen, dass die Walnuss auf dem Pflaster in zwei gleichmäßige Hälften aufgebrochen war.

Ich zündete mir eine Zigarette an und blies den blauen Rauch steil in die Luft. Gestern hatte mich Stefan, nachdem wir von Renate Hauptmann zurückgekehrt waren, direkt vor meiner Haustür abgesetzt. Ich hatte protestiert, aber er war bei seiner Meinung geblieben, dass es zu spät war, um noch ins Revier zu fahren. Er würde nur noch versuchen, wegen Markus Althaus die Staatsanwaltschaft zu erreichen und danach ebenfalls Feierabend machen.

Dass Althaus uns bezogen auf sein Alibi angelogen hatte, und das bereits zum zweiten Mal, belastete ihn schwer. Dazu das exzellente Motiv, das Geld aus der Lebensversicherung von Hannah Zimmermann, machten ihn zum mutmaßlichen Täter und ich war absolut sicher, dass Haftbefehl gegen ihn erlassen würde. Zumindest, was den Mord an Hannah betraf. Und das war der Knackpunkt. Was war mit Keela und Susan? Hatte er mit den Morden an den beiden Frauen tatsächlich nichts zu tun? Oder hatte ihm jemand geholfen? Hannah? Aber Hannah war tot und hatte ihm als Erbe nicht nur viel Geld, sondern auch ein Alibi hinterlassen, das wir nicht erschüttern konnten. Was aber, wenn Althaus, so wie von ihm behauptet, selbst das Opfer eines perfiden Racheplans war und er keine der Frauen getötet hatte? Doch wer, verdammt, besaß all das detaillierte Wissen, um solch einen Plan zu entwerfen? Es konnte nur jemand sein, der zu seinem direkten Umfeld gehörte. Was hatten wir oder besser, wen hatten wir übersehen?

Energisch drückte ich meine Zigarette aus. Es wurde Zeit, dass jemand, der nicht in unserem Gedankenkarussell gefangen war, über den Fall schaute. Hannes Tegler.

In der angesetzten Teambesprechung steckten wir, wie all die Tage zuvor, in unseren Vermutungen fest. Schwerpunktmäßig ging es jetzt darum, Althaus den Mord an Hannah nachzuweisen. Der Haftbefehl war bereits eingetroffen, und zwei uniformierte Kollegen waren gerade auf dem Weg, Althaus ins Revier zu holen. Doch wir durften auf keinen Fall Susan und Keela aus den Augen verlieren. Tessa brachte es schließlich auf den Punkt, als sie seufzend ausstieß: „Ich blicke nicht mehr durch. Wie viele Täter suchen wir denn eigentlich."

„Tja, wenn wir das genau wüssten, würde vieles einfacher", gestand Stefan, mit den Fingern an seinem Ohrläppchen.

„Und was ist mit dieser Stalkerin von Althaus? Ist die endgültig raus?", hakte Ina missmutig nach.

„Fenja meint, ja. Ich schließe mich ihr an, da sie lediglich für den Mord an Susan kein nachweisbares Alibi hat. Außerdem hätte sie für den ganzen Schnickschnack, *SUV, teurer Mantel, Perücken,* gar nicht das Geld. Sie lebt von der Hand in den Mund, das haben wir nachgeprüft."

„Und wenn sie sich mit der Zimmermann zusammengetan hatte? Die hätte diesen Schnickschnack doch leicht bezahlen können." Ina ließ nicht locker.

„Ja, aber die Zimmermann, die Hauptmann und der Althaus haben für den Mord an Keela Alibis. Wann kapierst du das endlich?", fuhr Nicolas sie ungeduldig an.

Ina plusterte sich in gewohnter Manier auf und setzte zu einer Erwiderung an.

„Nicolas, wie weit sind du und Dennis mit den SUVs?", stoppte Stefan sie, sicherlich aus Angst, dass sich die beiden noch in die Haare gerieten.

„Nichts. Den Kreis Soest und alle angrenzenden Kreise haben wir durch. Sollen wir die Suche ausweiten?"

„Tut das", entschied Stefan. „Tessa, hast du noch etwas gefunden?"

„Nicht wirklich. Ich habe das Bewegungsprofil von Althaus für den Zeitraum des Mordes an der Zimmermann erstellt. Er muss sein Handy zu Hause gelassen haben, als er mit dem Rennrad losfuhr."

„Was ein weiteres Indiz dafür wäre, dass er seinen tatsächlichen Aufenthaltsort verschleiern wollte. Genau wie die eingeschaltete Beleuchtung in seinem Haus", schloss ich.

„Also, dann fasse ich noch einmal zusammen. Wir ermitteln gegen Althaus bezüglich des Mordes an Hannah Zimmermann. Weiter ermitteln wir zu dem Mord an Susan gegen Renate Hauptmann und Unbekannt. Und was Keelas Tötung betrifft, bleibt eigentlich nur noch *Unbekannt* übrig. Außerdem müssen wir weiterhin prüfen, ob Hannah Zimmermann an den Tötungsdelikten in irgendeiner Form beteiligt war. Den Tod von Verena Althaus auf der Irlandfähre lassen wir vorläufig außen vor – außer Dublin meldet sich mit Neuigkeiten. Jetzt warten wir erst einmal ab, was das Verhör von Althaus ergibt."

Wie aufs Stichwort öffnete sich die Tür und ein uniformierter Kollege teilte mit, dass Althaus nun da wäre. Althaus hätte bereits seinen Anwalt kontaktiert, der jedoch bislang nicht eingetroffen sei.

Stefan bedankte sich. „So, wo waren wir? Ach ja! Wie sieht es mit den Befragungen der Bekannten von Hannah Zimmermann aus?"

Ich schüttelte den Kopf. „Nichts Neues. Selbst diejenigen, die Hannah gut gekannt hatten, sagten aus, dass sie ihr Privatleben immer unter Verschluss gehalten hätte."

„Okay. Ina, hast du herausbekommen können, ob Althaus manchmal den Wagen von der Zimmermann benutzt hatte?"

„Ja. Hat er. Als Fahrer und als Beifahrer. Zimmermanns SUV war nämlich als Dienstwagen beschafft worden, während sein Sportwagen reines Privatvergnügen war. Und auch ihre Wohnung gehört der Firma."

„Damit wären seine Spuren in dem Wagen geklärt." Stefan machte einen Haken auf seiner Liste. „Übrigens hatte Veras Team festgestellt, dass Hannah Zimmermann für eine gewisse Zeit im Kofferraum gelegen haben muss. Also hat der Täter sie tatsächlich in ihrem eigenen Wagen transportiert. Ich habe Vera gefragt, ob sie eventuell etwas gefunden haben, das auf den Transport eines Fahrrades hinweist – Kettenfett, Abrieb von Reifen oder Ähnliches. Doch sie hat verneint."

„Für Rennräder gibt es spezielle Transporttaschen aus Kunststoff-Material", warf Nicolas ein.

„Danke, Nicolas. Ich werde es weitergeben." Stefan schob seine Unterlagen zusammen. „Wir müssen noch einmal alles durchgehen. Ich bin mir sicher, dass wir etwas übersehen oder einem Detail nicht die nötige Aufmerksamkeit geschenkt haben. Also dreht jeden Stein um und grabt so tief wie möglich. Fenja, wir beiden werden uns um Althaus kümmern, sobald sein Anwalt mit ihm gesprochen hat."

Unter meinem Schreibtisch stand immer noch die Kiste mit den Fotoalben und einer dünnen Kladde mit privaten, sichtlich alten Briefen aus der Wohnung von Hannah Zimmermann. Bis jetzt hatte ich nicht die Zeit gefunden, mich darum zu kümmern, und um ehrlich zu sein, fehlte mir auch die Lust, mich durch verstaubte Bilder zu quälen, auf denen mir die meisten Personen unbekannt waren. Da jedoch Althaus' Anwalt, Kurt Schlummer, ein älterer, freundlicher Herr mit Halbglatze, einer sehr runden Taille und anscheinend einer Vorliebe für die Kleidung englischer Landadliger, gerade erst eingetroffen war, würde es noch ein Weilchen dauern, bis wir mit dem Verhör beginnen konnten.

Mit einem leisen Seufzer zog ich die Kiste aus ihrem Versteck und griff zunächst nach der Kladde. Die Briefe entpuppten sich als Liebesbriefe, die ein gewisser Andreas Horst vor rund zehn Jahren an Hannah gesendet hatte. Bereits nach dem zweiten Brief wurde mir klar, dass diese Briefe der Versuch sein sollten, eine Fernbeziehung zu überbrücken. Erfolglos, wie ich schließlich aus dem letzten Schreiben erfuhr. Hannah hatte anscheinend mit ihm Schluss gemacht. Auch wenn diese Entscheidung Andreas Horst damals emotional völlig überfordert hatte, glaubte ich nicht, dass er mit unserem Fall etwas zu tun hatte. Trotzdem notierte ich seinen Namen und die Absenderadressen und machte mich an die Arbeit, diesen Mann aufzustöbern. Das Ergebnis war so, wie ich es erwartet hatte. Mit Frau und zwei Kindern lebte er als Salesmanager in Normanville südlich von Adelaide. Er war nach zehn Jahren sicherlich nicht mit Rachegelüsten im Gepäck aus Australien angereist.

Ich steckte die Briefe ordentlich zurück in die Umschläge und zog eines der Fotoalben aus der Kiste. Datiert war es gleich auf der ersten Seite mit 2015-2016.

Von den Bildern lächelte mir eine junge, äußerst attraktive Hannah Zimmermann entgegen. Hannah beim Wandern, im Badeurlaub, auf einer Party, mehrfach gemeinsam mit einer älteren Dame, Hannah bei einer Beerdigung und am Schreibtisch. Alle Fotos waren mit Ortsangabe und Datum ordentlich beschriftet worden. Etwa ab der Mitte des Albums kam eine weitere Person dazu – Markus Althaus. Zunächst waren es nur heimliche Schnappschüsse von ihm, doch dann immer häufiger Fotos, auf denen Markus gemeinsam mit Hannah abgelichtet worden war. Und obwohl stets eine körperliche Distanz zwischen den beiden bestand, war offensichtlich, dass Hannah bis über beide Ohren in ihren Chef verliebt war.

Hannah hatte die Beziehung zu Markus also von Beginn an bildlich dokumentiert. Ich griff nach dem nächsten Ordner, der mit 2017-2018 datiert war. Hier wurde nun auch dem unbedarftesten Betrachter klar, dass die beiden ein Verhältnis hatten. Die Fotos, meist Selfies, zeigten zwei glückliche Menschen vor unterschiedlichen Kulissen. Ortsangaben wie Paris, Kopenhagen, London, Berlin, Zeebrügge, Berchtesgaden oder Barcelona waren zu lesen. Entweder waren die beiden öfter gemeinsam in den Urlaub gefahren oder Hannah hatte Althaus auf seinen Geschäftsreisen begleitet, während Verena mehr oder weniger ahnungslos zu Hause gesessen hatte.

Das letzte Fotoalbum begann mit 2019 - ..., das Enddatum war offengelassen. Anscheinend war der erste Zauber vorbei und Hannah hatte es nicht mehr für nötig befunden, jeden glücklichen Moment festzuhalten. Als ich schließlich beim letzten Foto ankam, eine Aufnahme, die von jemand anderem gemacht worden war, trat Stefan an meinen Tisch.

„So, der Anwalt und Althaus sind fertig", teilte er mit.

Betroffen, jedoch auch fasziniert betrachtete ich Althaus durch den Einwegspiegel. Von der einstigen *Sahneschnitte* war nicht mehr viel übrig geblieben. Ein ungepflegter Drei-Tage-Bart überlagerte seine fahle, fast wächsern scheinende Gesichtshaut. Die Augen lagen tief in den Höhlen und wurden von dunklen Schatten begleitet. Sein Haar schien ungekämmt, und auf dem grünen Poloshirt prangte ein undefinierbarer Fleck. Erschöpft, die Ellbogen auf den Knien, tief nach vorn gebeugt, bot er einen erbarmungswürdigen Anblick.

„Was ist denn mit Althaus passiert?", stieß ich entsetzt aus.

„Höre ich da etwa Mitleid heraus? Dann kann ich dich hier nicht gebrauchen."

Mir war schon klar, dass Mitleid mit einem mutmaßlichen Mörder eine gefährliche Ausgangsposition für ein Verhör war. Es fiel einem natürlich leichter, einen großspurigen Unsympath, wie beispielsweise Benjamin Busch, hart in die Mangel zu nehmen, als eine Person, die den Eindruck erweckte, bereits am Boden zu liegen. Aber lag Althaus tatsächlich am Boden oder spielte er uns nur etwas vor?

„Na, Skrupel, oder nicht?", hakte Stefan nach.

„Falls er der Mörder ist, dann nicht. Falls er es nicht ist, dann habe ich Bedenken, dass er durch das Verhör, neben seiner Trauer um die ihm nahestehenden Frauen und die finanziellen Sorgen, vollends zerbricht. Wenn du jemanden willst, der keine Skrupel hat, dann hol dir Ina dazu."

Stefan zupfte am Ohrläppchen. „Du glaubst also nicht, dass er unser Täter ist?"

„Ich glaube gar nichts, Stefan", erwiderte ich bestimmt. „Dieser Fall ist so komplex, dass der Glaube allein nicht reicht. Vielmehr sagt mir mein Bauch, dass wir etwas sehr Wesentliches bis jetzt übersehen haben. Und es kann nicht sein, dass wir, die wir anscheinend unsere Ermittlungen nicht richtig gemacht haben, einen eventuell Unschuldigen zum

Wrack machen." Meine Stimme hatte kontinuierlich an Lautstärke zugenommen und mir war bewusst, dass ich mein Kinn kämpferisch vorgestreckt hatte.

„Was schlägst du vor?", erwiderte er gelassen.

Verwirrt schaute ich ihn an. Was wollte Stefan eigentlich von mir?

„Zunächst den Fokus daraufzulegen, dass Althaus die Chance bekommt, den Verdacht gegen ihn zu entkräften. Aber was soll das? Ist das eine Prüfung oder was?"

Stefan grinste über das ganze Gesicht. „Die du hervorragend bestanden hast."

Der Ärger in mir schoss hoch wie ein Geysir. „Sag mal, hast du sie nicht mehr alle!", fuhr ich ihn an. „Hast du nichts Besseres zu tun als mich zu verarschen!" Ich war so wütend, dass ich nach Luft schnappen musste.

„Ich wollte nur sichergehen, ob wir beiden auf der gleichen Linie sind", gestand er, immer noch grinsend.

Mir fehlten die sprichwörtlichen Worte, um diese absolut blöde Aktion von ihm kommentieren zu können.

„Nun, dann lass uns schauen, was wir für Althaus tun können", erwiderte er munter.

Dr. Kurt Schlummer sah uns freundlich, fast herzlich entgegen, als wir den Raum betraten. Seine klugen, grauen Augen blitzten heiter hinter den goldumrandeten Brillengläsern und sein Lächeln breitete sich über das gesamte Gesicht aus. Er war ein sehr sympathischer Großvatertyp. Trotzdem war größte Vorsicht geboten, schließlich war er Strafverteidiger. Dazu noch ein hervorragender, wenn man den Gerüchten Glauben schenkte. Und den Trick, die Leute mit einem Lächeln und Freundlichkeit einzuwickeln, hatte ich selbst schon tausendfach angewandt. Also knipste ich ebenfalls mein perfektioniertes Lächeln ein. Er stutzte - nur einen Wimpernschlag. Da hatten sich doch zwei Schweinchen am Gang erkannt.

Stefan schaltete die Videokamera ein und spulte akribisch die Formalia herunter. Während Schlummer mir gelegentlich einen schnellen Blick zuwarf, ich fast erwartete, dass er mir zuzwinkerte, saß Althaus immer noch nach vorn gebeugt, als würde ihm ein aufrechtes Sitzen zu viel Kraft abverlangen.

„Herr Althaus", begann Stefan. „Wir möchten, dass Sie dieses Verhör als Gelegenheit nutzen, den schweren Verdacht gegen Sie zu entkräften. Darum ist es wichtig, dass Sie bei allem, was Sie uns erzählen, bei der Wahrheit bleiben. Falschaussagen, die wir aufdecken, würden unweigerlich zu einer Erhärtung unseres Verdachts führen. Dr. Schlummer wird Ihnen das sicherlich bestätigen können."

Dieser nickte und tätschelte aufmunternd Althaus' Arm.

„Gut. Würden Sie uns bitte sagen, wo Sie sich in der Nacht von Montag auf Dienstag, der Nacht, in der Hannah Zimmermann getötet wurde, aufgehalten haben?"

Althaus hob den Kopf und starrte Stefan mit blutunterlaufenen Augen an.

„Das habe ich doch schon gesagt. Zu Hause. Ich habe kein Alibi."

„Und Sie haben das Haus nicht verlassen?"

„Nein. Ich wollte meine Ruhe."

„Eine Zeugin hat ausgesagt, dass Sie kurz vor acht in Ihrem Haus eintrafen. Ist die Uhrzeit korrekt?"

„Ich hatte nicht auf die Uhr geschaut, aber das kann hinkommen", bestätigte Althaus ruhig, doch in seinem Blick zeigte sich Wachsamkeit.

„Die Zeugin hat dann weiter ausgesagt, dass sie Sie um Viertel vor neun mit einem Rennrad hat wegfahren sehen, in typischer Radfahrerbekleidung und mit einem Rucksack auf dem Rücken.“

Es war immer wieder interessant zu beobachten, welche Wirkung solch ein Schuss vor den Bug hatte.

Dr. Schlummer warf seinem Mandanten einen Blick zu, der mir verriet, dass Althaus ihm nicht alles gesagt hatte. Und Althaus wiederum starrte Stefan mit halb offenem Mund und weit aufgerissenen Augen an. Renate Hauptmann hatte demnach die Wahrheit erzählt.

„Herr Althaus“, setzte Stefan erneut an. „Wenn Sie uns nicht die Wahrheit sagen, können wir Ihnen auch nicht helfen.“

„Markus, wenn du das Haus tatsächlich verlassen hast, dann musst du jetzt wahrheitsgemäß erklären, wo du gewesen bist“, schlug Schlummer in die gleiche Kerbe.

„Ich bin doch einfach nur herumgefahren. Ich brauchte Luft, Bewegung, Ruhe!“, rief Althaus verzweifelt aus. „Aber das konnte ich denen doch nicht erzählen. Die hätten mich sofort eingesperrt. Kannst du das denn nicht verstehen!“

„Wo sind Sie denn hingefahren?“, fragte ich sanft, mit einem leichten Lächeln.

Althaus zuckte mit den Schultern. „Erst hoch zur Haar und in Niederense auf die Möhnestraße. Danach über den Stockumer Damm zurück nach Hause.

„Wie lange waren Sie unterwegs?“

„Bis halb elf.“ Althaus fuhr sich mit beiden Händen über sein Gesicht. „Danach habe ich geduscht und bin ins Bett gegangen.“

„Wenn Sie nur herumfahren wollten, warum sind Sie dann nicht vorn raus, sondern hinten durch den Garten?“

„Weil ich das immer so mache.“

Ich blickte kurz zu Stefan, der leicht nickte. Also fuhr ich fort: „Und warum hatten Sie einen Rucksack dabei, wenn Sie nur eine kurze Tour machen wollten?“

„Weil ich den immer dabeihabe.“

„Warum?“

„Na, da ist alles Notwendige drin. Regenzeug, ein Reparatur-Set, etwas zu trinken und ein kleiner Verbandskasten.“

„Sie hatten also alles für einen Notfall dabei?“

Althaus nickte.

„Warum haben Sie dann Ihr Mobiltelefon zu Hause gelassen, mit dem Sie jemanden anrufen konnten, wenn Sie Hilfe benötigt hätten?“

„Ich hatte es vergessen“, antwortete er leise.

„Hätten Sie uns sofort die Wahrheit gesagt, dann säßen Sie jetzt vielleicht gar nicht hier“, fuhr ich sanft fort. „Ich erzähle Ihnen einmal, wie wir die Situation aufgrund Ihrer Lüge einschätzen. Sie sind nach Soest zu Hannah Zimmermann gefahren. Man kann es mit einem Rennrad und gut trainiert in einer halben Stunde schaffen. Da die Wohnung der Firma gehört, besaßen Sie den Schlüssel und die Karte für die Tiefgarage. Von der Tiefgarage aus sind Sie mit dem Aufzug in die Wohnung, haben Hannah Zimmermann gegen halb zehn getötet, sie und das Rennrad in den SUV gelegt und sind dann an die Möhne gefahren. Nachdem Sie Hannah am See platziert hatten, haben Sie sich mit dem Auto einen ruhigen Waldweg gesucht, haben sich umgezogen, die Fahrradkleidung versteckt oder vernichtet und dann sind Sie mit dem Rad zurück zu Ihrem Haus. Sie haben Ihr Handy bewusst liegen

lassen, damit wir Ihren wahren Aufenthaltsort nicht nachprüfen können. Und das angelassene Licht im Wohnzimmer sowie Ihr eigener Wagen vor der Garage sollten den Nachbarn
den Eindruck vermitteln, dass Sie daheim waren." Ich lehnte
mich in meinem Stuhl zurück, ohne Althaus aus den Augen
zu lassen. „Überzeugen Sie uns davon, dass wir falschlie-
gen."

Meine kleine Geschichte hatte sowohl bei Althaus als auch
bei seinem Anwalt Bestürzung ausgelöst. Dr. Schlummer bat
um eine Unterbrechung, um mit seinem Mandanten allein zu
sprechen. Nach einer Viertelstunde kehrten wir zurück in den
Verhörraum.

„Ich würde gern zunächst Einsicht in die Ermittlungsunterlagen beantragen und diese durchsehen, bevor wir das Verhör
fortsetzen", erklärte Schlummer. „Wäre es Ihnen recht, wenn
wir das Verhör auf Montagmorgen verlegen könnten?"

Stefan hatte keine Bedenken. „Sind Sie mit dem Vorschlag
Ihres Verteidigers einverstanden, Herr Althaus?"

Markus Althaus sah unglücklich von einem zum anderen.
Die Aussicht, den Rest des Wochenendes in unseren Arrest-
zellen zu verbringen, behagte ihm augenscheinlich nicht.
Doch schließlich nickte er.

Sonntag

Bochum/Platanenweg

Unser Vormittag war angefüllt mit der wiederholten Auswertung sämtlicher Ermittlungsergebnisse. Gegen Mittag
schickte Stefan das gesamte Team nach Hause. Ihm war bewusst, dass wir uns festgefahren hatten und uns eine Pause
guttun würde. Obwohl Althaus im Fall Hannah Zimmermann
einen vielversprechenden Verdächtigen darstellte, war es uns

nicht gelungen, auch Beweise gegen ihn im Zusammenhang mit den beiden anderen Morden zu finden.

Ich unternahm einen ausgedehnten Spaziergang entlang der Wallanlage, kehrte auf eine Pizza bei Enrico ein und begab mich schließlich in meine Wohnung. Eine Stunde später machte ich mich auf den Weg nach Bochum.

Hannes und Waltraud Tegeler bewohnten einen Bungalow, dessen Grundstück an den Querenburger Friedhof stieß.

„Diese Nachbarn machen wenigstens keine lauten Partys", pflegte Hannes lachend zu erklären, wenn jemand die Nähe zum Friedhof ansprach.

Ich parkte meinen Wagen vor der rot geklinkerten Doppelgarage und lief über einen schmalen Patt aus Waschbetonplatten zur blendend weiß gestrichenen Haustür.

Mein Finger hatte den messingfarbenen Klingelknopf noch nicht berührt, als sich bereits die Tür öffnete und ich einem breit grinsenden Hannes Tegeler gegenüberstand. Im ersten Moment erschrak ich ein wenig über das von weißen Strähnen durchzogene schwarze Haar, die hängenden Schultern und das Wohlstandsbäuchlein, das sich unter dem dunkelgrünen Polo-shirt abzeichnete. Die Beförderung zum Polizeidirektor und die damit verbundene Verbannung hinter den Schreibtisch hatten Hannes nicht gutgetan, zumindest was das Körperliche betraf. Das letzte Mal, als ich ihn gesehen hatte, vor etwa fünf Jahren, war er noch aktiv in einer Sondereinheit sowie dem Ausbildungsdienst tätig, mit Waschbrettbauch und definierten Muskeln bis in die Fingerspitzen. Sein Lächeln jedoch und seine hellgrauen Augen mit dem aufmerksamen, fast röntgenartigen Blick waren immer noch dieselben.

„Fenja, Mädel, immer noch so pünktlich wie die Maurer!“, rief er aus und drückte mich an seine Brust. Dann schob er mich auf Armeslänge von sich. Seine großen Hände auf meinen Schultern ruhend, musterte er mich.

„Gut siehst du aus, Frau Oberkommissarin“, bemerkte er lächelnd. „Die Arbeit in der Provinz scheint dir zu bekommen.“

„Es ist halt etwas ganz anderes als in der Großstadt“, erwiderte ich lachend. „Aber deshalb nicht weniger spannend.“

„Tja, habe schon gehört, dass es bei euch nicht so richtig rund läuft. Ich gehe einmal davon aus, dass das der Hauptgrund für deinen Besuch ist.“

Ich errötete leicht und nickte.

„Egal“, winkte er ab. „Waltraud und ich freuen uns jedenfalls, dass du hier bist.“

Er lotste mich durch einen schmalen Flur in ein Wohnzimmer mit einer riesigen Panoramascheibe, die den Blick auf einen gepflegten, üppig blühenden Garten freigab.

Früher war ich hier häufiger zu Besuch gewesen, doch jedes Mal zog mich die minimalistische Einrichtung erneut in ihren Bann. Der dunkelrote Perser auf dem glänzenden Parkett, die Möblierung im Bauhausstil, das bis zur Decke reichende, gut bestückte Bücherregal, ließen keinen Platz für Nippes oder Erinnerungsstücke. Lediglich der großformatige, farbenfrohe Druck eines Gemäldes von Kandinsky, bei dem ich mich jedes Mal fragte, was es eigentlich darstellen sollte, war der einzige Wandschmuck in dem großen Raum.

Waltraud schaute von der Terrasse ins Zimmer hinein. Ein Strahlen ging über ihr Gesicht und mit weit ausgebreiteten Armen kam Hannes zierliche Frau auf mich zu.

„Mensch, Fenja, wie schön, dich wieder einmal hier zu haben!“, rief sie aus, zog mich nach draußen und platzierte mich auf einem bequemen Gartenstuhl, an den mit allerlei Leckereien gedeckten Tisch.

Nach dem Abendbrot begann Waltraud abzudecken. Als ich mich erbot, ihr zu helfen, winkte sie ab.

„Du bist doch nicht hier, um Küchenarbeit zu machen. Ihr beiden könnt jetzt ungestört quatschen“, reagierte sie augenzwinkernd und verschwand mit dem voll beladenen Tablett im Haus.

„Na, dann leg mal los“, forderte Hannes mich auf. „Aber du weißt schon, dass ein Gespräch mit mir über eure Fälle nicht ganz korrekt ist?“

„Ja, das weiß ich. Und ich weiß auch, dass es Stefan Gebhardt gegenüber nicht ganz fair ist. Aber wir drehen uns nur noch im Kreis. Jeder Ansatz verläuft sich in einer Sackgasse. Ich bin mir ziemlich sicher, dass wir die ganze Zeit etwas Wesentliches außer Acht lassen und ein Externer, wie du, unseren Denkfehler leichter aufdecken könnte.“

Hannes nahm einen Schluck von seinem Rotwein und nickte bedächtig.

„Die Häuptlinge in Dortmund sind nicht gerade entzückt von euren Ermittlungen. Sie werden Stefan mächtig unter Druck setzen, wenn euch nicht bald ein Durchbruch gelingt.“ Er lehnte sich in seinen Stuhl zurück. „Okay. Dann erzähl mal von Anfang an.“

Ich versuchte so strukturiert wie möglich über unsere drei Mordfälle, den Tod von Verena Althaus, die Stalkerin, unsere Verdächtigen, unsere Fortschritte als auch Rückschläge der Ermittlungsarbeiten sowie unsere Theorien zu berichten.

„Und jetzt ist nur noch Markus Althaus übrig. Aber etwas sagt mir, dass er nicht der Täter, sondern die Zielscheibe für den Mörder oder die Mörderin ist", schloss ich meine Erzählung.

Hannes nickte verstehend. Er hatte schweigend zugehört, mich nur zweimal unterbrochen, um eine Verständnisfrage zu stellen.

„Das sehe ich auch so", sagte er schließlich.

„Was?"

„Dass ihr es mit nur einem Täter oder einer Täterin zu tun habt. Ich neige eher dazu, dass es sich um eine Frau handelt, die sich an Althaus rächen will. Aber das ist lediglich meine persönliche Ansicht, Bauchgefühl", fügte Hannes in warnendem Ton hinzu. „Habt ihr alle Frauen, die mit Althaus vor Verenas Verschwinden eine Affäre hatten, befragt?"

Ich schüttelte den Kopf.

„Vielleicht ist er unglücklicherweise an eine Psychopatin geraten, die sich jetzt dafür rächt, dass er sie abserviert hatte."

„Ich werde es Stefan vorschlagen. Aber das werden nicht gerade wenige sein."

Hannes grinste mich an. „Mir ist aber noch etwas anderes aufgefallen." Er nahm einen Schluck von seinem Wein. „Ihr habt wahnsinnig viele Informationen gesammelt. Vieles davon scheint nur Füllstoff zu sein, der euch den Blick auf das Wesentliche versperrt. Auch habe ich den Eindruck gewonnen, dass eure Ermittlungsansätze mehr auf Vermutungen und weniger auf Fakten fußen. Ihr solltet alles noch einmal durchforsten, die gesicherten Fakten als Basis nehmen und dann nach Informationen und Indizien suchen, die ihr an die Fakten andocken könnt. Die Infos, die nirgendwo hinpassen, packt ihr in einen besonderen Pool. Das hat zum einen den

Vorteil, dass ihr den ganzen Füllstoff loswerdet. Zum anderen könnte euch eine sorgfältige Umstrukturierung den Blick auf Neues öffnen.“

Innerlich stöhnte ich auf, als ich auf die damit verbundene Arbeit dachte, die selbst einem Sisyphus die Show stehlen würde. Hannes hatte an meinem Mienenspiel erkannt, was mir gerade durch den Kopf ging.

„Ich weiß, dass das eine Mordsaufgabe ist. Aber wenn ihr weiterhin keine eindeutigen, mit tragfähigen Fakten untermauerte Strukturen hinbekommt, werdet ihr auch nicht erkennen, wo es hakt.“

Ich schnaubte. „Fakten, das ist ja das Problem. Es lässt sich ja so gut wie nichts beweisen. Was haben wir? Drei Frauen, die auf die gleiche Art ermordet wurden, und eine tote Ehefrau. Einen Typen …“

„Warte. Da ist schon der erste Denkfehler“, unterbrach mich Hannes sanft.

„Wie bitte?“

„Es ist kein Faktum, dass Verena Althaus tot ist. Es gibt keine Zeugen, die beobachtet haben, dass sie über Bord gegangen ist. Es gibt keine Hinweise, dass sie Selbstmord begangen hat. Ihre Leiche wurde nie gefunden. Das Blut an der Reling und das gefundene Feuerzeug sind lediglich Indizien.“

„Glaubst du etwa, dass sie noch lebt?“, fragte ich überrascht.

„Fenja, ich glaube gar nichts. Es geht mir nur darum, dir zu zeigen, dass ihr nicht sorgfältig Fakten von Vermutungen abgrenzt. Fakt ist, dass Verena Althaus seit der Überfahrt nach Irland vermisst wird – Punkt. Vielleicht gibt es noch mehr ungesicherte Annahmen, die ihr als Fakt zugrunde legt. Und darum müsst ihr alles noch einmal detailliert überprüfen.

Denn auch, wenn sich etwas realistisch anhört, kann es sein, dass es mit der Realität nicht übereinstimmt."

Verena

Ein Jahr zuvor
Keltische See/43 Seemeilen westlich Skilly Islands

Verena Althaus stemmte sich gegen die Wand des Treppenaufgangs. Selbst durch ihre dicke Daunenjacke konnte sie die eisige Kälte des Stahls in ihrem Rücken spüren. Eine heftige Böe riss an ihrem Haar und benetzte ihr Gesicht mit salziger Gischt.

Verena fingerte eine Zigarette aus der Verpackung. Erst nach dem vierten Versuch gelang es ihr, sie mit dem goldenen Feuerzeug, das ihr Markus zum 2. Hochzeitstag geschenkt hatte, anzuzünden. Sie nahm einen tiefen Zug und hasste sich dafür, dass ihre Finger so unkontrolliert zitterten.

Sie hatte gedacht, dass die Ehe mit Markus ihr das Glück bringen würde, das sie sich immer erhofft hatte. Doch der Mistkerl hatte sie immer wieder belogen und betrogen und dafür würde er jetzt büßen.

Sie hatte alles bis ins kleinste Detail geplant. Dank einer Dosis Schlaftabletten, die sie Markus in sein Getränk gemischt hatte, war er vor einer halben Stunde in der Kabine in einen tiefen Schlaf gefallen. Er würde sich also schwertun, der irischen Polizei ein nachprüfbares Alibi zu präsentieren.

Zwei Dinge musste Verena jedoch noch erledigen, damit die Polizei einen Mordanschlag auf sie in Betracht ziehen würde und der Dreckskerl im Knast verrotten würde. Sie nahm einen letzten Zug und ließ den Rauch tief in ihre Lungen strömen. Dann schnippte sie die Kippe in hohem Bogen hinaus ins brodelnde Meer. Eine heftige Sturmböe ließ das Schiff gefährlich schlingern. Verena suchte mit beiden Händen Halt an der Reling. Wankend zog sie sich an dem kalten

Stahl zur anderen Seite des Treppenabsatzes. Dort angekommen, ließ sie sich aufs Gesäß fallen und zog das Feuerzeug aus ihrer Jackentasche. Unter der letzten Stufe der hinaufführenden Treppe schob sie das goldene Teil bis zur Wand und verkeilte es in einer Ablaufrinne. Nur mit einiger Mühe kam Verena wieder auf die Beine. Immer wieder brandeten die mächtigen Wellenberge gegen die Schiffswand, und die Fähre legte sich mit jedem neuen Angriff der tobenden See auf die Seite. Schließlich gelangte Verena zurück an ihren Ausgangspunkt. Sie griff in die Tasche ihrer Jeans und zog ein Taschenmesser heraus. Fast hätte sie es nicht geschafft, die blitzende Klinge aus dem Messergriff zu ziehen, die Finger steif von der eisigen Kälte. Sie starrte den blanken Stahl einen Moment an, bevor sie mit einem schnellen Schnitt die Haut ihres Handballens aufritzte. Rasch verteilte sie das austretende Blut an der Reling und der Wand, gegen die sie lehnte. Zufrieden betrachtete sie das merkwürdige, rote Muster, das ihr Blut auf den weißen Lack gemalt hatte.

Sie mahnte sich, dass es nun höchste Zeit war, ihren Plan zu vollenden. Mit beiden Händen klammerte sie sich an die Reling und setzte die Füße, einen nach dem anderen, auf die unterste Strebe des Schiffsgeländers. Dann hob sie den Blick gen Himmel. Der wilde Schrei, den sie ausstieß, wurde von dem tosenden Sturm von ihren Lippen gerissen.

Montag

Soest/Kreispolizeibehörde

Ich lehnte mit der Stirn gegen das kalte Glas der Balkontür und starrte hinaus in die vom Nieselregen trübe Luft. Heute war das gemütliche Frühstück mit Else buchstäblich ins Wasser gefallen. Ich hegte die stille Hoffnung, dass sie vorbeischauen würde, um sich ihre Nuss abzuholen. Doch anscheinend hatte sie keine Lust dazu, bei diesem Wetter ihren Schlafbaum zu verlassen.

Die Nacht über war mir das Gespräch mit Hannes im Kopf herumgegeistert. Sollten wir tatsächlich so unprofessionell gewesen sein, nicht überprüfte Fakten, schlimmer noch Fakten, die durch unsere Vermutungen kreiert worden waren, als Grundlage unserer Ermittlungen verwendet haben? Oder war das lediglich eine Erbsenzählerei gewesen, zu der Hannes gelegentlich neigte? Egal. Wir mussten all unsere Informationen erneut überprüfen und strukturieren. Auch mussten wir die Frauen von Althaus vielfältigen Affären aufspüren und befragen. Nur wie sollte ich das Stefan erklären? Er würde zu Recht stocksauer auf mich sein, wenn ich ihm erzählte, dass ich mit meinem alten Ausbilder gesprochen hatte. Blieb nur, es als meine eigenen Ideen darzustellen. Doch mich mit den Federn anderer zu schmücken, war ein Umstand, der mir überhaupt nicht gefiel.

Mit einem leisen Seufzer stieß ich mich von der Fensterscheibe ab, trank den letzten Schluck meines mittlerweile kalten Kaffees und machte mich auf den Weg ins Revier.

Im Foyer ging es unerwartet turbulent zu. Zwei alte Frauen mit Rollatoren standen an der Theke und beschimpften einander wie zwei Fischweiber. Der uniformierte Kollege, der sich um die beiden zu kümmern versuchte, warf mir einen Hilfe suchenden Blick zu.

„Nimm die beiden Alten in Gewahrsam, bis sie sich abgekühlt haben", rief ich ihm zu.

Augenblicklich herrschte Stille. Zwei Augenpaare warfen mir vernichtende Blicke zu. Doch ich scherte mich nicht weiter um die beiden Kampfhennen, hatte ich doch selbst mehr als genug eigene Baustellen.

Tessa und Dennis saßen vor ihren Computern und beobachteten konzentriert, was auf den Bildschirmen geschah. Nicolas telefonierte und Ina hackte auf ihre Tastatur ein, als gelte es, diese in ihre Einzelteile zu zerlegen.

„Guten Morgen", warf ich in den Raum.

Keine Reaktion.

Ich erhob die Stimme. „Ist Stefan in seinem Büro?"

„Nee, den haben sie nach Dortmund zitiert. Die Häuptlinge scheinen mit unseren Ermittlungen sehr unzufrieden zu sein", erklärte Ina, ohne den Blick zu heben.

„Das bin ich auch", gab ich zurück. „Hört mir mal alle einen Moment bitte zu. Ich habe mir gestern Abend überlegt, dass wir uns bisher nicht mit Althaus' weiter zurückliegenden Affären befasst haben. Vielleicht ist Althaus ja an eine Psychopathin geraten, die sich dafür rächt, dass er sie abserviert hatte."

Als ich merkte, dass ich exakt Hannes Formulierung benutzte, schoss mir die Schamesröte ins Gesicht. Ich räusperte mich. „Wir haben doch Althaus' geheimes Handy mit den SMS seiner Affären und die Videos von seinem Computer. Wir sollten die Identitäten der Frauen herausfinden. Tessa, Ina, würdet ihr das bitte übernehmen?"

„Ich soll mir diese scheiß Privatpornos reinziehen?", reagierte Ina aufgebracht.

„Professionelle Sexfilmchen wären dir wohl lieber, was?", feixte Nicolas.

Sowohl Ina als auch Tessa und ich schickten ihm böse Blicke, worauf er den Anstand besaß, zu erröten.

„Komm Ina, wir gehen in den Besprechungsraum“, meldete sich Tessa beschwichtigend und erhob sich. Murrend
folgte Ina Tessa hinaus.

„Und wie weit seid ihr beiden mit dem SUV?“

„Ich bin fast mit Hessen durch und Dennis mit Niedersach-
sen“, berichtete Nicolas. „Leider nichts Passendes gefunden.“

„Wäre auch zu schön gewesen“, erwiderte ich und setzte
mich an meinen Computer. Dann kam mir eine Idee. Ich griff
nach dem Telefonhörer und wählte die Nummer von Althaus'
alter Firma.

Eine nette, junge Stimme bat mich zu warten, sie würde
mich verbinden.

„Schröder“, tönte es schließlich aus der Hörmuschel.

Ich stellte mich vor und erklärte mein Anliegen.

„Sie wollen von mir also eine Liste mit allen Kolleginnen,
die mit Althaus im Bett waren“, brachte Frau Schröder es auf
den Punkt.

„Ja. Das heißt, alle, die Ihnen bekannt sind.“

Frau Schröder schien vom Klang ihrer Stimme her schon
etwas älter zu sein. Zudem reagierte sie überraschend ge-
schäftsmäßig, wenn man meine Bitte betrachtete.

„Ich kenne sie alle. Ich bin seit vierzig Jahren hier Buch-
halterin. Was glauben Sie, wie aussagekräftig Reisekostenab-
rechnungen sein können?“, erklärte sie trocken. „Haben Sie
einen richterlichen Beschluss?“

Jetzt wurde es knifflig. War sie tatsächlich so tough, wie ich
sie einschätzte?

„Nein.“ Ich entschied mich, bei der Wahrheit zu bleiben.

„Gut. Geben Sie mir Ihre Faxnummer. Ich schicke Ihnen in
dreißig Minuten eine Liste zu. Vorausgesetzt, das Ganze

bleibt unter uns und Sie löschen den Eingangsspeicher in Ihrem Gerät."

„Niemand wird erfahren, woher ich die Liste habe", versprach ich ernst. „Herzlichen Dank für Ihre Hilfe."

Doch Frau Schröder hatte bereits aufgelegt.

Verwirrt starrte ich einen Moment auf den Hörer in meiner Hand. Dann stellte ich die Weckfunktion meines Handys auf 25 Minuten. Kurz überlegte ich, Isleen Feeney anzurufen, verwarf es jedoch. Zunächst musste ich mit Stefan sprechen.

Unschlüssig ließ ich den Blick über meinen Schreibtisch wandern, bis er an dem Fotoalbum von Hannah Zimmermann hängenblieb. Ich schlug es auf und betrachtete die Aufnahmen erneut. Bei dem letzten Foto stutzte ich, hatte es doch ein anderes Format als die Bilder zuvor. Ich strich mit dem Finger darüber und spürte eine Unebenheit. Vorsichtig löste ich die Aufnahme aus seiner Verklebung und stellte verwundert fest, dass sich ein Drittel des Fotos umgeklappt dahinter verbarg. Neben Althaus kam eine Frau mit blondem Haar zum Vorschein. Ihr Gesicht war sorgfältig herausgeschnitten worden. Nicht ungewöhnlich, wenn man die Situation von Hannah Zimmermann betrachtete, wäre da nicht ein Detail gewesen, das mich fassungslos machte.

Der Wachhabende schloss mir die Arrestzelle auf. Markus Althaus saß in der hintersten Ecke seines Bettes, die Knie angezogen und seine Arme darum geschlungen.

„Guten Morgen, Herr Althaus. Ich möchte Sie gern etwas fragen."

„Ohne meinen Anwalt sage ich nichts", erwiderte er schroff.

„Es geht nicht um den Verdacht gegen Sie, sondern um eine Person auf einem Foto." Ich hielt ihm das Bild entgegen. „Können Sie mir sagen, wer die Frau an ihrer rechten Seite ist?"

Wie in Zeitlupe streckte er den Arm aus und griff nach dem Bild.

„Wer hat ihr das Gesicht herausgeschnitten?"

„Wahrscheinlich Hannah Zimmermann. Ich habe es in einem ihrer Fotoalben entdeckt."

Althaus strich sanft mit dem Daumen über die verunstaltete Frau.

„Das ist Verena. Es wurde kurz vor der Abfahrt von Cherbourg nach Irland aufgenommen."

„Und dieser rote Schal. Gehört er Ihrer Frau?"

„Was denken Sie denn?", fuhr Althaus mich an. „Sie hat ihn so gut wie immer getragen."

„Und ihn in Italien nach ihrem Entwurf weben lassen", ergänzte ich.

„Woher wissen Sie das?"

„Das hat mir Sabine Becker erzählt."

Verdutzt sah Althaus mich an. „Wer ist Sabine Becker?"

„Na, die beste Freundin Ihrer Frau." Nun war es an mir, verblüfft zu sein.

„Meine Frau hatte weder eine Freundin mit dem Namen Sabine noch mit Becker", reagierte er entschieden und reichte mir das Foto zurück. „Und jetzt bitte ich Sie, zu gehen."

Wie kam Sabine Becker an den Schal? Meine Synapsen veranstalteten ein wahres Feuerwerk in meinem Kopf. Sollte unsere unbekannte Frau von Deck 5 Sabine Becker gewesen sein? Hatte sie Verena getötet und ihr dann, bevor sie die

Leiche ins Wasser warf, den Schal abgenommen? Und letztlich die Stirn besessen, mit diesem Schal um den Hals hier aufzutauchen und Horrorgeschichten über Althaus zu erzählen?

Hätte Hannes Tegeler von meinen Gedankengängen gewusst, wäre er wahrscheinlich vor Lachen vom Stuhl gefallen. Doch leider hatte mein Gehirn anderes zu tun, als solch ein Bild in meinem Kopf entstehen zu lassen. Ein Versäumnis, das Ina fast das Leben kosten sollte.

Ich griff nach Sabine Beckers Visitenkarten und wählte die dort angegebene Mobilnummer. Nach dem zweiten Ruf sprang die Mailbox an.

„Hallo Frau Becker. Fenja Grothe von der Kripo Soest am Apparat. Würden Sie mich bitte zurückrufen?"

Unschlüssig starrte ich mein Telefon an. Hatte die Becker vielleicht Festnetz? Und tatsächlich hatte ich Glück. Das Internet spuckte eine Telefonnummer aus. Ich hatte gerade die Vorwahl von Berlin eingetippt, als sich meine Weckfunktion meldete. Rasch ging ich in den Raum, in dem das Faxgerät stand. Ein lautes Piepen kündigte bereits den Eingang einer Nachricht an. Auf der Liste, die Frau Schröder geschickt hatte, waren acht Positionen mit Namen und Kontaktdaten verzeichnet. Eine davon gehörte zu Hannah Zimmermann.

Obwohl Tessa und Ina diese Liste zur schnelleren Identifizierung der Geliebten von Althaus benötigten, entschied ich mich, bevor ich sie ihnen brachte, es noch einmal bei Sabine Becker über Festnetz zu versuchen.

„Jan Becker." Die Stimme ließ mich vermuten, dass ich es mit einem Teenager zu tun hatte. „Oberkommissarin Fenja Grothe von der Kripo in Soest. Guten Tag, Jan. Ich halte nach einer Zeugin Ausschau, die in Berlin wohnt und Sabine Becker heißt.“

„Meine Mum heißt so“, kam zögernd die Antwort. „Hey, ist das irgendein Fake oder sind Sie tatsächlich von der Polizei?“

Ich konnte mir ein Lächeln nicht verkneifen.

„Es ist kein Fake. Du kannst aber gern die Kreispolizeibehörde in Soest anrufen und dich mit mir verbinden lassen“, schlug ich vor.

„Schon gut“, erwiderte er gelassen. „Meine Mum ist einkaufen. Wird in einer halben Stunde wieder da sein.“

„Jan, da ich nicht weiß, ob deine Mum tatsächlich die betreffende Zeugin ist, könntest du sie mir bitte beschreiben?“

„Klaro! Eins sechzig groß. Ganz schön was auf den Rippen. Braunes, halblanges Haar.“

„Dann ist deine Mum leider nicht unsere Zeugin. Ich danke dir trotzdem, Jan.“

„Kein Problem.“ Und schon war die Verbindung unterbrochen.

Die Frau, die vor nicht ganz drei Tagen vor mir gesessen und Markus Althaus schwer belastet hatte, war also eine Identitätsdiebin. Und ich blöde Kuh war wie eine Anfängerin darauf hereingefallen und hatte mal nicht bemerkt, wie geschickt sie mir ihren Personalausweis vorenthalten hatte. Ich hätte mich in den Hintern beißen können, dass ich mich von einer mutmaßlichen Mörderin, und dass sie eine war, stand für mich nach dem Telefonat außer Zweifel, hatte austricksen lassen.

Stinkwütend über dieses hinterlistige Weib und meine eigene Blödheit, stapfte ich böse vor mich hinmurmelnd in den

Besprechungsraum. Ina und Tessa blickten überrascht auf. Den Geräuschen aus den Lautsprechern nach zu urteilen, lief etwas Unappetitliches auf der Leinwand.

„Macht mal den Mist aus", gab ich unfreundlich von mir. „Ich habe hier eine Liste mit Frauen, die vor Verenas Verschwinden eine Affäre mit Althaus hatten."

Tessa drückte zwei Knöpfe. Die Bilder auf der Leinwand verschwanden und der Ton verstummte.

„Tessa, mach bitte eine GPS-Ortung dieser Handy-Nummer." Ich reichte ihr die Visitenkarte.

„Hast du einen Beschluss?", fragte Tessa vorsichtig, wechselte aber bereits ihren Platz vor einen der anderen Computer.

„Nein, aber einen begründeten Verdacht bezüglich Identitätsdiebstahl und Mord an mindestens drei Frauen."

Tessa tippte die Nummer ein. Im selben Augenblick meldete sich mein Telefon – Sabine Becker.

„Die Frau ist gerade in der Leitung", teilte ich den beiden anderen mit, bevor ich den Anruf annahm und auf Lautsprecher stellte.

„Frau Becker, das ist ja nett, dass Sie sich so schnell bei mir melden."

„Gern, aber ich habe nicht viel Zeit. Ich bin gerade auf dem Weg zum Flughafen."

„Ach, Sie sind in Berlin?"

„Ja. Was kann ich für Sie tun?"

Wild gestikulierend, forderte mich Tessa auf, auf den Bildschirm zu schauen. Der auf der sichtbaren Karte blinkende Punkt war eindeutig nicht in Berlin. Am oberen Rand erkannte ich die Möhnetalsperre.

„Ich wollte Ihnen nur mitteilen, dass Markus Althaus in Untersuchungshaft ist. Dank Ihrer Aussage sieht es nicht gut für ihn aus", erklärte ich gelassen, obwohl ich es keineswegs war.

„Das freut mich sehr!" Die Genugtuung in ihrer Stimme konnte sie nicht verbergen.

„Mein Vorgesetzter würde Ihnen gern noch ein paar Fragen stellen. Aber das muss nicht heute sein. Rufen Sie mich doch einfach morgen im Laufe des Tages, wenn Sie mehr Zeit haben, an. Ich wünsche Ihnen einen guten Flug."

„Danke. Ich melde mich auf alle Fälle bei Ihnen."

Ina sah mich an, als hätte ich nicht alle Tassen im Schrank.

„Was sollte denn dieser höfliche Scheiß?", platzte es aus ihr heraus. „Die Bitch lügt doch wie gedruckt!"

„So etwas nennt man in Sicherheit wiegen", gab ich lächelnd zurück. „Was ist da, wo sich die Frau gerade aufhält?", wandte ich mich an Tessa.

Diese öffnete ein Satellitenbild und zog es größer.

„Sieht aus, als wäre dort eine Hütte im Wald."

„Okay. Ina, hohl deine Dienstwaffe und zieh die Schutzweste über. In fünf Minuten ist Abfahrt."

„Du willst mit Ina allein dahin?", fragte Tessa alarmiert, nachdem sich die junge Kollegin getrollt hatte. „Willst du nicht auf Stefan warten?"

„Tessa, es kann sein, dass die Frau doch misstrauisch geworden ist. Ich kann nicht riskieren, dass sie abhaut."

„Aber …"

„Kein aber! Du beobachtest die Ortung. Sollte sich etwas verändern, schickst du mir eine Nachricht. Auch benötige ich die GPS-Daten." Ich war bereits an der Tür, als mir noch etwas einfiel. „Orte mein und Inas Handy ebenfalls, dann kannst du sehen, wo wir uns befinden. Unter Umständen musst du Verstärkung schicken."

Gott sei Dank hatte der Regen aufgehört und die Sonne war hervorgekommen. Die Möhne präsentierte sich uns in einem kräftigen Blau, als wir die Delecker Brücke überquerten und 300 Meter weiter in einen Waldweg einbogen. Ich parkte den Wagen so, dass Sabine Becker, sollte sie die Flucht ergreifen, nicht daran vorbeikam.

„Und jetzt?", fragte Ina in ihrer gewohnt mürrischen Art und stieg aus.

„Den Rest gehen wir zu Fuß. Die Hütte liegt 200 Meter bergauf. Ich will sie mir zunächst in Ruhe von außen anschauen."

Die Hütte entpuppte sich als ein stabiles Holzhaus, das als Jagdhütte oder Ferienhaus diente. Aus der Deckung des dichten Unterholzes heraus beobachteten wir das Gebäude und den Rasenplatz davor. Es hätte verlassen gewirkt, wenn nicht die Motorhaube eines dunklen SUVs hinter der Hausecke hervorgelugt hätte.

„Ina, du hörst mir jetzt genau zu. Wir werden das Haus einmal umrunden. Du gehst links, ich rechts. Bleib aber immer in Deckung, egal was passiert. Hast du mich verstanden?"

„Ähm, ja."

„Und du wirst nur das tun, was ich dir sage."

„Aber …"

„Keine Widerrede."

Fünf Minuten später trafen wir uns an der Rückseite des Gebäudes wieder. Das Haus war auf einem aus grünem Sandstein gemauerten Sockel gebaut. Es gab nur einen Zugang über eine vierstufige Treppe. Der nun gut sichtbare SUV war genau von dem Typ, nachdem wir seit Tagen gesucht hatten.

„Der Wagen kommt aus Unna!", bemerkte Ina verblüfft. „Warum haben Nicolas und Dennis ihn dann nicht aufgestöbert?"

Ich rief Tessa an und gab ihr das Kennzeichen durch. Der Wagen war auf eine Marlene Gutfreund in Unna zugelassen. Verwirrend war allerdings, dass die Halterin über 90 Jahre alt war.

„Tessa, ruf die Frau bitte mal an."

Nach knapp zehn Minuten meldete sich Tessa zurück und berichtete, dass Frau Gutfreund zunächst in ihre Garage gehen musste, da sie ihren Wagen, einen altersschwachen Kadett, schon seit Monaten nicht mehr gefahren wäre. Dabei hatte die alte Dame festgestellt, dass die Nummernschilder nicht mehr da waren. Sabine Becker, oder wie sie auch immer heißen mochte, hatte also die Kennzeichen gestohlen. Doch woher hatte sie gewusst, dass der Diebstahl für einen längeren Zeitraum nicht auffallen würde? Eine Frage, die uns sicherlich von ihr im Verhör beantwortet werden könnte.

Meine Waffe durchgeladen und gesichert im Holster wissend, klopfte ich an die dunkelgrüne Holztür. Schritte waren zu hören. Die Tür wurde von einer Frau mit blonden, langen Haaren einen Spalt geöffnet. Als sie begriff, wer geklopft hatte, schlug sie die Tür zu.

Ich griff nach meiner Waffe.

„Wir gehen da jetzt rein. Ich gehe vor, du sicherst. Keine Alleingänge!", gab ich Ina Anweisung.

Mit einem gezielten Tritt in Höhe der Klinke flog die Tür auf und knallte mit Wucht gegen die Innenwand. Der Flur lag verlassen vor uns.

Ich öffnete die erste Zimmertür auf der rechten Seite. Ein Schlafzimmer kam zum Vorschein, darin zwei gepackte Koffer neben dem Bett.

„Sicher", informierte ich Ina.

Zwei weitere Türen auf der linken Seite gaben ein Bad und einen Abstellraum frei, beide leer.

Ich wandte mich zu Ina um, doch sie war verschwunden. Sie musste sich an mir vorbeigeschlichen haben, und ich nahm gerade noch aus den Augenwinkeln wahr, dass sie in das vor Kopf liegende, offene Wohnzimmer verschwand.

Ein spitzer Schrei folgte und ich hörte Inas Waffe zu Boden poltern.

Vorsichtig näherte ich mich, die Waffe im Anschlag. Dann sah ich Ina, hinter ihr die blonde Frau, die ihr ein großes Küchenmesser an die Kehle drückte. Trotz der Frisur und der fehlenden Brille erkannte ich sie. Sabine Becker.

Stefan betrat das Revier. Die einstündige Fahrt von Dortmund hatte seinen Ärger nicht abkühlen können. Die haltlosen Vorwürfe seines Chefs zu den Ermittlungen und seine unqualifizierten Ratschläge, wie man es besser machen könne, hatten Stefan an den Rand einer Weißglut gebracht.

Dass er Fenja nicht an ihrem Schreibtisch sitzend vorfand, machte seine Laune nicht besser. Grußlos stapfte er an den Kollegen vorbei in den Besprechungsraum. Dort traf er lediglich auf Tessa, die auf den Computer starrte.

„Wo ist Fenja?"

„Hier", gab Tessa unbekümmert von sich, bevor sie aufsah und die beiden rot glühenden Narben auf Stefans Wange sowie seinen wütenden Blick bemerkte.

Erschrocken zuckte sie zusammen. „Ich meine hier. Hier auf dem Computer", ergänzte sie schnell. „Ich habe ihr Handy in der Ortung."

„Warum in Gottes Namen orten Sie ihr Handy?“ Stefan trat hinter Tessa und blickte auf den Bildschirm.

„Weil sie sich mit unserer unbekannten Frau trifft“, erwiderte die junge Beamtin vorsichtig.

„Sie macht was! Wo ist das, verdammt?“

„Am Südufer von Delecke. In einer Jagdhütte.“

Stefan starrte auf die drei pulsierenden Punkte, die Finger wild knetend an seinem Ohrläppchen.

„Und wer sind die anderen beiden?“

„Na, Ina und unsere Unbekannte, die bei uns als Sabine Becker ihre Aussage gemacht hatte.“

„Und wie kommt Fenja darauf, dass es unsere gesuchte Frau ist?“ Stefans Stimme war gefährlich leise geworden.

„Weil sie bei ihrer Aussage einen Schal trug, den Verena auf der Fähre dabeihatte. Und weil sie die Identität einer Frau aus Berlin gestohlen hat.“

„Und Fenja ist lediglich in Begleitung von Ina dorthin gefahren?“

„Ich hatte ihr gesagt, dass sie erst mit Ihnen sprechen solle“, verwahrte sich Tessa. „Doch Fenja hatte Angst, dass die Frau sich absetzen könnte.“

„Himmelherrgott noch mal! Wie blöde muss man sein!“, polterte Stefan plötzlich los und rannte zur Tür. „Schicken Sie mir die GPS-Daten.“

Möhne/ Delecker Südufer

Ina, erstarrt und kreideweiß im Gesicht, blickte mich aus weit aufgerissenen Augen an. Im Bruchteil einer Sekunde fällte ich meine Entscheidung. Langsam senkte ich meine Waffe, drückte das Magazin heraus und legte beides auf den Esstisch neben mir. Inständig hoffte ich, dass die Frau sich mit Schusswaffen nicht auskannte. Die eine Patrone, die im Pistolenlauf auf ihren Einsatz wartete, war die einzige Lebensversicherung für Ina und mich.

„Bitte, legen Sie das Messer weg“, bat ich mit erhobenen Händen. „Ich finde, dass es schon genügend Tote gegeben hat. Lassen Sie uns in Ruhe reden.“

Ein Schnauben löste sich von den rot geschminkten Lippen der Frau. Böse funkelte sie mich an.

„Ihre Psychospielchen können sie stecken lassen. Ich werde jetzt mit ihrer Kollegin dort hinausgehen und sie wird mich auf meiner Reise in die Freiheit begleiten“, gab sie entschieden von sich. „Schalten Sie Ihr Handy aus und legen Sie es ebenfalls auf den Tisch.“

Ich tat, was sie sagte, wohl wissend, dass Tessa jetzt die Kavallerie losschicken würde. Ich musste also Zeit gewinnen.

„Und jetzt ketten Sie sich mit Ihren Handschellen an dem Heizungsrohr hinter Ihnen an. Die rechte Hand“, befahl sie.

Ohne Hast tat ich, was sie verlangte, darauf bedacht, meine Waffe mit der linken Hand noch erreichen zu können. Dass ich sowohl mit rechts als auch mit links einen zielsicheren Schuss abgeben konnte, wusste die Frau schließlich nicht. Ich zog einen Stuhl unter dem Tisch hervor und setzte mich.

„Frau Becker, oder soll ich Sie lieber Frau Gutfreund nennen?“ Ich riskierte einen Schuss ins Blaue.

„Aha, das mit den Kennzeichen wissen sie also auch schon.“

„Wie haben Sie das denn hinbekommen?“ Mein interessierter Plauderton ließ sie zögern. Misstrauisch betrachtete sie mich, bevor sie den Mund öffnete.

„Ich war eine Nachbarin von Frau Gutfreund und gelegentlich rufe ich sie an. Und als sie mir von ihrer immer noch angemeldeten Rostlaube erzählte, kam mir die Idee. Es wird Ihnen aber nicht weiterhelfen.“

„Also nutzen Sie noch weitere Namen? Sie werden sie mir aber sicherlich nicht verraten, oder?“ Ich lächelte leicht. Gleichzeitig hoffte ich, dass ich die Frau richtig einschätzte.

„Sie können jederzeit das Haus verlassen. Doch ich bitte Sie, mir vorher zu erzählen, was damals auf der Fähre passiert ist. Liege ich richtig, dass sie Verena Althaus das Leben nahmen, ihren Schal einsteckten und sie dann über Bord beförderten?"

Die Frau lachte laut auf.

„Ja, ich habe Verena ihr Leben genommen oder besser gesagt ihre Identität vernichtet."

Mein Plan, sie zum Reden zu bringen, schien aufzugehen.

„Wie meinen Sie das genau?", fragte ich ehrlich überrascht ob der besonderen Formulierung.

„Mensch, Fenja", blafft Ina mich plötzlich an. „Sie ist Verena."

„Heller Kopf, ihre Kollegin", lobte die Frau in verächtlichem Ton. „Hätte ihr aber besser früher einfallen sollen, nicht wahr?"

Wenn jemand einen Grund hätte, mir das anzutun, fällt mir nur meine Frau Verena ein. In meinem Gedächtnis blitzten diese Worte von Althaus auf. Das war also das fehlende Puzzlestück, das all unsere Ermittlungsergebnisse logisch zusammenfügen würde.

„Wie haben Sie es geschafft, dass wir Sie nicht auf den Überwachungskameras der Fähre entdecken konnten?"

„Oh, kurz zusammengefasst: Ich hatte den Tatort vorbereitet. Dann bin ich zum Treppenabsatz von Deck 3 hinauf. Dort hatte ich eine Tasche mit einem Mantel und einer Perücke versteckt. Die Sachen habe ich übergezogen und alles andere ins Wasser geworfen. Und auf Deck 2 habe ich das Schiff wieder betreten."

Mit Genugtuung stellte ich fest, dass ich das Mitteilungsbedürfnis von Verena richtig eingeschätzt hatte.

„Und alles sollte so aussehen, als hätte ihr Mann Sie getötet?", bot ich ihr eine neue Steilvorlage an.

„Natürlich. Ich hatte ihm Schlaftabletten in den Kaffee gemischt. Selig in seiner Koje schlummernd, hätte er kein Alibi nachweisen können. Die Iren hätten ihn angeklagt, da er ein hervorragendes Motiv hatte – Habgier.“

„Und dann kam Hannah Zimmermann mit dem falschen Alibi.“

„Diese blöde Kuh!“, ging Verena emotional hoch. „Die war ihm vollkommen verfallen. Die hätte alles für ihn getan.“

Die plötzliche Wut, die bei ihr aufflammte, ließ sie den Druck auf Inas Hals erhöhen. Ina stöhnte leise auf und ich sah, wie sich unter der blitzenden Messerklinge ein Blutstropfen löste.

Stefan raste die B229 entlang. Kurz vor dem Abzweig nach Körbecke meldete sein Handy den Eingang einer Nachricht.

„Hier.“ Er reichte Nicolas Baur, der auf dem Beifahrersitz saß, das Gerät. „Lesen Sie.“

„Ist von Tessa. Fenjas Signal ist nicht mehr da.“

„Scheiße!“, entfuhr es Stefan.

„Ich kapiere ohnehin nicht, wie man auf so eine blöde Idee kommen kann, ausgerechnet mit Ina dorthin zu fahren“, meldete sich Dennis Stabler vom Rücksitz.

Stefan warf einen überraschten Blick in den Rückspiegel. Noch nie hatte er von Dennis einen solch langen Kommentar gehört.

„Ich auch nicht, Stabler“, erwiderte er und trat das Gaspedal durch.

Kurz hinter der Delecker Brücke bog er mit Schwung in den angegebenen Waldweg ein und trat erschrocken auf die Bremse. Er schaffte es mit knapper Not, vor Fenjas quer gestellten Wagen zu stoppen.

„Und jetzt?“, meldete sich Dennis Stimme von hinten.

„Na, was wohl? Aussteigen und zu Fuß weiter, du Hirni“, antwortete Nicolas und verdrehte die Augen.

„Die Hütte liegt etwa 200 Meter vor uns“, informierte Stefan die beiden Kollegen. „Am besten, wir nähern uns von drei Seiten. Stabler, Sie gehen links durch den Wald, Baur, Sie rechts und ich nehme den Weg. Wir bleiben erst einmal in Deckung und beobachten. Schalten Sie die Funkgeräte ein."

„Und Sie hatten eine Kabine auf falschem Namen gebucht", wechselte ich das Thema, um Verena von ihrer Wut abzulenken.

„Ja", sprang sie gleich darauf an. „Seit Irland in der EU ist, ist das alles kein Problem mehr. Außerdem musste ich den Rest der Nacht ja irgendwo verbringen."

„Wie ging es dann weiter?", fragte ich, um Zeit zu gewinnen.

„Na ja, als mir klar wurde, dass Markus freigelassen wurde, begann ich ihn zu beobachten. Nach nur drei Wochen bändelte er mit der Irin Susan an. Eine Woche später wohnte sie in dem Bungalow, den die Firma für ihn angemietet hatte. Dieser Mistkerl hatte mal nicht den Anstand, eine gewisse Trauerzeit einzuhalten. Und als dann noch dieses junge Ding, Keela, auftauchte und ich sah, wie er sie anschaute, war mir klar, dass er auch sie in seinem Bett haben wollte. Ich habe mich dann mit dem Mädchen angefreundet. Schließlich musste ich wissen, was da alles bei Markus abging. Außerdem entschied ich mich, sie als nächstes Opfer für meinen neuen Plan einzusetzen. Zwei Monate später berichtete Keela mir, dass Markus in einer Woche wieder zurück nach Deutschland fahren würde, Ihre Tante Susan so schnell wie möglich nachkommen und sie selbst als Au-pair im nächsten Frühling für ein Jahr dort verbringen würde."

Ich hatte so gebannt zugehört, dass ich die Zeichen, die Ina mir machte, fast übersehen hätte. Ina rollte ihre Augen ständig in Richtung des Fensters. Anscheinend waren die Kollegen eingetroffen. Es kostete mich einige Mühe, dem Impuls nicht zu folgen, aus dem Fenster zu schauen. Jetzt wurde es Zeit, Ina irgendwie aus der Reichweite des Messers zu bekommen.

„Und Sie sind dann ebenfalls wieder zurück nach Deutschland gefahren?“

„Noch am selben Tag, als ich es erfuhr“, erwiderte Verena mit einem gewissen Stolz. Da ich die Schlüssel unseres Hauses noch hatte, hatte ich mir eine Abhöranlage beschafft und bin in der Nacht, bevor Markus kam, rein, um sie zu installieren. Ich musste ja wissen, wer, wann, was vorhatte.“

Verena genoss es, detailliert über ihre genialen Vorbereitungen zu schwadronieren, während Ina erneut meinen Blick suchte und dann nach links unten deutete. Mit Entsetzen bemerkte ich, dass die Finger ihrer linken Hand das Okay-Zeichen formten. Ich wusste nicht, was sie vorhatte, doch ich wusste, dass ich nur Sekunden haben würde, um nach meiner Waffe zu greifen, sie zu entsichern und den einzigen Schuss, der mir zur Verfügung stand, abzufeuern.

Ich beugte mich interessiert vor, den Blick fest auf Verena gerichtet. Und dann ging alles furchtbar schnell.

Ina sackte nach links zur Seite. Verena geriet aus dem Gleichgewicht, die Hand mit dem Messer nach rechts rudernd. Die rechte Seite ihres Oberkörpers lag nun frei. Ich griff nach der Waffe und schoss. Verena schrie auf, ließ Ina los, griff mit der linken Hand an ihre rechte Schulter, an die Stelle, an der ihre schneeweiße Bluse sich rot färbte. Dann stürzte sie nach hinten, das Messer immer noch mit den Fingern umklammernd.

Wie aus dem Nichts tauchte Stefan neben mir auf. Er erfasste die Situation sofort, stürzte mit gezogener Waffe auf die am Boden liegende Frau zu und trat auf ihr rechtes Handgelenk. Erneut ein Schmerzensschrei. Endlich öffneten sich Verenas Finger. Stefan beförderte das Messer mit einem kräftigen Tritt unter eine Kommode.

Als Nächstes erschienen auch Nicolas und Dennis im Wohnzimmer.

„Stabler, Notarzt. Baur, Handschellen anlegen", befahl Stefan knapp. Sorgfältig verstaute er seine Waffe im Holster und wandte sich Ina zu, die mit angezogenen Beinen an einem Schrank gelehnt auf den Holzdielen saß und sich ein Taschentuch an den Hals drückte. Inas sonst so distanzierte Miene hatten den Ausdruck eines erschrockenen Kindes angenommen, verletzlich und unsicher.

„Lass mal sehen", forderte er Ina auf und ging vor ihr in die Hocke. Er betrachtete den Schnitt eingehend. „Ist nicht so schlimm, aber der Notarzt muss sich das trotzdem ansehen."

Ich saß da, mit den Handschellen an das Heizungsrohr gekettet, meine Pistole locker in der Hand auf meinem Schoß. Ich kam mir vor wie eine Zuschauerin. Niemand schenkte mir Aufmerksamkeit. Niemand sprach mich an. Doch war es ein Wunder? Hatte ich doch echt Bockmist gebaut. Ich spürte Tränen aufsteigen, die ich rasch weg blinzelte. Dann fingerte ich aus meiner Jackentasche den Schlüssel für die Handschellen heraus. Noch bevor ich ihn in das Schloss schieben konnte, stand plötzlich Stefan vor mir, griff nach ihm und versteckte ihn in seiner Faust. Er beugte sich so nah über mich, dass sich unsere Nasenspitzen fast berührten.

„Weißt du, was ich am liebsten machen würde?", zischte er leise und die beiden Narben leuchteten feuerrot auf seiner blassen Wange. „Dich die ganze Nacht hier sitzen lassen, damit du Zeit hast hier oben", er tippte mit dem Zeigefinger gegen meine Stirn, „darüber nachzudenken, dass du mit deiner hirnrissigen Aktion Inas und dein Leben aufs Spiel gesetzt hast." Wütend knallte er den Schlüssel auf den Tisch und ging.

Mein Verhältnis zu Stefan in den letzten beiden Tagen konnte als ein kühler, überhöflicher Umgang miteinander beschrieben werden. Darum hatte ich mich sehr gewundert, dass er mich, nach allem, was vorgefallen war, bei den Verhören von Verena Althaus dabeihaben wollte.

Verena Althaus war vollumfänglich geständig gewesen, sehr zum Verdruss ihres Anwalts, einem schmächtigen Mann in Maßanzug und mit goldumrandeter Brille. Bei ihren detaillierten Schilderungen der Tathergänge und der Verbringung der Leichen zeigte sie weder ein schlechtes Gewissen noch Reue. Vielmehr war ein gewisser Stolz über die Genialität ihrer Mordpläne herauszuhören gewesen. Ihr gesamtes Verhalten spiegelte Zufriedenheit und Gelassenheit wider.

Lediglich wenn der Name Markus Althaus fiel, entwickelte sich ein solch unbändiger Zorn in ihr, dass wir zuweilen das Verhör unterbrechen mussten.

Ich war keine Psychologin, aber in mir drängte sich immer häufiger der Verdacht auf, dass sich bei ihr narzisstische, bisweilen psychopathische Züge zeigten. Hatte doch Markus Althaus die Frechheit besessen, sie, die einzigartige Verena Althaus, mit anderen Frauen zu betrügen. Doch um ihre psychische Verfassung zu bewerten, waren andere zuständig.

Uns war es wichtig, all unsere offenen Fragen mit Antworten zu füllen. Und diesen Gefallen tat sie uns.

So erklärte sie, dass das Boot, in dem Keela gefunden wurde, dazu diente, uns auf die Spur von Markus zu bringen. Unsere anfängliche Vermutung war also richtig gewesen. Da sie sich am Yacht Club auskannte und ihr Henrichs Routinen bekannt waren, hatte sie sich nach dem letzten Kontrollgang des Kastellans auf das Gelände geschlichen. Mit einem kleinen E-Motor, den sie mitgebracht und an das Heck des Optimisten eingehängt hatte, war sie zur Körbecker Brücke geschippert. Dort hatte sie das Boot versteckt, war zu ihrem Wagen, der auf dem Großparkplatz auf sie wartete, gegangen und zum *Maniac* gefahren. Dass Keela den Club allein verließ, hatte Verena als Glücksfall beschrieben. Dass ihnen allerdings Knochentarzan gefolgt war, hatte nicht in ihrem Drehbuch gestanden. Kurz entschlossen hatte sie Keela am Pankratius Platz aussteigen lassen, doch nicht ohne ihr vorher eine Flasche mitzugeben. Diese enthielt Keelas Lieblingsgetränk, gepanscht mit einer Portion Liquid Ecstasy. Schließlich war Keela torkelnd an der Brücke erschienen, wo Verena sie in Empfang nahm und tötete.

Was Susan Connery betraf, war alles nach Verenas Plan gelaufen. Sie hatte abends bei Susan geklingelt und ihr erzählt, wer sie war. Susan verunsichert, wer denn jetzt von ihnen beiden die Hausherrin sei, hatte sie ohne jegliches Misstrauen hereingelassen. Die Droge in den Orangensaft von Susan zu schütten und die Irin später zu erdrosseln, war ein Kinderspiel gewesen. Verena hatte dann die Tote in einen mitgebrachten Rollstuhl gesetzt, sie damit den Gartenhang hinunter bis zur Straße gebracht und in ihren SUV gelegt. Stefans Bootshaken und die Leine, mit der später Hannah an den Baum gefesselt werden sollte, lagen bereits in dem Wagen.

Bei Hannah Zimmermann war es noch einfacher gewesen. Nicht, wie von uns angenommen, Markus, sondern Verena war mit einem Rennrad nach Soest gefahren. Alles andere war genauso abgelaufen, wie wir es bereits vermutet hatten. Dass Verena Hannah kein Liquid Ecstasy verabreicht hatte, lag daran, dass Althaus' Sekretärin sich dermaßen darüber gefreut hatte, Verena lebend und gesund zu sehen, dass sie überhaupt nicht argwöhnisch wurde. Verena musste lediglich hinter Hannah treten, um ihr die Garrotte um den Hals zu legen.

Die Kaltblütigkeit von Verenas Vorgehen und die Empathielosigkeit, mit der sie von ihren Opfern berichtete, schickten mir kalte Schauer über den Rücken. Schließlich fragte ich sie, aus rein persönlicher Neugier, ob sie auch geplant hatte, Markus zu töten.

Verena lachte laut auf. „Warum sollte ich sein Leiden beenden?", fragte sie mit hochgewölbten Augenbrauen. „Er sollte im Knast verrecken, das war mein Ziel", fügte sie bösartig hinzu.

„Und wenn er wegen des Mordes an Hannah nicht angeklagt worden wäre, hätten Sie dann weiter getötet?"

„Was glauben Sie denn?", gab sie amüsiert zurück.

„Und wer wäre Ihr nächstes Opfer gewesen?", schaltete sich Stefan ein.

„Na, diese bekloppte Stalkerin!"

„Sie wissen von ihr?"

Verena beugte sich grinsend vor. „Klar. Als Susan nach Deutschland kam, bin ich zum Haus gefahren, um sie vom Garten aus zu beobachten. Ich hatte diese dumme Frau gleich in der alten Laube entdeckt und auch erkannt. Sie war so in das, was hinter den Panoramascheiben ablief, vertieft, dass sie mich gar nicht bemerkt hatte. Es würde also ein Leichtes gewesen sein, sich anzuschleichen und sie zu erdrosseln. Und der Einzige, der nicht nur zum Todeszeitpunkt am Tatort gewesen wäre, sondern auch noch ein sehr gutes Motiv gehabt hätte, sie loszuwerden, war Markus. Bingo."

Nun waren die Verhöre beendet, alle offenen Fragen geklärt und Verena in Untersuchungshaft genommen. Die Türen des Gefangenentransporters, der sie in das Frauengefängnis überführen sollte, hatten sich noch nicht hinter ihr geschlossen, als mich Stefan in sein Büro zitierte. Mir war klar, dass ein Gespräch zwischen uns dringend Not tat, hatte ich doch meine Kompetenzen eindeutig überschritten. Dazu noch die gefährliche Situation, die ich damit heraufbeschworen hatte, würde ein Disziplinarverfahren rechtfertigen.

Stefan bat mich mit versteinerter Miene, auf dem Besucherstuhl vor seinem Schreibtisch Platz zu nehmen. Zunächst formulierte er sehr sachlich das Thema unseres Gesprächs. Doch im Laufe seines Monologs spürte ich eine zunehmende Emotionalität. Wenn ich etwas einwenden oder erklären wollte, würgte er mich schroff ab. Und als er schließlich begann, Rabattmarken zu kleben, mir Dinge vorzuwerfen, die längst der Vergangenheit angehörten, stand ich kurz davor, zu explodieren. Um ihn und mich vor dem, was sich da bei mir zusammenbraute, zu schützen, stand ich wortlos auf und ging zur Tür.

„Setz dich gefälligst hin und hör mir zu!", raunzte er hinter mir her.

Die Türklinke bereits in der Hand wandte ich mich ihm zu.

„Wenn ich nicht aktiv geworden wäre, wüssten wir bis heute nicht, dass Verena Althaus lebt und die Mörderin ist." Ich zwang mich, leise zu sprechen, da ich nicht wusste, wie lange ich mich noch beherrschen konnte. „Darüber kannst du ja mal nachdenken." Dann verließ ich ohne ein weiteres Wort sein Büro, schnappte mir meine Jacke und die Tasche und ging nach Hause.

Ich lenkte den Wagen vorsichtig durch das zweiflüglige Tor, eine gekieste Auffahrt entlang und umrundete einen Springbrunnen aus Kunststein mit barocken Formen. *Ach, wie nett*, meldete sich mein Gehirn, einen gewissen Zynismus nicht verbergen könnend.

KHK Hans Beckmann erwartete mich bereits auf einer Bank sitzend, zwei Krücken und einen monströsen Koffer neben sich abgestellt. Ich hielt an und stieg aus, während Hans sich verbissen mit den Krücken auf seine Beine kämpfte.

„Na, sieht doch schon ganz gut aus", begrüßte ich ihn.

„Willst du mich veräppeln?", erwiderte er missmutig.

„Guten Morgen, Hans. Nein, auf gar keinen Fall will ich das", beeilte ich mich zu versichern.

„Dann ist ja gut. Bring mich so schnell wie möglich weg von hier. Was ist das überhaupt für eine protzige Karre?"

Als Hans mich vor zwei Tagen angerufen hatte, mit der Bitte, ihn heute aus der Rehaklinik abzuholen, war ich bei Enrico in der Pizzeria vorbeigegangen und hatte diesen gebeten, mir seinen Wagen für heute zu leihen. Enrico, als Vollblutitaliener, hatte sich natürlich geziert, mir, als Frau, seinen Luxus-SUV anzuvertrauen. Erst als ich ihm, ganz in Manier des hilflosen Weibchens, erklärt hatte, Hans Beckmann nach der schweren Hüft-OP unmöglich mit meinem kleinen Wagen von der Klinik abholen zu können, ließ er sich erweichen. Nun verfügte ich über ein Platzangebot, um einen Elefanten zu transportieren.

„Sei dankbar, dass ich nicht mit meinem Miniaturauto gekommen bin. Ich hätte nämlich nicht gewusst, wie ich dich dort hineinbugsieren, geschweige denn herausbekommen sollte."

Hans brummte etwas und bewegte sich auf die Beifahrertür zu. Als ich ihm helfen wollte, winkte er mürrisch ab. „Kümmere dich lieber um den Koffer“, wies er mich an und öffnete den Wagenschlag.

Während er sich mühsam ins Innere des SUVs quälte, versuchte ich zunächst erfolglos, das Alu-Monstrum in den Kofferraum zu heben. Ich musste meine gesamte physische und psychische Energie bündeln, bis es mir schließlich gelang.

Dann rutschte ich hinter das Lenkrad und startete die röhrenden 500 PS. „Sag mal, hast du aus der Klinik das ganze Silber geklaut, oder warum ist der Koffer so schwer?“

„Pah, Silber!“, stieß Hans mürrisch aus. „Die konnten ja mal nicht einen anständigen Kaffee brauen, vom Essen ganz zu schweigen. Da braucht's keine Silberteller. Und nun fahr schon. Ich will hier endlich weg.“

„Okay. Wo willst du denn hin? Nach Hause oder dahin, wo es einen gescheiten Kaffee und leckeren Kuchen gibt?“, fragte ich, während ich das Edelteil vorsichtig zur Straße lenkte.

Hans gab einen erleichterten Seufzer von sich, als wir das Tor durchfuhren. Seine Miene entspannte sich zusehends und ein leichtes Lächeln umspielte seine Lippen.

„Kaffee und Kuchen und einen atemberaubenden Blick über die Möhne. Vielleicht zu dem Yacht Club?“, fragte er schließlich, merklich zufriedener. „Danke, dass du mich abholst“, fügte er bei.

Auf dem Weg zur Möhne musste ich aufpassen, dass unser Gefährt nicht zu fliegen begann. Das Gaspedal war äußerst sensibel und schon die kleinste Fußbewegung genügte, um die zulässige Geschwindigkeit weit hinter sich zu lassen. Nach nur zwanzig Minuten fuhren wir durch das schmiedeeiserne Tor des Yacht Clubs. Ich querte den Parkplatz und lenkte den Wagen den schmalen Teerweg hinunter, der zu den

Clubgebäuden führte. Knapp vor der Terrassenpflasterung stoppte ich und stieg aus.

Der Duft von Sonne, Wasser und Freiheit umfing mich und ich schloss einen Moment die Augen und sog die betörende Luft ein.

„Fenja, Mädel!" Henrich erschien in der Tür des hölzernen Clubhauses und kam freudestrahlend auf uns zu. Dann blieb er verdutzt stehen. „Hasse im Lotto gewonnen?"

„Nee. Und selbst wenn, würde ich das Geld nie in solch ein Auto stecken."

„Hm. Und deinen Chef hasse auch mitgebracht. Kommissar Beckmann, woll?" Er ging auf Hans zu, der sich mittlerweile aus dem Wagen gekämpft hatte, und tätschelte dessen Hand. „Herzliche Willkommen! Wennse Hilfe brauchen, sangse einfach Bescheid."

„Mache ich", gab Hans lächelnd zurück. „Als Erstes würden mir schon ein bequemer Stuhl, ein starker Kaffee und ein Stück Kuchen reichen."

„Da habta abba Glück. Hab vor ner Stunde ne Limonen Tarte ausem Ofen gezogen. Und du, Fenja?"

„Bitte genau das Gleiche wie mein Chef."

„Kommt sofort. Am besten, ihr geht rüber annen runden Tisch. Habta mehr Bewegungsfreiheit, woll."

Heinrich war schon auf dem Weg ins Haus, da hielt Hans ihn zurück.

„Henrich, leisten Sie uns doch Gesellschaft. Ich würde mich freuen."

„Na klar doch, bei dem Wetterchen."

Nachdem Hans es sich in einem der Stühle gemütlich gemacht und seinen Blick über das tiefblau schimmernde Wasser gleiten gelassen hatte, atmete er tief ein und sah mich an.

„Schön ist es hier", stellte er fest.

„Nicht wahr?", erwiderte ich lächelnd. „Weißt du schon, wann du wieder zurück ins Büro kommst?"

„Tja, ich schätze gar nicht mehr."

„Was?!"

„Fenja, ich habe noch ein knappes Jahr bis zur Pensionierung. Mit der blöden Hüfte wird es mit Sicherheit noch einige Monate dauern. Außerdem habe ich noch so viele Überstunden und Urlaub. Also habe ich einen Antrag gestellt, dass ich vorzeitig gehen kann."

„Das kannst du mir doch nicht antun!", rief ich aus. „Dann muss ich mich schon wieder mit einem neuen Vorgesetzten herumschlagen."

„Och, so neu ist der gar nicht." Er betrachtete meine hochgezogenen Augenbrauen und ließ sich Zeit mit weiteren Erklärungen. „Stefan hat um seine Versetzung nach Soest gebeten."

Stefan! Seit unserem unglückseligen Gespräch hatte ich ihn nicht wiedergesehen. Ich hatte mich damals krankgemeldet, bis ich sicher sein konnte, dass er wieder in seine Dienststelle in Dortmund zurückgekehrt war. Auch war das von mir befürchtete Disziplinarverfahren ausgeblieben.

„Ich weiß von euren …", Hans überlegte einen Moment, „… eurem Gespräch. Du hast ihn mit deinem Abgang sichtlich beeindruckt. Und ihm wurde klar, dass sein Verhalten dir gegenüber falsch war. Stefan hat mir erklärt, dass er die Zusammenarbeit mit dir vermissen wird."

„Bitte?"

„Was ist daran nicht zu verstehen? Du bist eine gute Ermittlerin. Und wenn du nicht gerade dein eigenes Ding machst und dich nicht in Gefahr bringst, auch eine gute Teamplayerin. Allerdings solltest du in Bezug darauf noch ein wenig an dir arbeiten." Hans zwinkerte mir zu. „Und Ina will ebenfalls in Soest bleiben?", wechselte er das Thema.

„Na ja, sie hat, so schrecklich das Erlebte für sie auch gewesen ist, gelernt, was wirklich wichtig ist und dass sie sich auf sich selbst verlassen kann. Und sie ist ein heller Kopf."

„Na dann ist ja alles in Butter." Hans nickte zufrieden. „Und da kommen ja schon unsere Leckereien!"

Henrich stellte das Tablett ab und platzierte routiniert Tassen, Teller und Besteck. Er setzte sich lächelnd zu uns. „Dann lassen sichs mal schmecken, woll."

„Werden wir, Henrich." Hans sah den Kastellan des Clubs aufmerksam an. „Sie waren das, der Fenja vor einem Jahr das Leben gerettet hatte?", wechselte er so unvermutet das Thema, dass ich meine Tasse auf halbem Weg zum Mund stoppte.

„Nun, ich hab doch nur Ihren Kollegens Bescheid gesacht", wiegelt Henrich irritiert ab.

„Wissen Sie, Henrich, ich gehöre zu den Polizisten, die es nicht ertragen, wenn Fälle nicht vollständig aufgeklärt werden. Also habe ich mir meine Zeit in der Klinik mit dem Lesen von alten Fallakten vertrieben. Darunter auch diese Sache letztes Jahr."

Wie in Zeitlupe stellte ich meine Tasse zurück auf den Tisch und spürte das Pochen meiner Halsschlagader. Konnte es tatsächlich sein, dass Hans hinter Henrichs und mein Geheimnis gekommen war? Henrich warf mir einen kurzen, fragenden Blick zu und ich antwortete mit einem kaum wahrnehmbaren Schulterzucken.

„Da es sich eindeutig um Nothilfe handelte, bin ich zu einem Entschluss gekommen", ließ Hans verlauten. Er sah von Henrich zu mir und zurück. „Ich möchte mich bei Ihnen für Fenjas Rettung ganz herzlich bedanken", erklärte er, griff nach seiner Kuchengabel und schob sich genüsslich, so als wäre nichts geschehen, das erste Stück Tarte in den Mund.

Zur Autorin

 1960 am *Westfälischen Meer* geboren und groß geworden, gestaltete sich das Leben der Autorin Kirsten Weinhold, wie bei vielen Frauen ihrer Generation: Hausfrau und Mutter. Doch dann wich sie von dem 'normalen' Weg ab.

Mit dreißig begann sie ihr Studium der Wirtschaftswissenschaften und promovierte. Danach machte sie sich als Coach und Konfliktberaterin selbstständig. Zurzeit lebt sie mit ihrem Mann und Labrador *Cosmo* in einem pittoresken Dorf in der Soester Börde.

Das Schreiben hatte die Autorin schon von Kindesbeinen an begeistert. Etwas zu Papier bringen, war und ist für sie etwas ganz Alltägliches. Aber egal was sie schrieb, sie begann immer zuerst mit dem letzten Satz.

„Drei Leichen und eine Tote" ist ihr zweiter Regionalkrimi, der an der Möhnetalsperre spielt.

Weitere Veröffentlichungen:

2021- 2022
Cornwall-Krimitrilogie – RACHESEELE, SÜHNESEELE, HASS SEELE
2023
Regionalkrimi - MORD AM YACHT CLUB
2024
Irlandkrimi – ISLEEN TÖDLICHE SEELIGKEIT